바람 따라 구름 따라 별빛 따라

바람 따라 구름 따라 별빛 따라

1판 1쇄 : 인쇄 2016년 07월 27일
1판 1쇄 : 발행 2016년 07월 30일

지은이 : 유양업
펴낸이 : 서동영
펴낸곳 : 서영출판사

출판등록 : 2010년 11월 26일 제(25100-2010-000011호)
주소 : 서울특별시 마포구 서교동 465-4, 광림빌딩 2층 201호
전화 : 02-338-0117 팩스 : 02-338-7161
이메일 : sdy5608@hanmail.net

그 림 : 유양업, 박덕은
디자인 : 이원경

ⓒ2016유양업 seo young printed in seoul korea
ISBN 978-89-97180-64-6 03810
ISBN 978-89-97180-62-2(set)

바람 따라 구름 따라 별빛 따라

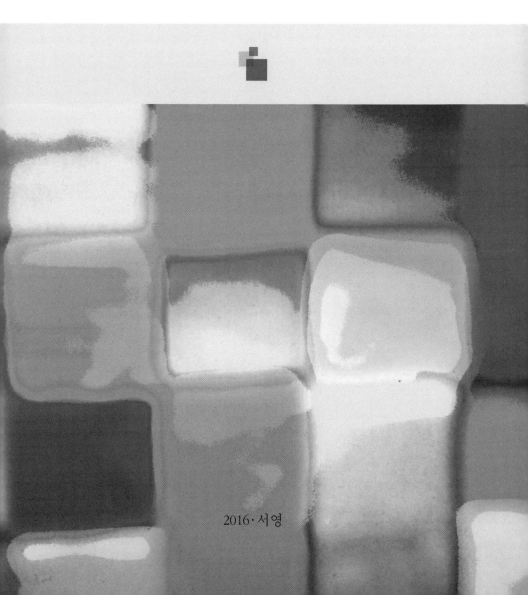

2016·서영

유양업 수필집 출간을 축하하며

　선교사이자 성악가인 유양업 님은 한실 문예창작 등그런 문학
회에서 2년간 시 창작 훈련을 받아 시인으로 문단 데뷔하여 첫 시
집 〈오늘도 걷는다〉를 펴낸 바 있다. 그 후로 미국을 다녀와서, 다
시 2년 남짓 한실 문예창작 탐스런 문학회에서 수필 창작의 담금
질을 통해 수필 부문 신인문학상을 받아 수필가로도 등단했다.
　성실하고 부드럽고 착한 성품의 여인, 성악가 출신답게 노래도
잘 부르는 사람, 오로지 낭군 한 분만을 사랑하고 섬기는 현모양
처, 말 한마디도 예의에 어긋남이 없는 우아한 시인, 책 한 권 분량
의 기행문을 몇 달 만에 내리 써내는 인내의 수필가, 아주 오랜 세
월 기독교 복음을 위해 인생을 바친 선교사, 틈나는 대로 그림을
그리는 화가, 패션 감각이 유달리 섬세한 예술가, 이렇듯 그녀에게
따라붙는 수식구가 한두 가지가 아닐 정도로, 멋쟁이 작가이다.
　이 수필집은 한마디로 선교 기행문이다. 크리스챤 신문에 오
래도록 연재되었던 글이면서, 수필이고, 또 전기적 자기 성찰기
이기도 하다.
　아무런 가식 없이, 현란한 수식구 없이, 그저 일상의 대화를 나

누듯 아주 편하게 서술한 수필이다.

다른 각도로 보면, 선교 보고서이기도 하다. 선교사들이 참고하면 좋을 여러 안내글이 섬세히 배치되어 있다.

또 다른 시야는 자기 성찰기이다. 선교사로서, 부모로서, 아내로서 세계 여행을 하면서, 보고 듣고 느낀 점을 진솔하게 표현해놓은 글이라는 점에서, 수필의 특질과 요건을 두루 갖추고 있다.

각국의 문화적 충격, 음식 문화, 풍경, 여행 방법, 관광지에 속한 유명 인사들의 세계관과 업적 등에 대한 세세한 설명과 감성적인 안내가 돋보이는 글이 담겨 있다. 그러면서, 작가 내면의 여러 색깔을 마치 시를 쓰듯, 마치 고백하듯 써 내려간 서술 문장의 아름다움을 만나게 해주고 있다. 뿐만 아니라 각 수필 끝에는 자신의 창작 시를 배치해 놓아 마치 시집을 대하는 듯한 아름다움을 선물해 주고 있다.

수필은 인류사에서 독자들에게 아주 오랜 사랑을 받아 오는 장르 중 하나이다.

수필은 자신이 살아온 일상 체험이나 느낌이나 감성이나 이미지를 떠오른 대로 쓴 산문 형식의 글이다.

수필가는 작품 속에서 자신의 개성과 인간미와 인생관을 가장 잘 드러낸다. 때론 진솔히 때론 강렬히 때론 은은히. 수필은 다른 장르에 비해 비교적 제재와 형식에서 자유로운 편이다. 그래서 수필가는 세계관, 일상사, 체험담, 역사, 종교, 학문, 예술, 취미, 장기 등 그 어떤 것에도 구애받지 않고 글을 쓸 수 있으며 그 형식 또한 어느 요소에 제약을 받지 않거나 구속되지 않는다.

자유로운 장르인 만큼 수필가는 자신의 쓰고자 하는 글의 주제와 글의 구성 방식이 가장 어울리게끔 글을 쓰기 마련이다.

수필가는 글에 유머와 위트를 더하는 경우가 있는데, 여기에 해학과 패러독스와 아이러니를 가미시킨다면 더욱 좋을 것이다. 무엇보다도 읽어 가는 동안 인생의 의미를 깨닫게 되고, 비전의 확대를 만날 수 있고, 전율하는 듯한 행복을 만나게 된다면 더욱 멋진 수필이라 할 수 있을 것이다.

유양업 수필가의 글들에는, 각국의 문화, 각국의 세계관, 내면의 흐름, 각자의 인생관 등이 파노라마처럼 펼쳐져 있어, 보는 이마다 비전의 확대를 가져올 수 있어 멋지다. 특히, 서술 문장의 다채로움, 묘사 문장의 아름다움, 대화의 감칠 맛 등이 어우러져 수필만의 독특한 향취를 빚어내고 있어서, 앞으로 더욱 많은 독자들의 사랑을 받게 될 것 같다.

수필가 겸 시인인 유양업 작가는 앞으로도 시집, 수필집, 시조집, 가사문학집, 동화집, 소설집 등에도 줄기차게 도전할 것으로 보인다.

제1시집 〈오늘도 걷는다〉 발간 이후에도, 기행시, 서정시, 자유시, 낙엽시 등을 발표하고 있고, 또 지속적으로 수필들을 집필하고 있고, 또 단형시조와 연시조를 틈나는 대로 창작하여 토론하고 있으며, 그리고 4음보 4음량을 유지하고 있는 가사 문학에도 꾸준히 도전하고 있는 것으로 보아, 앞으로 유양업 작품집의 흐름을 대략 짐작할 수가 있다.

어느 장르든지 성실한 창작 태도, 변함없는 예술적 열정, 흔들리지 않는 창작에 대한 호의적 태도, 목사님이신 낭군의 열성적이고도 따스한 지원과 전폭적인 지지, 자녀들의 효심 지극한 감성의 배경 등이 유양업 작가의 미래를 예측하게 만드는 요소들이다.

유양업 작가의 그 모든 작품집들이 지금부터 기대되고, 더욱 보고 싶게 만든다. 그만큼 창작에 대한 열정과 성실성과 의지가 남다르다고 여겨지기 때문이다.

머지않아, 우리는 유양업 작가의 전집 12권을 보게 될 것이다. 그때 위대한 작가로 우뚝 서 있는 그녀를 만나, 행복한 시간을 나누게 되리라 믿는다.

다시 한 번, 유양업 작가의 수필집 〈바람 따라 구름 따라 별빛 따라〉의 출간을 찬란한 신록의 싱그러움으로 떠받들어 축하한다.

부디 건강하고 장수하면서, 성실한 집필을 하여, 보석처럼 빛나는 작품집들을 이 땅의 독자들에게 보다 많이 선물해 주기를 소망한다.

- 소낙비 온 뒤 화사함이 활짝 핀 '박덕은 문학관' 꽃밭에서

한실 문예창작 지도 교수 박덕은

(문학박사, 문학평론가, 시인, 소설가, 수필가, 동화작가, 화가)

추천사

    유양업 시인의 수필과 여행기는 신선함과 순박함이 매력적이다.

    오스카 와일드(Oscar Wilde)는 "여행은 정신을 승화하며 편견을 제거하는 것"이라고 정의했는데, 유 시인의 여행기가 바로 이 명언에 부합하는 것 같다.

    교사로서, 선교사로서 많은 사람과 인종을 만나야 했고, 문화와 풍습 등이 다른 선교지 여러 곳에서 사역하며 지구촌의 시민의식이 몸에 배었기 때문에 이런 멋진 여행기로 곳곳을 그려놓을 수 있었다고 본다.

어떤 글은 수필 같은 필치로 시를 곁들여 소개했고, 때로는 석양의 동경을 그리며 긴 여운의 애잔함 같은 운치도 보여 주었다. 어머니의 섬세함 같은 마음도 읽을 수 있었다.

멋진 글에 담긴 멋진 여행기! 여류 작가의 글쓰기를 상상해 본다.

- 장로회 신학대학교 명예교수

철학 박사 한숭홍

머리말

삶을 시로도 혹은 수필로도 표현할 수 있지만, 장르에 따라서 그 나름의 묘미가 있는 줄 압니다.

'태백산맥', '정글만리' 등으로 유명한 소설가 조정래는 우리나라 3대 수필가로 피천득 교수, 법정스님, 신영복 교수를 꼽았습니다. 이분들로부터 배울 겸해서 수필 초보자인 나는 그분들의 저서를 열심히 읽었습니다.

피천득의 '인연', 법정의 '무소유', 신영복의 '감옥으로부터의 사색' 등입니다.

이들의 글은 대체로 자기 생활의 단면을 진솔하고도 자연스럽게 아름다운 필치로 써 있었는데, 참고가 되었습니다.

특히 피천득이 "수필이란 누에의 입에서 나오는 액이 고치를 만들 듯이 써지는 것"이라고 함은, 수필의 자연스러움을 강조한 것 같습니다.

이것은 일견 일리가 있고 설득력도 있지만, 수필에는 그 이상의 것들도 포함 된다고 생각 됩니다. 자연스러움 속에, 문학성과 지식과 교훈도 포함될 수 있겠지요.

수필에는 정확한 서술과 아름다운 묘사와 실감나는 대화가 있으면 더욱 읽을 맛이 나는 것으로 금상첨화일 것입니다.

이런 수필의 특징을 염두에 두고 쓴 나의 미흡한 수필들을 모아서 책으로 내게 되어 기쁘게 생각합니다.

본서는 자전적인 에세이라고 볼 수 있는데 한국에서의 생활, 유레일패스로의 여행, 러시아에서의 생활, 싱가포르에서의 생활, 그리고 미국에서의 생활을 돌이켜 보며 쓴 글들입니다.

수필이란 지성의 표현이요, 개인 삶의 기록이라고 할 수 있지요. 물론 본서는 자서전이 아니고 나의 삶의 순서대로가 아닌, 그때그때의 단상들을 최근에 쓴 글들입니다.

수필집이 나오도록 지도해 주고 일일이 교정해 주신 한실 문예창작 지도 교수 박덕은 박사님과, 나의 수필을 연재해 주신 크리스챤 신문사와 친절하게 추천서를 써 주신 장로회 신학대학교의 명예교수이신 한승홍 박사님, 그리고 서영 출판사 서동영 사장님, 그리고 무더위 속에서 꼼꼼히 글 교정을 봐 주신 이호준 시인께도 심심한 감사를 표합니다.

무엇보다도 이 수필들을 써서 신문에 게재하도록 주선했으며 글을 쓸 때, 때때로 기억을 되살리게 했던 남편 문전섭 박사님께 이 책을 드리는 바입니다. 그가 없이는 이 수필집의 출판이 불가능했을 것이기 때문입니다.

- 2016년 6월 사직공원 자락에서

시인, 수필가 유양업

차 례

바람 따라 구름 따라 별빛 따라

제1부···한국에서

박덕은 作 [꽃밭](2016)

올케언니

전화벨이 울린다. 새벽 5시다.

'누가 이렇게 일찍 전화를 하지?'

떠지지 않는 눈을 반쯤 열고 전화를 받았다.

"응 언니!"

"막내야, 김치 담았어. 전해 주고 다시 되돌아와야 해."

"언닌, 참, 또 수고를……."

올케는 오늘만이 아니다. 만류를 해도 소용이 없다. 남편이 좋아하는 김부각을 러시아에도 싱가포르에도 늘 보내주었다. 광주에 온 후로는 필요한 음식까지 택배로 보내 준다.

겨울엔 얼까 봐, 여름엔 부패될까 봐, 택배 왔느냐? 물건을 보낸 후엔 꼭 몇 차례 확인 전화를 하는데, 오늘은 걱정대신 신선한 것으로 전하고 싶은 마음에서이리라.

설레는 마음으로 시외버스 정류소를 향해 집을 나섰다.

아침 햇살인데도 중복의 한참 찜통 더위여서 타는 듯 무척 따갑다. 온몸에서 땀이 옷을 적신다. 양산을 펴서 햇빛을 가린다. 저쪽 조그만 가로수 밑에 할머니가 자리를 펴고 허리를 구부렸다 폈다 빠르게 움직인다.

　호기심에 그쪽으로 발걸음이 옮겨진다.

　바닥 위에 놓인 크고 작은 상자 속에 희멀겋게 눈을 뜬 생선들이 즐비하게 누워서 나를 쳐다본다. 그 중에 자반고등어와 눈이 마주쳤다. 몇 마리를 택했다.

　할머니는 첫 마수라며 웃는 입이 귀밑까지 돌아간다. 흰 봉지를 펴 풍덩 넣고, 비린내 나지 않도록 돌돌 말아 잘 싸서 건네준다.

　급히 가방에 넣고 차가 오는 쪽을 바라보았다. 멀리 보이는 버스 앞 윈도우에 '남원'이란 글자와 마주쳤다. 급히 뛰었다. 고개를 기웃거려 차 안을 들여다보며 언니를 찾았다. 몇 사람이 내려도 보이지 않는다.

　괜히 마음이 설레고 심장이 벌떡벌떡 뛴다. 노란색 상의에 검정 바지를 입고, 핸드백을 어깨에 질끈 걸친 분이 짐을 급하게 끄집는다.

　언니로 확인된 순간 찡한 알 수 없는 전율이 솟구친다.

　'언니!' 하고 크게 부르고 싶은 충동인데, 체면이 뭐라고 소리치지 못했다. 언니는 차에서 내렸다.

　"언니, 나 여기."

　손을 들어 흔들고 뛰어가 언니를 꽉 보듬었다.

　"언니, 감사해요! 이렇게 고생을 하고 여기까지 오시는데 난 어떻게 해, 미안도 하고……."

　"이것이 나의 기쁨이여, 아직도 멀었어!"

　잡은 손을 놓지 않는다. 언니의 눈에 눈물이 글썽인다.

　"언니, 식사하러 가요."

　"나, 아침 일찍 먹고 왔어."

　"그럼 차라도 우선 마시고 숨도 돌리게 저기 커피숍으로 갑시다."

"아니, 바빠서 바로 가야 해."

언니의 표정은 환한 회열로 가득 차고 땀방울이 구슬 되어 반짝인다.

언니는 뭔가를 찾는 듯 차도에 시선을 둔다. 아마 택시를 찾는 듯싶다.

"언니, 집에 가서 하루 쉬고 가요. 여기까지 수고해서 오셨는데 그냥 가면 안 됩니다. 여기는 남원이 아니고 광주예요, 여기서는 내 말을 들어야 해요."

사실 오늘 시 창작반에 가는 날인데, 아쉽지만 포기했다. 언니는 되돌아간다고 했지만, 난 나대로의 스케줄을 잡았다.

모처럼 광주에 온 언니, 집에 모셔서 집 뒤에 있는 사직 공원에도 가고, 맛있는 음식도 대접하고, 모처럼 함께 수다도 떨고, 꼭 하루라도 쉬어 가게 할 작정이어서 나는 나대로의 고집을 부렸다.

길거리에서 두 고집이 실랑이를 폈다.

"길 건너 저쪽에 가면 바로 남원으로 가는 버스가 있어."

언니는 입을 뽀족이 내밀고 힘차게 손가락을 펴서 그쪽을 가리킨다.

"할 일이 있어 오늘 꼭 가야 해, 미안해."

할 수 없이 내가 포기를 해야만 했다.

"언니가 먼저 남원으로 떠나는 것 보고 갈게요."

남원 방향으로 가는 버스정류소가 있는 곳, 횡단보도를 건너려는 순간, 언니 눈에 택시가 보였는지, 큰소리로

"택시!"

손을 번쩍 든다. 난 깜짝 놀라 하마터면 같이 잡았던 짐을 놓칠 뻔했다. 택시는 멈추었다.

"기사님! 미안하지만, 그냥 가 주세요. 우리는 길 건너 저쪽으로 가야 되어서요."

말하는 순간, 언니는 택시 뒷문을 열고 잽싸게 짐을 넣었다. 언니의 동작은 무척 빨랐다.

"언니, 번개같이, 이럴 수가!"

"어서 타고 가요."

손을 높이 들어 흔든다. 순간적인 일이어서 어떻게 할 도리가 없다.

준비했던 조그만 봉투를 언니에게 건네면서,

"언니, 너무 작은데, 차비하세요."

"아니야!"

언니는 절대 사양이다.

나는 언니 재킷 호주머니에 급히 쑤셔 넣었다.

"빨리 가요."

택시 기사는 재촉했다. 어쩔 수 없이 택시에 올랐다.

언니를 길가에 홀로 두고…… 천사같이 아름다운 모습 그대로 둔 채…….

잘 가란 말도, 인사도 제대로 나오지 않아, 대신 손만 흔들며 헤어진다. 가슴이 뭉클, 공허한 빈 마음은 달래기 어렵다.

나이 80이 되는 언니께 내가 베풀어야 하는데, 거꾸로 되는 것 같아 편하지가 않고, 이렇게 수고하여 짐을 들고 이곳까지 왔는데 그대로 돌려보내니, 큰 죄를 짓는 것만 같은 아픈 마음, 아리고 텅 빈 허전함을 달래느라 애썼다.

차창 밖의 뜨거운 햇살은 여전히 찌는 듯 눈부시고, 출근길 차량은 씽씽 달리는데 마음은 여전히 무겁고 찡하기만 하다.

무릎 위에 놓인 가방에서 생선 냄새가 난다.

'어머! 이거라도 드렸어야 했는데, 아유, 이런! 생각이 못 미쳤네, 그럴 경황이 없어 깜박했네.'

뒤늦게 안타까움만 가득찼다.

집에 도착했다. 김치를 냉장고에 넣기 위해서 박스의 짐을 급히 풀었다.

참깨가 다닥다닥 붙은 김부각, 정성스레 담은 김치, 나란히 예쁘게 포장된 조기, 볶은 참깨와 참기름이 들어 있다.

사랑의 마음과 헌신의 손이 버무린 이 정성……. 가슴에 스며든 고마움의 눈물이 앞을 가려 멍울진다.

유양업 作 [매화](2016)

가족 수련회

처서가 지난 며칠 후 가족들이 화순 평촌마을 숲속 뵈뵈 별장에서 시냇물 졸졸 흐르는 소리를 들으며 함께 모였다.

해마다 8월 15일이면 전국에 흩어져 살던 가족들이 1박 2일로 갖은 연례적인 행사이다.

서로가 보고 싶고 그리웠던 얼굴들, 환한 모습 얼싸안고 맞아 소담스런 화제로 웃음꽃을 피웠다. 손주들의 자란 모습, 석양의 해맑은 나이든 모습들도 보면서 세월의 빠름을 실감케도 하였다.

비 개인 늦은 오후 우렁찬 매미 소리와 섞이어 준비해 온 음식으로, 시설이 잘 구비된 넓고 산뜻한 별장에서 자연과 함께 모처럼의 가족 축하파티는 축제의 향연이었다.

모깃불 연기가 문틀 모기장 사이로 솔솔 스며들어 시골의 향취를 느끼면서 준비된 프로그램에 따라 순서가 진행되었다.

옥수수 쪄서 과일과 함께 테이블 위에 놓고 간식을 나누며, 가족 중에 '전문가에게 듣는다' 프로그램에서 금년에는 광주에서 '시 외우기 운동' 본부장으로 시 천여 편을 암송한 문길섭 시동생이 맡게 되었다. 현재 YMCA와 신세계아카데미에서 시 외우기 강의를 1

개월 1회로 진행하고, 무등산 입구에 〈시의 집〉도 운영하고 있다.

티 없는 소년처럼 살고 있는 문 본부장은 만면에 웃음을 띠며 잔잔한 음성으로 말한다.

시를 외워 좋은 점은, 마음의 산뜻함과 생활 속에 자신의 자아를 살펴보고 정서적으로 편안함을 누리며 무엇인가 추구하고 싶은 충동을 느끼게 된다고 하며 구체적으로 '시를 외우면 좋은 12가지 이유'를 들었다.

대충 간추려 보면, 자연과 지혜와의 깊은 만남, 평생 좋은 친구가 되고, 자투리 시간을 선용할 수 있고, 모임에서 노래 대신 시 암송을 하고, 함께 외우면 친밀감을 높여 주고, 선물로 활용할 수 있으며, 바르고 고운 말 하기에 도움도 되며, 좋은 글쓰기에도 활용이 되고, 성취감을 갖게 해주고, 상상력을 높여 주며, 뇌세포의 활성화로 치매를 예방해 준다 등이다.

좋은 시를 외우는 것은 하나의 창조물을 그려 보는 것이며 적절한 시기에 인용할 수 있는 보물창고가 된다고도 하였다.

듣는 우리 모두는 공감하였고 나도 역시 명시를 많이 외울 수 있다면 얼마나 좋을까 싶었다.

조용한 한마디 말에도 깊은 뜻이 새겨진 한 폭의 천사표 그림인 '시 외우기 운동'을 함께 설립한 이사장 '드맹' 문광자 시누도 이 일을 위하여 물심양면으로 열심히 후원하며, 시를 사랑하고 시를 좋아하는 가족의 분위기에 따라 나도 시를 배우면서 뒤늦게 배우는 아쉬움을 갖고 맨 처음에 썼던 '시'를 수련회 때 낭송을 하였는데 꽤나 반응이 좋았다.

아쉬움은
갈증의 숨길 따라
너울너울

먼 산
석양빛 구름은
가슴 깊이 휘영청

이제라도 잡아볼까
이제라도 달려갈까

미처 못 간
그 길 뛰어갈까

꿈속에 그 하이얀 꽃
깊이깊이 심어볼까.

- 졸시 〈시〉 전문

경험이 능숙한 부산 시누의 사회로 진행한 장기자랑 시간에는 가족들이 돌아가며 시를 외웠고, 80세 가까운 노령인데도 긴 시를 외워 놀라게 한 아주버님, 애써 연습하여 우리 가곡을 열창한 남편, 세계적인 수준의 피아니스트 조카 가족의 쇼팽곡 연주는 환상적이었으며, 바쁜 의사 생활에도 틈틈이 익힌 최승택 원장의 아코디언 아름다운 연주, 소프라노 열창으로 가슴에 뭉클함을 준 대구 시누, 손주들의 귀엽고 재롱스런 피아노 연주들, 오카리나 연주로 감동을 준 우아한 넷째시누, 유머 감각이 뛰어나 좌중을 함박꽃 웃음으로 가득차게 하는 막내시누, 마치 오페라의 무대를 연상케 하며, 흥겨운 가족 합창을 메아리로 남기고 화기애애한 분위기를 가슴에 안고 내년을 기약했다.

임종

나뭇가지에 푸른 잎이 손끝을 내밀고 꽃가지에도 꽃망울이 움튼 이른봄, '따르릉' 전화벨이 울렸다.

일하던 손을 멈추고 달려가 전화를 받았다. 귀에 익은 언니의 음성이다.

"엄마 건강이 몹시 좋지 않다. 물만 마신 지 사흘째 되고 숙변까지 보셨는데 자주 너를 찾으니 한번 왔다 가라."

원래 톤이 높은 언니의 음성이 힘이 다 빠진 목소리다. 언니도 가정을 두고 어머니 곁에서 간호한 지 한 달이 되었다고 한다.

싱가포르 선교지를 갑자기 떠난다는 것은 그리 쉽지 않는 형편이다. 급히 남편과 의논을 하고 나만 혼자 한국을 가기로 했다.

싱가포르 공항 주변의 그 아름답던 온갖 꽃들도 오늘따라 빛을 잃고 서글퍼 보였다. 기내 옆자리에 앉은 외국인과 인사만 나누고 눈을 감았다.

러시아 모스크바 선교지에 있을 때도 시어머님이 위급하단 전화 받고 이런 모습으로 비행기를 탔는데……. 그때의 그림이 아련히 뇌리를 스친다.

인자하고 사랑이 많았던 시어머님, 한 달 동안 병간호 중, 고통을 힘겨워 할 때마다 가볍게 등 두드리고 마사지 해드리면, 좋아해 하시며 레몬향 같은 칭찬을 해주셨던 어머님! 고마웠던 꽃마음 듬뿍 안겨 준 채 세상 떠나셨는데…… 이제 친정어머니도 가시게 되다니…….

첫 손자 보겠다고 포대기 사고 사위 좋아하는 굴 한 통 사고 어리굴젓 담아서, 기쁨 한아름 안고 행복 가득 주려고 첫 목회지 순창에 오셨는데, 녹내장이 악화되어 오랫동안 잘 보지 못하고 고생만 하였던 어머니! 자주 찾아 봬야지 다짐했건만…… 내 살겠다고 그리 못함이 이처럼 죄스럽고 후회되어 가슴이 아려온다.

비행기 창가 아래로 유유히 지나는 새털구름도, 수평선으로 보이는 푸른 바다도 눈에 들어오지 않는다.

비행 여섯 시간이 지나 한국에 도착했다. 서울 자녀들이 공부하고 있는 집에 잠깐 들러 아이들 얼굴만 보고, 곧바로 허겁지겁 엄마 계신 집으로 향하였다.

지금 엄마의 상태는 어떠실까? 의식이라도 잃었으면 어쩌지? 마음이 몹시 콩당콩당 초조하다.

집안에 들어서자마자, 엄마에게 황급히 가서 말했다.

"엄마, 저 왔어요."

"그래, 너 왔구나! 많이 보고 싶었다."

누워 있는 엄마의 손이 내 손을 잡으려고 허공을 헤맨다. 그 손을 잡고 엄마 품에 안겨 그리움에 사무쳤던 얼굴을 서로 맞대고 비비며

"엄마 많이 보고 싶었어요. 너무 늦게 와서 밉지?"

서로의 얼굴에서 눈물이 폭포수처럼 흘러 뒤엉켰다.

뼈만 남은 앙상한 엄마, 그렇게 곱고 부드러운 촉감은 어디로 가고, 예쁘고 우아했던 그 모습은 흔적도 없이, 피골이 상접된 깡마른 모습을 보니, 걷잡을 수 없는 불효의 슬픔과 회한이 치밀어

한없이 울었다.

언니도 울고, 어머니도 계속 운다. 반가운 눈물인지, 슬픔의 눈물인지, 이별의 눈물인지…….

소중한 금쪽 같은 삶을, 오직 칠 남매를 위해 옳고 바르게 훈육하며, 헌신만 하셨던 어머니, 가난한 자 살피고, 이웃 잘 섬겼던 고운 마음, 이제는 아무 기력도 없고 쇠잔해진 몸만 남아 숨결만 잠재운다.

이제라도 얼마 남지 않는 짧은 시간, 권사인 언니와 함께 어머니 대소변 받아내며, 찬송 불러 위로하고, 예배 드려 천국 가는 길 힘이 되어 드리니 매우 기뻐하신다.

생을 살면서 좋았던 일 언짢았던 일들을 기력이 없는 중에도 얘기를 하던 중 찬송가의 가사도 틀리지 않고 소리도 맑게 열창을 하신다.

사십 일 동안 식음을 전폐하고 물만 마셨는데 어디에서 그런 힘이 솟구쳤을까? 언니와 나는 시선을 마주치며 놀랐다.

삼 일 후 이른 아침 먼동이 밝아올 무렵, 옆으로 누워 계신 어머니 숨결이 무척 가쁘다. 바튼 호흡을 힘겹게 쉰다.

불길한 예감이 들어 가족들에게 급한 상황을 알렸다.

심장에서 제일 먼 장지의 손가락 손톱 끝부터, 검붉은 색으로 변하여 내려오고, 이어 무명지 검지로 내려온다. 가족들은 긴장감에 숨을 죽이고 분주히 상황을 살핀다.

"엄마, 물 드릴까요?"

고개를 위아래로 힘없이 끄덕인 것 같아, 숟가락으로 한 스푼 넣었더니 반은 흘리고 겨우 꿀꺽 삼킨다.

사선을 넘는 찰나인데, 홍조 띤 얼굴에 엷은 미소 살짝 지으며 환한 표정으로 사지에 힘을 털썩 놓는다. 팔다리가 뚝 끊어진 것 같다. 가쁜 숨이 잠자듯이 목을 툭 떨어뜨린다. 온몸이 하얗게 핏기를 잃는다. 깡마른 강줄기를 타고 천근 세월의 아픔을 순간에 놓는다.

운명하는 순간!

"엄마아!" 조금 전까지도 "오냐!"라고 대답을 했는데, 아무런 반응도 없이 싸늘하다.

"엄마아, 엄마아!"

심장이 터질 듯한 아픔이 온몸을 휘감는다. 머리맡에 앉았던 내가 몸을 비틀어 엄마를 왈칵 부둥켜안고 울며 흔들어 보고 불러 봐도 아무런 응답이 없다. 따뜻했던 엄마의 체온은 얼음같이 차가웠고, 포근하고 부드럽던 가슴은 뻣뻣함 그대로다.

때늦은 후회가 가슴을 치는 소리, 탕! 탕! 온몸이 사방으로 찢겨 흩어진다. 가슴에 조약돌처럼 박힌 후회의 아픈 설움, 쉴 새 없이 폭포수같이 흐른다.

넷째올케가 울컥 울부짖는다.

"어머니이!"

언니도 함께, 온 가족이 모두 눈물바다다.

이 세상에 작은 꽃등 하나 영원히 불 밝혀 놓고, 많은 열매 남기고, 천국으로 떠나간다. 고생만 하다가 걱정도 눈물도 없는 그곳이 더 좋아서 하늘꽃 향기 따라간다.

너무나 평안하게, 고통도 흐트러짐도 없이, 병원 신세도 지지 않고, 96세의 일기로 세상을 떠난 엄마……. 나도 세상 뜰 때 이러한 모습으로 갔으면……하고 속으로 속없이 뇌까렸다.

사람이 한 번 죽는 것은

정한 이치이고, 흙에서 왔다 흙으로 가는 것인데…… 그래도 못 다 부른 이름! 언제 또 만나 부를까?

살아 계실 때 절실히 못 느꼈던 '어머니'란 세 글자가 유난히 귀하고 아름다운 눈물로 움직인다. 지금도 엄마가 불렀던 찬송가를 부르면 눈시울이 뜨거워진다.

꽃밭에서

이른 봄날 새벽 아지랑이 아른아른 피어오를 때 기도 후 공원 산책을 마치고 흥겨운 콧노래를 부르면서 집으로 향하였다.

며칠 전 뾰족뾰족하게 곧 터질 듯한 꽃망울들이 많이 달린 '만데빌라' 한 그루를 사서 꽃나무들 빈틈 사이에 심었더니 단조롭던 꽃밭이 한결 생기가 돌았다.

싱그러운 생명의 신비 앞에 가슴이 설레었다. 창조주의 솜씨가 어쩌면 이렇게 좋은지……! 혼자서 보기가 아까울 정도로 첫 꽃송이들이 화려한 모습으로 예쁘게 서로 얼싸안는다.

우리 꽃밭은 길가에 있어서 오가는 사람들의 관심과 사랑을 많이 받고 있다. 요즈음 지나가는 사람들이 발길 멈추고 꽃들과 대화를 하며 한참 눈을 맞추고 간다.

꽃을 보면 왜 그리 마음이 뛸까. 나도 그 꽃들의 황홀함을 보고 싶어 발걸음 당겨 집 앞에 다다랐다.

하얀 바지 위에 분홍색 티셔츠 소매를 반쯤 걷어 올리고, 머리를 길게 늘어뜨린 것을 보아 아가씨 모습인데, 엉덩이를 치켜들고 우리집 앞 화단에서 흙을 파서 자기 화분들의 꽃을 분갈이 하고 있었다.

'어, 저런! 남의 집 화단에서 저렇게 흙을…… 이를 어쩌지? 몇 발자국 위로 가면 화분에 담을 흙은 충분히 있는데 하필이면 여기에서…….'

이 조그만 화단은 시누가 비용을 들여 오래된 흙을 파내고 거름과 함께 좋은 흙으로 바꾸어 새로 일구어 준 작은 꽃밭이다.

편치 않은 심정으로 오던 걸음을 멈추고 잠깐 바라보다가 마음을 가다듬고 옆으로 살며시 가서 말을 건넸다.

"안녕하세요, 무엇을 그렇게 열심히 하세요?"

한창 화분들에 물을 주고 있던 아가씨는 햇빛을 막으려고 왼쪽 팔로 이마를 가리고 눈을 반쯤 열고 바라보더니, 웃음을 띤 표정으로 벌떡 일어서며 말했다.

"아유, 여기 상담센터 사모님 아니세요?"

산뜻한 고운 목소리로 애교스럽게 인사를 한다.

"네. 그렇습니다."

아가씨는 약간 당황한 기색으로 얼굴에 홍조를 띠며

"저어, 흙을…… 미안합니다. 여기가 가깝고 편리해서 화분의 꽃들을 옮겨 주었어요."

몹시 미안한 기색이다.

"그러셨어요."

오히려 솔직히 먼저 말을 해주니 무거웠던 마음이 한결 가벼워졌다.

"저는 삼월에 여기로 이사 왔어요. 얘기는 많이 들었습니다. 미국에 가셨다고 하던데 얼마 전부터 집에 불이 켜져 있어서 오셨나 보다 했어요. 이렇게 봬서 반갑습니다."

"그랬군요! 나도 경비실 아저씨를 통해서 들었어요. 어떤 분이 이사 왔나 궁금했었는데 정말 반가워요. 이곳으로 이사 잘 오셨어요. 여기는 뒤쪽에 공원이 있어서 공기가 좋고, 자기 정원처럼 산책도 자유롭게 할 수 있고 사계절 풍경을 즐길 수 있어서 아주 좋아요."

"네, 저도 그렇게 생각해요, 아침에 일어나 밖에 나오면 공기가 매우 상큼해요."

눈웃음을 띤 환한 모습이 천진난만한 어린애처럼 귀엽다.

"화분들의 꽃들이 참 멋있고 볼륨이 있어요!"

나는 웃었다. 아가씨도 햇님처럼 활짝 웃었다.

꽃을 가꾼 마음은 곱고, 이미 화분에 심어놓은 꽃들도 아름답게 보이는데 꽃밭에 움푹 움푹 파인 자리는 더 커 보였다.

아가씨와 이런 저런 대화를 나누다 보니 생각보다 복사꽃 같은 아가씨는 마음이 따스하고 상냥했다. 결혼해서 살림하면 알뜰한 주부로 잘 조화를 이루겠다 싶었다. 자세한 내용을 모르는 아가씨는 흙은 자연으로 있는 것이니까 아무 흙이나 공동화단으로 생각하고 부담 없이 사용했을 것이다.

'그렇지! 흙은 자연이 주는 선물인데…….'

꽃들을 바라보다가, 이 꽃들처럼 남에게 기쁨을 주고 남을 즐겁게 한다면…… 이 교훈이 마음을 스치고 휘돌아 내가 먼저 손을 내밀어 아가씨 손을 마주잡고 말했다.

"우리 서로 가까운 이웃이니 우리집에도 놀러오고 지나다가 차도 마시게 들려요. 함께 기쁘고 즐거운 추억꽃 만들게요."

아가씨도 반짝이는 맑은 눈빛으로 천사의 날개처럼 두 팔을 활짝 들어 손뼉 치며

"저희 집에도 놀러오세요."

우리는 이렇게 초면의 인사를, 마음 활짝 열고 다정하게 다시 나누었다.

화분에 새로 옮겨진 꽃들은 물을 먹어서인지 싱그럽고 물방울

과 햇빛의 반사로 한층 더 아름답게 보였다. 아가씨 집 문 앞에 두면 한결 분위기 있겠다 싶다.

화단에 살아 있는 생명체인 아기자기한 꽃들을 다시 보니 언짢았던 기분은 말끔히 사라지고 무언가 마음으로부터 새 힘이 솟아올랐다.

'만데빌라' 꽃의 붉은 색깔이 오늘따라 더욱 아름답게 빛났다. 애처롭도록 빨간 꽃잎들이며, 생기 넘치는 싱그러운 잎사귀들, 환상적으로 가늘게 뻗은 줄기, 부서질까 봐 손끝으로 살그머니 꽃봉오리를 만져 보다 가까이 다가가 향기를 맡았다. 아름다움이란 기쁨의 떨림이요, 가벼운 흥분임을 실감케 했다.

이 꽃들에는 내가 물을 주고 키운 손길, 정성 들인 마음이 흠뻑 배어 있기 때문이리라.

'이렇게 흙속에 묻힌 한 줄기 꽃나무에서 빛깔과 향을 발하는 것처럼 나도 그런 빛과 향을 품어 낼 수 있다면 얼마나 좋을까.'

꽃밭 언저리에서 혼자 속으로 속삭여 보았다.

박덕은 作 [꽃밭](2016)

국제결혼

초가을 살랑살랑 옷깃을 여밀 때 '따르릉' 전화가 왔다.

"고모님, 저 그린이에요."

"그래. 오랜만이구나, 무슨 좋은 일이라도 있니?"

"네, 결혼하게 되어 부탁이 있어서요."

톡톡 울리는 밝은 소리다.

조카 그린이는 영어 교사로 활약하면서, 원어민 교사들에게 한국어를 가르치던 중 미국인 아데(Ade)를 알게 되었다. 아데는 미국에서 대학을 졸업하고 한국에 나와 잠시 학교에서 영어를 가르치고 있다.

일 년 전 내가 그럴 듯한 좋은 신랑감을 소개했을 땐 관심도 비치지 않더니, 내심 아데를 마음에 품고 있었던 모양이다.

이들은 주위의 반대에도 호기심 반 설레임 반으로 은빛 새벽 새봄을 맞듯 데이트를 시작했다. 밝은 하늘 아래 문화 차이와 언어 장벽에 부딪히고, 풍속도 다른 이국땅 들판 어느 한 곳의 삶을 그려보면서 고민도 했다.

겨울이 가면 새봄에 찬란한 꽃이 피듯 어려운 고비들이 밑거름이 되고, 얼었던 혈관들이 풀려 삼 년 만에 분홍빛 설렘을 안고 결혼식을 올리게 되었다.

청첩장을 들고 남편과 함께 두어 시간 버스를 타고 예식장을 찾아갔다.

신랑 부모님을 비롯하여 친척들, 외국인 친구들도 와 있었다.

신랑의 남동생과 신부의 여자친구, 이렇게 두 사람이 사회를 맡았다. 사회자 말에 따라, 양가 어머니의 화촉 점화로 서양인 아데와 동양인 그린이의 결혼식이 거행되었다.

자막을 통하여 한국말은 영어로, 영어는 한국어로 통역이 되었다. 귀여운 어린 남녀 화동이 후우우 함박눈 내리듯 비눗방울을 날리고……

그 뒤를 이어 하늘하늘한 흰 드레스 면사포에 부케를 든 청순한 신부, 원래도 매력 있고 날씬한 몸매와 미모가 오늘따라 더 출중하여 한 폭의 백합화다.

훤칠한 키에 까무잡잡한 피부, 시원한 눈을 번쩍거리며 흰 상의에 빨간 넥타이로 깔끔하게 단장한 신랑이 신부 손을 잡고 밝은 웃음을 만면에 띠며, 웨딩마치 음률에 맞춰 한 걸음 한 걸음 단상을 향해 가는데 태양빛도 창살 너머로 눈부셨다.

주례자 없는 단상에 신랑 신부가 해님 달님이 되어 환하게 내빈들을 향해 나란히 섰다.

사회자의 안내에 따라, 미국에서 온 신랑 부모님이 화려한 금빛 모자를 쓰고 휘황찬란한 의상 위에 붉은 무늬 후두를 두른 '나이지리아의 전통 의상'을 입고 일어서서 흐뭇한 표정으로, '사랑하는 아들의 결혼을 온 마음을 쏟아 축하하고, 세상을 밝고 넓게 보며 긍정적 사고를 가지고 행복하게 살라'는 간절한 메시지를 영어로 전하고 두 내외가 앉았다.

내 차례가 되어 축하의 말과 조카에 대한 덕담과 삶의 지평을 열 성경에 있는 사랑장을 전했다.

"사랑은 오래 참습니다. 사랑은 온유합니다…."

그리고 내가 쓴 시를 선물로 주었다.

마음 하나로
환희 가슴에 품고

청솔 향기 그윽이
등불 밝히며

풍랑에도
서로 기대어

웃음꽃으로
영롱한 구슬 꿰네

사랑을 조각한
발걸음

저 밝은 꿈을 향해
나아가네.

- 졸시 〈만남〉 전문

신랑 친구와 동생도 축하의 말을 하고, 신부 오빠도 축하하며 간절한 마음 담아 당부의 메시지도 전했다.

신부가 다니는 교회 담임 목사님이 성혼 선언을 하고 축복기도를 했다.

예물 교환은 신랑이 먼저 신부의 아름답고 부드러운 손가락에 사랑을 얹어 끼워 주고, 신부가 신랑의 듬직한 손에 평생 언약의 징표로 순정 담아 조심스레 끼워 준다. 모든 눈들의 초점이 집중된 예물 교환이다.

혼인 서약 내용을 네모난 액자 안에 넣어 신랑이 신부에게, "나 신랑 아데는 신부 그린이를 아내로 맞아 아름다울 때뿐만이 아니라, 사랑스럽지 않을 때에도, 사랑하기 어려운 순간에도, 하나님 주신 그 사랑을 의지하여 끝까지 사랑하고 귀히 여기기로 하나님과 여러분 앞에서 엄숙히 결심하며 서약합니다."

어색한 한국 발음으로 또박 또박 낭독했다.

신부도 같은 내용을 마음에 새기며 이름만 바꾸어 낭랑한 음성으로 읽었다.

둘이 마주보고 서약패를 교환한 굳은 맹세는 사랑의 울림이 있고 환희의 떨림이 있었다.

축가는 신부의 어린 여자 조카가 '시집가는 날' 판소리를 구성지게 날린 후 신부 친구인 교회 남녀 청년들이 '춤추는 카탈레나' 노래를 부르면서 잠자리 휭 날아오듯 팔 벌리고 줄줄이 뛰어나와 흥겹게 춤을 추니 하객들도 신이 나서 웃음 짓고 손뼉 치며 장단 맞춘다.

한창 무르익을 때 신부도 활짝 웃고 단에서 사뿐 사뿐 내려와 드레스의 깃을 잡고 합류하여 가슴속에 깃든 우아함 살짝 올려서 나비처럼 팔락이며 팔을 흔드는데 '호두까기 인형' 마돈나가 따로 없다.

뒤에 서 있던 신랑도 흥겨워 웃으며 바라보고 어깨를 들썩거리다가 살짝 내려와 함께 어울려 물 흐르는 듯 굽이친 두 손을 가슴에 모아 제법 리듬을 탄다.

이들 모두가 추는 춤은 휘몰아치는 바람이 되는가 하면 어느 사이 부드러운 속삭임으로 따스한 정이 감도는 축제의 무드로 황홀함에 젖게 했다.

신랑 신부가 지금까지 길러 주고 돌봐 준 부모님의 은혜에 감사의 큰절을 하고, 하객들에게 축하해 주심을 감사하여 넙죽이 온몸을 굽혔다.

창조주가 인간에게 내린 가장 아름다운 선물, 에덴동산의 달콤한 새 가정 뿌듯하게 담아, 사랑의 두 손 꼭 잡고, 별처럼 반짝인 쏟아진 축포를 온몸에 받으며, 하객들의 우렁찬 축복의 기립 박수 안고, 한마음으로 사랑의 꿈 활짝 펴 새 출발을 향해 행진했다 .

박덕은 作 [결혼](2016)

교회 창립 100주년

전화가 왔다.

"문 목사님 댁이지요?"

"네, 그렇습니다."

"저는 보성읍 교회 장로입니다. 이번에 저희 교회가 100주년을 맞이해서 본 교회 출신이신 목사님을 초청하여 함께 기쁨을 나누고자 합니다. 초청장을 보내려고 하는데 주소를 가르쳐 주시고 꼭 참석해 주시면 감사하겠습니다."

"네, 감사합니다. 그렇게 전하겠습니다."

금년은 한국 개신교회 선교 130년인데 보성읍 교회가 100주년이라니 일찍 설립해서 오랜 역사를 가지고 있는 교회구나 싶었다.

문 목사는 그 교회 출신으로 초청을 받아 나도 함께 갔다.

광주에서 보성까지 한 시간 정도 걸린다고 매표 안내원이 말해서 넉넉하게 한 시간 전에 도착할 표를 샀다. 버스는 정작 한 시간 반이 걸렸다. 여유 있게 시간을 가졌던 것이 다행이었다. 매표원의 친절은 좋았는데 정확성을 겸비했다면 더 좋았을 것을……

차창 밖의 햇살은 마을로 내려가는 길에 은빛 다리를 놓아 눈이 부셨다.

교회는 높다란 위치에 아담하게 자리잡고 있었다. 입구에 피어 있는 진달래꽃들은 꿀벌을 불러들여 방긋이 웃으며 오는 손님들을 반기는 듯 살랑살랑 춤추고, 교회 권사들은 예쁜 한복들을 차려입고 뜰 앞에서 차와 다과를 준비하여 치맛자락 날리며 오는 손님들 대접하기에 바빴다.

4월 17일 오후 3시에 정성껏 준비된 순서들에 따라 행사가 진행되었다.

강사로 오신 장신대 김명용 총장의 설교는 감명 깊었다.

"……풀은 마르고 꽃은 떨어지되 오직 주의 말씀은 세세토록 있도다.'(벧전1:24~25) 보성읍 교회 100년의 교회 연혁을 살펴보니 한마디로 말씀을 따라 사는 삶이더군요. 특별히 황보익 목사는 교회를 시무하면서 보성읍 교회 부설 유치원과 영신 초등학교를 설립했는데 일제 때 신사 참배를 거부하여 옥고를 치루는 중에 유치원과 영신학교도 폐쇄되었지요. 그는 말씀을 따라 사는 영원히 빛나는 삶이었어요. 이준 열사는 화란 헤이그 만국평화회의에 가서 민족의 독립을 외치려 하였으나 회의장에 들여보내 주지 않아서 대한 독립 만세를 외치며 자결하였어요. 그 당시에 영국이나 불란서는 세계 각처에 식민지들을 많이 두고 있었으므로 일본 편을 들었지요. 이준 열사도 희생양이 된 빛나는 인물이고요. 장로교 목사 아들이었던 미국의 윌슨 대통령은 민족자결주의를 주장했지요. 그것은 식민지를 없애라는 것입니다. 안중근 의사는 하얼빈 역에서 이등박문(伊藤博文)을 저격했어요. 그는 가톨릭 신자였지요. 일본 당국은 사형 직전 그에게 '마지막 소원이 무엇인가?'라고 물었을 때 종부성사를 원한다 했어요. 종부성사는 임종 전 신부가 와서 마지막 의식을 행하는 것이지요. 불란서 배경을 가진 한국 천주교회는 그 의식을 행하지 아니하였고 그의 이름도 살인자라고 하여 천주교 교인 명단에서 제하여 버렸어요. 그러나 안중근 의사의 삶은 애국적인 영원히 빛나는 삶이었습니다. 남아공의 넬슨 만델라는 흑백차별정책(apartheid)을 반대 투쟁하다가 27년 6개월의 옥고를 치렀고 나중에 대통령이 되었으나 화해와 진실위원회를 통하여 백인들에게 복수하지 않고 남아공을 다스려, 가장 존경받는 정치인이 되었습니다. 보성읍 교회는 미래에도 말씀을 따라 영원히 빛날 인물들을 배출하기를 바랍니다."

역시나 훌륭한 사람들의 삶은 말씀을 따라 희생을 각오한 그 자체로구나 싶었다.

다채로운 식순 중에 본 교회 출신으로 초빙된 분들의 특송 순서가 있었다. 즉석에서 택한 곡이었으나 실력을 발휘해서인지 혼성 4부의 화음이 매끄럽게 하모니를 이루었다. 기념 촬영도 있었다. 저녁 식사는 정성껏 준비한 뷔페였다.

러시아에서 선교사로 서로 만나 알게 되었던 고흥 지방의 길두 교회 담임 목사인 이성재 목사를 18년 만에 이곳에서 만나게 되어 매우 반가웠다.

목혜정 선생도 초청 손님으로 서울에서 왔다. 그녀의 외조부와 아버지도 오래 전에 보성읍 교회를 섬겼다 했다.

그녀는 수줍은 듯 웃으며,

"그 곡 아시죠? 아이들도 잘 부르는 동요집에 있는 '따르릉 따르릉 비켜나세요.' 그 노래를 우리 아버지가 작사를 했어요."

"아. 그랬어요! 나도 그 동요 재미있어서 많이 불렀고 포크 댄스도 가르치며 즐겼는데……."

서로 마주보고 웃었다.

이 목사는 우리 두 사람과 그녀를 광주까지 라이드(ride)를 해주겠다고 했다. 석양 무렵인데 고흥으로 가야 할 형편이겠지만 광주로 간다 하니 미안하기도 하고 한편 그의 친절한 배려와 호의

가 고맙기도 했다.

이 목사는 만면에 웃음을 머금고,

"광주 가기 전에 이 근처 좀 돌아보고 갑시다."

문 목사가 율포가 고향이란 말을 듣고 일부러 율포에 들러 툭 트여 있는 앞 바다를 상쾌한 마음으로 볼 수 있게 해주었다.

수면 위로 뛰어오른 물고기는 나의 시선을 잡았고 수평선 멀리 갈매기들은 저녁노을 달고 하늘을 수놓았다.

우리는 시원한 바다를 바라보며 사진도 한 컷 찍고, 길가의 고운 꽃길 바라보며 그 유명한 보성 녹차밭이 연두색으로 줄지어 있는 아름다움도 눈에 담았다.

지난날의 이야기들로 서로 꽃을 피우다 보니 어느새 광주에 도착했고 우리 내외는 뜻 깊은 행사에 참여하고 와서 뿌듯한 마음이었다.

연둣빛 너울대는
상념의 손들 마주잡고

은빛 바람 일으켜
소롯이 가슴에 담네

붉은 열정 부르짖어
하얀빛 날리다 희생된
마지막 개화의 눈들

정의의 함성
저 높은 곳을 향하여
은하수 만들었네

긴 세월

싱싱함 살아 숨쉰 그 외침

영원히 이어가리.

- 졸시 〈교회 창립 백주년〉 전문

박덕은 作 [교회](2016)

복된 죽음

    도로변의 벚꽃들을 살며시 바라보며 우리는 시동생이 운전을 하고 둘째시누와 넷째시누, 우리 내외 다섯 사람이 첫째시누(문경자) 남편(김은곤 목사)의 병문안을 위해 광주를 출발해서 오후에 돌아올 예정으로 부산을 향하여 떠났다.

    모처럼 가족이 오붓하게 함께 드라이브를 하게 되니 정에 겨운 따스함이 더욱 감도는 분위기였다.

    둘째시누가 입을 열었다.

    "아침에 부산 언니에게서 전화가 왔는데 형부가 처음으로 숙변을 많이 보았대요…. 변 많이 보면 심상치 않다고 하던데…."

    그 말을 듣고 나는 말했다.

    "우리 친정어머니도 숙변을 보고 물만 마시고도 한 달 후에 별세하던데, 수일 내에 무슨 일이 있으려고요."

    "김 목사 은퇴 후 하루 2시간씩 탁구를 해서 건강관리 잘했어. 사람 일은 누가 먼저 갈지 몰라……."

    내 옆에 앉아 있는 남편이 말했다.

    "며칠 전에 경산(딸집) 형부 병문안 갔을 때 딸꾹질하면서도 형

부는 나에게, '미스코리아 처제 왔구먼!' 하면서 반갑게 맞이해 주고 농담도 잘 했었는데…….''

뒤이어 넷째시누가 말했다.

첫째시누가 김 목사와 만난 것은 장평 초등학교에서 교편생활을 할 때다. 장평교회 담임목사로 시무했던 김 목사를 만나 결혼을 했고 48년 해로했다.

3주 전 입맛이 없고 배가 부른 것 같아서 병원에 갔는데 진단 결과 '췌장암'이라고 했다고 한다.

김 목사는 그 사실을 담담하게 현실로 받아들였고 천국에 갈 마음의 준비를 하고 병원에 입원도 않고 며칠 동안 집에서 안정을 취했다.

그 후 경북 경산 딸집에서 9일간 지내다 삼일 전에 부산 자택에 왔다고 시누가 말해 주었다.

차창 밖에 흐드러진 개나리꽃, 활짝 핀 목련꽃도 골골이 아름답게 피었는데 마음이 착잡해서인지 꽃들도 생기를 잃은 듯 보였다.

어느덧 우리는 부산에 도착하여 시누 집에 다다랐다.

평소에는 방문할 때 활기찬 모습, 설레고 기쁜 마음으로 노크를 했는데 이번에는 어쩐지 무거운 심정으로 벨을 눌렀다.

밝은 표정을 잃은 시누가 문을 열어 주며,

"오느라 고생했네요."

힘없는 소리였다.

서울에서 형님 내외도 와 있었다. 우리 일행은 김 목사가 누워 있는 안방에 시누의 안내를 받아 들어갔다.

김 목사는 누워 있었다. 튼튼했던 몸이 약간 수척하긴 했으나 병색도 깊지 않게 보였다.

김 목사는 우리를 보자마자 첫마디가,

"먼 길 오느라 수고들 했소, 문 목사 기도해 주시오."

기도가 끝난 후 그는 손등을 들어 손가락을 위로 올렸다 내렸다 했다.

우리 보고 밖에 거실로 나가서 편히 쉬라는 표현인 것도 같고 평소에 깔끔하여서 아픈 모습을 나누기 싫어서인가 싶기도 했다. 그러나 우리는 빙 둘러앉아 상태를 살폈다.

구토를 하나 아무것도 나오지 않았다. 시누가 말했다.

"물을 달라고 해서 꿀물을 조금 드렸는데 그래서인지 토하려고 한다."

환자가 쉬어야 될 것 같아 우리는 거실로 나와 김 목사에 대한 덕담을 나누었다.

시누는 주방 싱크대 아래쪽 문을 열고 쓰레기 넣을 비닐봉투를 조심스레 꺼내며,

"이 양반이 쓰레기 넣을 비닐봉투를 이렇게 큰 것 작은 것 모두 세심하게 준비해 놓고 나보고 찬장 아래 있으니 사용하라 해서 처음으로 쓰레기봉투를 만져 봐요."

집안의 청소와 쓰레기 비우는 것은 모두 아프기 전까지 김 목사가 담당했고 자상하게 집안 잔일도 잘 도와주었다고 했다. "김 목사는 항상 넉넉한 마음으로 세상을 품고 사는 삶이고 긍정적이며 단순하고 순진하기까지 해서 나는 그런 그를 좋아하고 존경했어요."

가장 가까이 있는 사람에게 존경을 받을 수 있다면 얼마나 진실한 삶이었을까 싶다.

그는 감전 교회를 맡아 가정에서 몇 사람이 모였는데 그때 당시 그곳은 생활이 어려운 빈촌 지역이었다. 그는 성실하게 38년 사역하여서 천여 명의 교인수로 성장시켰다.

교회 규모에 비하여 보수는 너무 작은 편이었으나 남에게 폐를 끼치지 않고 할 수만 있으면 남을 돕고 베푸는 삶이었다.

선교하는 일에는 아끼지 않고 30여 곳에 재정 지원을 했고, 우리가 러시아와 싱가포르 선교 사역할 때도 선교 지원을 해주어 그 고마움은 잊을 수 없다.

은퇴 후에도 주일마다 장애인 교회에 가서 별세하기 한 주 전까지 예배를 인도했다.

아주버님 목사님은 김 목사에 대한 덕담에서,

"인생은 회자정리(會者定離:만나면 헤어지는 것)이며 생자필멸(生者必滅:한 번 태어나면 반드시 죽는 것)이에요. 김 목사는 선한 싸움 싸우고 달려갈 길 다 가고 믿음을 지킨 삶이어서 의(義)의 면류관이 예비되었고, 그는 과유불급(過猶不及)의 사람이었지요. 지나침은 모자람만도 못하다는 뜻이지요. 그는 재승덕(才勝德:재주가 덕보다 앞서지 않는 것)하지 않았어요. 항상 긍정적이며 희망을 주는 사람이었고 키는 작지만 용모가 단정하고 몸가짐이 가볍지 않고 진중하였으며 말이 많지 않고 실천적인 삶이었지요."

모두 맞는 말이었다. 그는 참으로 겸손하고 깔끔하며 행함으로 삶을 보여준 베푼 사람이었다.

3년 전에 우리가 은퇴하고 미국 아들집에 있을 때 그의 내외는 미국 여행 중 차타누가에도 들러서 며칠 함께 지낼 때 이런 말을 했다.

"내가 중학교 다닐 때 목사 되길 기도했는데 그 꿈 이루었고, 좋은 사람 만나 결혼하여 남매 가졌고 손주들까지 보았으며, 이제 은퇴하여 전 세계 가볼 만한 곳 다녀 보았으니 이 은혜가 얼마나 큰지요! 이제 죽어도 여한이 없네요."

활짝 웃으며 했던 말이 번쩍 나의 뇌리를 스쳐갔다.

시누는 남편의 간호를 위해 정성을 다하며 수고를 아끼지 않았다. 경북 경산에 사는 딸과 사위 목사(영남신대 교수)와 김해에서 사는 아들 목사 내외도 와서 아버지의 용태를 살피며 곁에서 보살

폈다.

그는 화장실을 가서 용변을 보다 기력이 없어 쓰러질 위기에 아들과 딸이 급히 안고 방에 들어와서 자리에 뉘었다. 위기 상태였다. 시누가 자세히 눈을 살폈다. 눈동자는 움직인다고 했다. 호흡도 돌아왔다.

우리는 생명이 연장되길 원했고 기대했으나 그는 아무것도 먹지 못한 상태여서 순간순간 시간을 다투어 생명의 위협이 느껴졌다.

그는 계속 누워 있는 상태여서 일어나려고 하자, 불편한 것을 직감한 시누가 부추겨 뒤에서 안고 있었고 딸은 아빠 손과 다리를 주무르며 계속 찬송을 불렀다.

그러다가 갑자기,

"아빠, 아빠, 가셨어. 아빠, 아빠!"

외마디 딸의 급한 소리에 모두 급히 방으로 뛰어갔다.

딸이 말을 이었다. 아빠가 잠이 들었나 조용하여 코에 손을 대어보니 호흡이 없고 차가웠다고 했다.

그는 숨을 거두었다. 한생 곱게 살다 갔다. 병원에 입원도 않고 통증도 호소 않고 이렇게 조용히…… 어떻게 이렇게 가만히 갈 수 있을까?

78년의 삶, 아름다운 꽃향기 널리 펼치고 아내의 품에 안겨서 잠자는 듯이 복되게 숨을 거두었다. 세상에 모든 것 다 주고 그냥 갔다.

아내의 품에 누워 있는 모습이 엄마 품에 안겨 있는 아기처럼 그렇게 아름다울 수가 없었다. 우리는 시신을 함께 받아 뉘이고 옷을 갈아입히고 미리 준비해 둔 하얀 가운을 옷 위에 입혀 그 위로 흰 천을 이불처럼 얼굴만 내놓고 곱게 덮었다. 그리고 우리는 임종 예배를 드렸다.

"너희는 마음에 근심하지 말라. 하나님을 믿으니 또 나를 믿으라……(요:14장)."

외손주가 할아버지의 별세를 보고 구슬 같은 눈에 소리친 눈물이 우리 모두를 울렸다.

몇 시간 전만 해도 의식이 초롱초롱하여 말도 잘하였는데 별세했다는 것이 도저히 실감이 나지 않고 마음만 도려내듯 아려왔다.

산다는 것은 호흡이 있다는 것이고 죽는다는 것은 호흡이 끊어진 것, 생과 사 앞에서 내 마음에 짙게 깔려진 빛과 어둠이 서서히 갈라서는 것을 느끼게 되었다.

'이렇게 뜻있게 살다가 잠자듯이 조용히 갔으면 좋겠다'는 생각도 마음 자락을 잡았다.

날이 밝자 이미 고인이 생전에 고신대학교 대학병원에 시신을 기증했으므로 그곳에서 시신을 수습해 갔다.

시신은 함께했던 사랑하는 정든 모든 사람을 두고 떠났다.

장례식도 국화꽃 한 송이도 없이 의학도들의 연구 자료로 모두 내놓고 홀로 떠났다. 파란 하늘의 하얀 구름도 해맑은 해님도 그 영혼 살며시 내리 감싸 고운 시신을 내리 안고 두둥실 따라갔다.

사랑의 눈으로
곱게 살았던 님

속울음 있으련만
무릎 꿇고 귀 열어

뿌렸던 씨앗
땅위에 꽃이 피고
열매 맺어

웃음 담아 아내 품에
고요히 잠들었네

반짝이는 순수꽃
꽃 한 송이 없이
실험실로 떠나갔네

그 향기
따스한 눈길
다시 볼 수 없어

마음 자락 서럽게
한없이 흔드네.

- 졸시 〈복된 죽음〉 전문

박덕은 作 [임종](2016)

문학기행

가을바람 소슬대는 이른 아침 옷깃을 여미며 남편과 함께 문학기행을 가기 위해 집을 나섰다.

Y시 강좌 회원 41명은 작가들의 발자취와 흔적을 찾기 위해 들 뜬 마음 보듬고 경남 통영을 향하여 출발했다

가는 도중 차 안에서 미리 통영을 답사하고 왔던 Y시 강좌를 인 도한 문길섭 선생님은 통영의 대표적인 작가들에 대해 설명을 하 면서 강의를 했다.

통영은 '동양의 나폴리'로 알려졌다면서 유치환의 시와 청마 문 학관에 대하여, 김춘수의 시와 그의 유품 전시관에 대하여, 박경 리의 소설과 기념관에 대해서도 설명을 했다.

작가들의 대표적인 시들도 함께 소리 내어 읽으면서 소개도 받 았고 김상옥의 '봉선화'와 '어느 날'이란 시조시를 소개했다.

시조시를 대할 때 반가웠다. 요즘 한실 문예창작반에서 시조에 대한 공부가 무르익어 가고 있어서 배운 대로 먼저 초장 3.4(세 글 자, 네 글자) 3.4 중장 3.4 3.4 종장 3.5 4.3이 잘 지켜 있나 눈여겨 보게 되었다.

통영 출신 작가들의 발자취들을 탐방하기에 앞서 사전 예비 자료와 지식을 얻어 도움도 되고 참고가 되겠다 싶은 강의였다. 선생님의 자상한 마음이 묻어났다.

단풍잎 살랑대는 들녘은 국화꽃 만발하고 오곡백과 무르익어 마음도 풍요로웠다.

드디어 통영에 도착했다. 통영은 자개로 유명하다는 말은 오래전부터 들었는데 멍게와 굴도 유명하다고 했다.

갈매기 훨훨 나는 낭만이 깃든 예술의 도시, 툭 트인 바다가 뱃고동 울리며 파도소리 철썩이는 자연환경이 유명한 작가들을 배출해 낼 수 있겠다 싶었다.

바다를 바라보고 앉아 있으면 신선한 시상이 저절로 숨을 쉬어 작품이 그려질 것 같은 아름다움이었다. 이곳이 처음이기에 수평선 저 멀리 바다를 보며 파도가 눈에 띠니 청마의 시구가 불현듯 떠올랐다.

'파도야 어쩌란 말이냐 / 파도야 어쩌란 말이냐 / 임은 뭍같이 까딱 않는데 / 파도야 어쩌란 말이냐 / 날 어쩌란 말이냐.'가 번뜩 스쳐갔다.

먼저 청마 유치환 문학관에 들렀다. 전시된 장소에 들어섰을 때 친절한 여성 안내자가 유치환 선생의 걸어온 행적을 카랑카랑한 음성으로 설명해 주었다.

작가의 작품들도 보고 읽었다. 유치환의 문학 세계와 그의 정신을 생각하게 했다. 전시관에는 청마의 삶을 조망하는 생애 편과 사용했던 유품들 백여 점과 각종 문헌 자료 삼백오십여 점이 전시되어 있었다. 시선집과 산문선집도 진열되어 있고 작품 중에 '행복'이란 시가 눈에 들어왔다.

'사랑하는 것은 / 사랑을 받느니보다 행복하나니라 / 오늘도 나는 에메랄드빛 하늘이 훤히 내다뵈는 / 우체국 창문 앞에 와서 너

에게 편지를 쓴다…….'

이러한 시로 모든 이에게 낭만을 심어 준 시인이었다.

거리를 지나면서 청마가 편지를 쓰고 보냈던 중앙우체국과 그 앞에 〈행복〉 시비가 놓여 있어서 문학의 거리로 보였다.

이순신 공원을 향하여 약간의 오르막길을 걸어가는데 평소에 운동을 전혀 하지 않았던 남편은 힘들어했다. 점점 숨소리가 가쁘게 들려서 안쓰러웠다.

걷기 운동이라도 했더라면 이쯤 경사진 길은 즐기면서 걸을 수 있을 텐데……. 아쉬움을 안고 나는 말했다.

"내 손을 잡으세요……. 어때요, 조금 도움이 되나요."

"그럼, 도움이 되지."

싱거운 대답만 했다.

"조금만 더 오르면 정상이네요, 힘내세요."

손을 꼭 잡아 가파른 길을 오르니 시원한 바람에 실린 갯내음이 향기롭게 콧등을 스쳐갔다.

단풍잎이 물든 공원 중심 높은 위치에 이순신 장군의 진회색 동상이 위엄을 갖추고 커다랗게 우뚝 서 있었다. 긴 갑옷을 입고 왼손엔 큰 칼을 들고 오른손을 쭉 펴 바다 쪽 한산섬을 바라보며 호령하는 기세로 보였다.

장군의 눈길 따라 한산섬을 내려다보니, 장군의 시조

'한산섬 달 밝은 밤에 수루에 홀로 앉아 / 큰 칼 옆에 차고 깊은 시름 하는 적에 / 어디서 일성호가는 남의 애를 끊나니.'

학창시절 외웠던 시가 나도 모르게 입에서 툭 튀어나왔다.

장군의 심정 안고 노래 부르듯 한산섬을 눈앞에 두고 바라보며 조용히 시조시를 암송했다. 감회가 새로웠다.

높은 곳에서 낮은 바다와 섬들을 바라볼 때 그곳에 도취되어 더 머물렀으면 하는 아쉬움이 남았으나 또 움직여야 했다.

우리 일행은 해변의 김춘수 유품 전시관에 들렀다.

김춘수 작가는 정장을 단정하게 차려입고 두 손으로 지팡이를 짚고 서 있었다. 큼직한 안경 속에서 웃는 눈빛이 이마를 더욱 번쩍이게 했다.

바다와 도시를 뒷배경으로 환하게 웃고 있는 큼직한 사진이 먼저 보였을 때 '꽃'으로 보였다.

작가의 대표적인 시 '꽃'의 한 구절이 생각나서 그랬을까……!

'내가 그의 이름을 불러 주기 전에는 / 그는 다만 / 하나의 몸짓에 지나지 않았다 / 내가 그의 이름을 불러 주었을 때 / 그는 나에게로 와서 / 꽃이 되었다…….'

유품 전시관에는 육필 원고 126점과 서예 작품 액자들과 사진을 비롯해 생전에 사용했던 가구와 옷가지 등 유품이 전시되어 있었고, 한쪽에는 침대와 산수화를 넣은 열 폭의 병풍이 펼쳐 있고 소파가 침대 앞에 놓여 있었다.

한쪽 공간에는 책과 평소에 썼던 소지품을 전시해 놓았다. 시인의 숨결을 느끼게 했다. 특별히 육필 원고, 편지, 시를 쓴 습작에 눈이 갔다.

공감을 한 것은 시를 쓴 습작 노트였다. 지우고 또 지우면서 붙이고 또 수정하여 썼던 흔적이 적혀 있었다.

이처럼 유명했던 시인도 고뇌의 과정을 거친 흔적 끝에 유명한 작품이 나오는 산실이었음을 느꼈다.

부인에게 보낸 편지가 원고지에 씌어 있었는데 많이 보아서인지 오래 되어서인지 낡고 닳아진 흔적이 그대로 있었고, 외국 여행 중 유럽 쪽에서 보낸 엽서도 아주 인상 깊었다.

박경리 기념관을 가게 되는데 시간 관계로 케이블카를 타고 한려수도 쪽을 택한 팀과 박경리 기념관을 택한 팀, 두 곳 중 한 곳을 택해야 했다. 우리는 후자를 택했다.

박경리 기념관은 2층 건물로 아담하게 자리잡고 있었다. 1층에는 사무실과 세미나도 할 수 있는 다목적 공간이 배치되어 있었고 2층에는 작가의 대표작 대하소설 '토지'의 친필 원고와 편지 등의 유품이 있었으며, 벽면에는 작가의 일대기를 그려 파노라마처럼 볼 수 있는 사진들도 설치되어 있어서 작가의 생애를 한눈에 볼 수 있었다.

박경리 작가의 삶을 그려놓은 영상실에 들려 작가가 걸어온 발자취를 하나하나 감명 깊게 보면서 작가의 소박한 삶을 보았다.

그의 대표작 '토지' 16권은 26년 걸려 집필했다고 했다. 작가에게 문학은 벗어 놓은 옷을 자연스럽게 다시 입는 것과 같다고 했다. 그것은 작가에게 있어 인생이 곧 문학이고, 문학이 곧 인생이라는 뜻일 것이다. 문학과 인생은 불가분의 관계라고 할까.

영상실을 나와서 작가가 집필한 책들과 작품에 관한 논문들도 보았고, 소설 '김 약국의 딸들'은 주요 무대인 충렬사 주변 통영의 옛 모습을 재현해 놓기도 했다.

이곳을 보면서 경남 통영을 배경으로 한집안의 몰락에 담긴 비극을 조명했던 영화가 떠올랐다.

박경리 작가의 원주의 서재를 재현해 놓은 조그만 책상, 재봉틀, 자개가 새겨 있는 소목장이 시선을 끌었다. 기념관을 나오면서 입구 쪽에 있는 친필 원고 동판, 장독대, 산문 시비 등을 보고 작품을 통해 고향 통영을 세상에 알려준 작가의 기념관을 뒤로하고 케이블카를 탔던 팀과 다시 합류했다.

돌아오는 길에 주옥련 총무의 사회로 중단되었던 자기소개가 진행되었는데 우리가 앉아 있는 자리까지 왔다.

남편은 가곡 '산들바람'을 불렀고 재청을 받아 '그네'를 부르고, 이어 영국의 시인 T.S. Eliot의 영시를 외웠다.

Where is life we have lost in living?

(사는 데서 잃어버린 생명은 어디로 갔는가?)

Where is wisdom we have lost in knowledge?

(지식에서 잃어버린 지혜는 어디로 갔는가?)

Where is knowledge we have lost in information?

(정보에서 잃어버린 지식은 어디로 갔는가?)

The cycles of Heaven in twenty centuries bring us farther from God and nearer to the Dust.

(20세기나 흐른 하늘의 주기는 우리가 신에게서 점점 떠났고 흙으로 가까이 가다.)

박덕은 作 [한산섬](2016)

사랑하는 딸 은영에게

기차역 플랫폼에서 은빛 표정 담아 아쉬운 손 흔들며 헤어진 후 차 안에서 온통 너의 생각에 잠겼다.

미처 가 보지 못했던 석천호수의 꽃길도 호흡하며 걸어 보고, 맛있다는 음식점 찾아다니며, 양평 '두물머리' 유유히 흐르는 강물 바라보면서, 네가 한마디했지.

"남한강과 북한강이 서로 만나 합류했다고 '두물머리'라 부른데 요. 이 물처럼 남과 북도 통일되어 서로 얼싸안고 어우러지면 얼 마나 좋을까요."

그때 동글동글 빛나는 너의 해맑은 웃음이 하얀 꽃잎처럼 아름 답더라.

아침 물안개와 일몰이 수려한 하얀 호수 물결이 지금도 눈앞에 아른거린다.

항상 최선을 다하여 부모를 극진히 섬기는 지극한 효심이 다시 나를 돌아보게 하여 '나는 부모님께 어떻게 했나.' 깨우치기도 하 고 후회도 하게 했단다.

우리가 선교사로 집을 떠났을 때 너는 대학생이었지. 동생들을 돌보고 살림하느라 얼마나 힘들었니? 며칠 전 네 생일날 미국에서 목회하는 학배가 가족 카톡방에 올렸던 글 보았다.

"사랑하는 큰누나! 세상에서 제일 착한 우리 누나! 생일 축하해……."

이 말이 너를 잘 표현한 것 같아 흐뭇하더라.

미국 유학 때 장학금 받고 아르바이트도 하며 일개미마냥 살았던 모습도 소롯이 기억에 맴돌고, 뉴욕에서도 part time으로 일하며 박사 코스 밟느라 가냘픈 몸으로 편도 비행 여섯 시간 걸려 LA까지 다니며 애썼던 일도 스쳐지나갔다.

우리가 은퇴한 후 차타누가에서 목회하는 오빠 집에 잠시 있는 동안 너의 소식 궁금하여 전화 걸었을 때, 항상 밝고 명랑한 너의 음성이 여느 때와는 달리 피곤한 음성이어서,

"어디 아프니? 무슨 일이 있었니?"

"아니오, 아니오."

엄마는 무슨 일이 분명 있다는 예감에 조급하고 궁금해서 너의 형편 사정 듣고파 재촉했던 말 너도 기억날 거야!

"어서 말해 봐, 엄마한테 무슨 말을 못해, 혼자 고민하지 말구 빨리 말해 보라구……."

그때서야 너는 목메인 소리로 겨우 입을 열어 어렵사리 말했지.

"부모님께 걱정 끼쳐 드리지 않으려고 했는데……. 오늘 학교와 기숙사에서 통보가 왔어요. 등록금도 일부 만기가 된 지 오래고, 기숙사비도 몇 달 못 냈고 해서 기숙사에서는 이 주간 내로 나가라고 했어요. 막연하여 고심하고 있는 참인데 엄마한테서 전화가 왔네요."

목이 메어 말을 못 이었지.

우리는 답답하여 수화기만 붙들고 너도 울고 나도 울고, 엄마가 우는 소리에 아빠 방에서는 아빠가, 오빠 방에서는 오빠가 놀

라서 뛰어나와

"무슨 일이세요?"

전화 내용을 알게 되었고, 선교사로 은퇴한 부모는 돈이 없었지.

그래서 오빠가 부랴부랴 서둘러 등록금과 기숙사비를 챙겨 위기를 모면했던 기억이 새삼스레 다가와 눈시울이 또 뜨거워졌다.

지금은 주님의 교회 부목사로 장신대 초빙 교수로 일하고 있으니 자랑스럽단다. 아빠는 너의 Ph.D 학위 증서를 보시며 모든 과정을 '만족스런 성취(satisfactory accomplishments)'를 했다는 그 문구를 몇 번이나 읽어 보시고 매우 기뻐하셨던 모습도 스쳐가는구나. 배운 것만큼 교회와 사회에 기여한 삶 되길 기도한다.

네가 귀국하여 잠시 정신여고에서 가르치고 있었을 때 퇴근길에 무거운 책가방을 들고 지하철 계단을 내려오다 발을 헛디뎌 넘어졌고, 피 흘린 얼굴 가리고 건대병원 응급실에 실려 가서 부서진 코뼈 수술하고 다친 이 치료 받으며, 그래도 눈은 다치지 않아 감사하다 했지.

혼자 어설픈 지하방에서 그 고통과 아픔을 참아내며, 다음날 바로 붓고 멍든 얼굴 마스크로 가리고 정해진 시간에 수업을 해야 한다며 학교에 출근했었다지.

학교에서는 며칠 쉬면서 치료 받으라고 권했건만, 결근하면 안 된다고 책임감과 너의 끈질긴 의지로 임무를 끝까지 감당했었다지…….

치료가 거의 되어간 후 그것도 엄마가 전화하여

"딸! 별일 없이 잘 있니?"

이렇게 물었을 때에야, 비로소 너는 생각조차 하기 싫은 상황을 산울림 메아리처럼 조단조단 해주었던 말이 차창 밖에 가로수 지나가듯 엄마 뇌리를 스쳐지나간다.

그때 그 모습 그려 보며 마음 아려 써본 시(詩)가 생각난다.

헛디뎌 넘어져도
추스르고 일어나

핏줄기 터져 흘러도
환상의 나래 펴

오뚝한 콧날 으스러져도
분수처럼 치솟는 열정

살을 에는 찬바람에도
찬란한 꿈 이루어

하늘꽃 가득 안아
은빛 순수의 깃발 꽂네.

- 졸시 〈의지의 딸〉 전문

유양업 作 [산수화 · 3](2016)

제2부···유레일패스로

박덕은 作 [스위스](2016)

유레일패스(Eurail Pass) 여행

모처럼 해외여행을 하게 되어 들뜬 기분이었다.

1982년 남편이 대전 신학교 총장으로 재직할 당시, 고(故)탁명한 소장의 주선으로 미국 국가 조찬 기도회 초청장이 우리 내외에게 왔다. 남편은 목회학 박사과정을 위하여 미국에 다녀온 적이 있었고, 나 또한 이번이 아주 좋은 기회라고 여겼다.

그때는 군사 독재정권이어서 부부 여권 받기가 어려웠는데 초청장을 보고는 선뜻 여권을 내주었다.

여행 경비를 위해 신협에서 빚을 냈다. 서울에 가서 비자를 얻으려고 미국 대사관에 갔다. 평소에는 소수만 이 조찬기도회에 갔었는데 이때에는 한미수교 100주년이라 해서 100여 명의 사람들에게 초청장을 보냈다.

비자 문제는 전혀 염려하지 않았는데 예상은 빗나갔다. 미국 대사관에서는 난색을 표하며 신청한 대부분의 사람들에게 비자를 주지 않았다. 어쩔 수 없이 결국 포기해야만 했다. 대전으로 다시 내려가려고 했는데, 일행 중에 누군가가 말하기를 여권만 가지고 비자 없는 다른 나라 여행을 할 수 있다고 했다.

마침 싼값의 유레일패스를 가지고 유럽의 여러 나라를 철도나 혹은 배편을 이용하여 다닐 수 있다는 정보도 알았다.

한 문이 막히면 다른 문이 열린다더니, 미국 갈 문은 막혔으나 유럽 여러 나라의 문은 열려 오히려 잘 되었다 싶었다.

15일 동안 여행할 수 있는 유레일패스를 남편과 나는 각자 450$에 구입했다. 그리고는 유럽 여행을 떠났다.

유럽에 가기 위해서는 일본을 거쳐 벨기에를 가야만 하는 코스였는데, 이 비행기 값은 별도로 지불해야 했다.

벨기에 행 비행기를 타고 가면서 앞쪽의 주머니 속에 있는 안내책자를 보고 브뤼셀의 볼만한 곳을 찾아보았다. 몇 군데가 있었다. 비행기 아래는 파란 바다 위로 뭉게구름만 이리 저리 춤추듯 두둥실 떠다니고 있었다.

브뤼셀 공항에 내리자마자 모든 여행자들이 즐겨 찾는다는 그랑플라스 광장을 맨 먼저 찾았다.

세계적인 대문호 빅토르 위고가 '세상에서 가장 아름다운 광장'이라고 극찬했던 곳. 과연 그랑플라스 광장은 유럽 3대 광장에 속한 곳으로 매우 크고 아름다웠다.

시청사의 뾰족한 탑의 전망대와 건물들도 모두 특색이 있었다. 예술의 언덕이라는 곳은 브뤼셀의 전경을 감상하기에 적합한 명소였고, 정상에 있는 벨기에 왕궁은 환상적인 한 폭의 그림이나 다름없었다.

왕궁에서 경영한다는 서커스가 있어 호기심에 가 보았다. 상자에 들어 있는 굵은 뱀을 꺼내 들고 팔과 목에 걸면서 묘기를 부렸다. 나중에는 노랑, 검정, 빨강 선으로 몸을 두른 굉장히 큰 뱀을 날씬한 여성이 번쩍 번쩍 빛나는 수영복 차림으로 꿈틀거리는 뱀 머리 부분을 들고 입장을 했다.

'어머, 저렇게 큰 뱀을 어떻게 기르고 관리할까!'

그 큰 뱀은 가냘픈 여성의 목, 팔, 발도 감았다. 나중에는 여성의 머리와 뱀 머리를 나란히 하고 순식간에 여성의 몸을 친친 감았다. 사람인지 뱀인지, 웃고 있는 여성의 얼굴만 사람이었다.

'어쩌나. 저 날름거리는 혀, 물어 버리면 어쩌지.'

긴장감에 무서워 호흡도 제대로 하지 못하고 남편 손만 꼭 잡고 있었다. 뱀 몸에서 풀려날 때에야 비로소 안도의 숨을 내쉬었다.

서커스 장소에서 나오는데 한 청년이 우리 곁으로 가까이 와서 한국말을 했다.

"저, 실례지만 혹시 한국인이세요. 한국말을 들으니 반갑네요."

우리도 낯선 곳인데 마침 잘 되었다 싶었다.

"네, 한국에서 왔어요."

서로 인사를 나누었다. 바람 쐬러 나왔다는 한국 청년은 벨기에에 유학 왔다가 계속 이곳에 머물고 있다고 했다. 건장하고 잘생긴 청년이었다. 성품도 좋게 보였고 매우 친절했다. 이런저런 이야기를 나눈 후 남편은 물었다.

"벨기에는 무엇이 유명한가요, 무슨 특색이라도 있는지요?"

"네, 벨기에는 높은 교육 수준과 쾌적한 환경으로 외국인 유학생들에게 인기가 높고, 풍부한 석탄을 바탕으로 공업을 일으켰으며, 화학 공업, 유리와 크리스털 제련 및 기차바퀴 제조 등이 발달되었어요. 그리고 파리의 초창기 지하철은 모두 벨기에산이었으며 나폴리 등에도 수출했지요."

나는 카펫에 대해서 확인하고 싶었다.

"벨기에산 카펫이 유명하다고 하던데요."

"그렇지요, 유명합니다. 프랑스 왕실에서도 고급품이라고 해서 사용했으니까요, 벨기에 카펫은 세계에서도 알아주지요."

옆에 있던 남편이 말을 했다.

"고속도로도 잘 되어 있다고 들었어요."

"예. 넓고 편리하게 되어 있는 것은 물론이고 일반 도로도 밤에 가로등이 밝게 켜져 있어 야간에는 차들이 라이트를 켜지 않아도 될 정도입니다. 다른 나라의 차량도 통행료를 내지 않고 다녀요. 야간에 인공위성에서 찍은 지구의 사진을 보면 유난히 눈동자 모양으로 반짝이는 곳이 있는데 바로 벨기에라고 해요."

"그렇군요."

"우리 어디 식당에라도 가서 함께 식사할까요. 안내를 해주시겠어요?"

"그럴까요. 여기는 와플(팬 케이크 종류) 원산지로 맛이 좋은데, 그곳으로 갈까요?"

유럽풍으로 꾸며진 식당에 가서 음식 주문을 해놓고, 그는 와플 이야기를 했다.

"벨기에 와플은 미국 시애틀에서 세계 박람회가 개최되었을 때 처음 진출하게 되었는데 선보인 와플은 인기가 대단했대요. 벨기에 와플을 세계에 알리기 위해 미국에서 하나의 브랜드화 하여 폭발적인 성장을 하게 되었고, 지금은 팬케이크로 변경되어 미국 가정이나 식당에서 빼놓을 수 없는 아침 식사로 사랑받고 있어요. 이제는 전 세계에서 만들어 먹고 있지요."

주문했던 음식이 나왔다. 세 접시의 와플, 통째 삶은 홍합 요리, 감자튀김도 곁들여 나왔다.

직사각형의 큼직한 와플 위에 딸기와 키위 바나나 한 줄씩 장식한 그 위에 초콜릿 크림으로 무늬를 그려 올렸다. 먹음직스럽고 군침이 돌았다.

'와! 와플 맛은! 둘이 먹다 하나 죽어도 모른다.'는 말이 여기에서 나온 말 같았다.

"이 와플은 효모로 반죽을 부풀리고 풍성하게 거품을 낸 달걀에 반죽을 섞었기 때문에 속이 부드럽고 폭신폭신해요, 겉면은 이와 대조적으로 바삭 바삭하게 굽는 것이 비법이지요."

김이 모락모락 나는 홍합도 오목한 그릇에 각자 주었는데 풍기는 향긋함과 어디에서도 맛볼 수 없는 구수함이 감돌았다.

남편 역시,

"홍합 맛도 별미네!"

"이 홍합 요리는 벨기에 전통 요리인데요, 브뤼셀의 대표적인 음식이죠. 만들기 쉬운 요리이지요. 샐러리, 양파, 대파, 월계수 잎 등을 잘게 썰고 잘 씻은 홍합을 물 없이 그대로 냄비에 넣고 모두 함께 버무려 중불로 끓여주면 야채 수분과 홍합의 물이 나와서 이런 맛을 내지요."

까먹는 재미도 있고 국물은 특유의 향미였다. 이렇게 와플과 홍합을 함께 먹어야 제맛이 난다고 했다.

벨기에의 수도 브뤼셀의 야경은 환상적이었고, 레이저 쇼 역시 화려하고 찬란하게 가지각색의 불꽃으로 밤하늘을 수놓았다.

박덕은 作 [벨기에 야경](2016)

네덜란드 여행

　벨기에의 수도 브뤼셀의 화려한 야경을 뒤로 두고, 튤립, 풍차, 운하가 유명하다는 네덜란드로 가기 위하여 기차역으로 갔다.

　정복을 단정하게 입은 차장이 유레일패스를 보더니 일등석으로 안내해 주었다. 문만 닫으면 방안 같아서 오가는 사람들도 없었고 의자는 조종하면 누울 수도 있게 되어 있었다. 야간열차를 이용하여 누워서 다른 나라를 갈 수 있고 호텔비도 아낄 수 있었다.

　밤새 달리고 나니 네덜란드 수도 암스테르담에 도착했다는 안내방송이 들렸다. 아침 햇살이 밝게 차창을 비추었다. 창문을 열었다. 하늘은 맑고 공기도 신선하며 날씨도 좋았다. 먼저 은행에 들러 네덜란드 화폐를 조금 바꾸었고 네덜란드 안내책자도 구입했다.

　암스테르담은 대서양과 맞닿아 유럽의 서부에 있는데, 네덜란드는 1515년 에스파냐(스페인)의 통치를 받았으나 1648년에 독립이 되었고, 국토의 25%가 바다보다 낮은 나라로 인구 밀도가 세계에서도 가장 높다고 했다.

　유명한 화가 고흐, 렘브란트, 우리가 잘 아는 히딩크 감독도 이곳 암스테르담 출신이다. 해수면보다 낮은 지형으로 자연의 환경과 싸워 이룩한, 작지만 위대한 나라에 있는 암스테르담은 유럽 교통 요충지는 물론 물류의 요충지이기도 했다.

유유히 흐르는 암스테르담 강을 중심으로 여러 상공업이 발달한 나라이다. 암스테르담의 중심인 담 광장에는 작고 예쁜 노천카페들이 늘어져 있었다. 우리는 거기에서 아침 점심을 겸해서 브런치를 먹었다. 중세의 모습을 그대로 갖춘 시내의 건물들은 유럽풍 그대로 아름답고, 형형색색의 빛으로 사랑을 피운 튤립들은 길가는 관광객들의 발걸음을 멈추게 했고, 튤립의 예쁜 화분들이 창가마다 놓여 꽃밭을 이루었다. 너무 사랑스럽고 아름다워 한참동안 바라보니 꽃들도 웃고 반기는 것 같았다.

요즈음 나는 그때를 생각하면서 네덜란드 운하, 풍차, 집들과 교회, 튤립 등으로 어우러지는 그림을 그리기도 했다. 네덜란드 국화인 이 튤립을 보기 위하여 매년 3~5월의 축제 기간에 전 세계 관광객들은 네덜란드를 더 많이 찾는다고 했다.

튤립 정원으로 알려진 '리세 쿠컨호프(Lisse Keukenhof)' 공원에서 빨강, 노랑, 분홍, 주홍 등의 튤립이 그 넓은 들판에 골을 치고 쌓아올린 두둑 위에 줄 지어 있었다. 이 튤립들이 마치 색깔 넣어 짜놓은 융단 같은 아름다움이 장관이었다. 그 옆 연못의 분수는 하늘 높이 솟아 묘기를 부렸고, 풍차도 함께 빙빙 돌며 조화를 이루어 한 폭의 그림과 같았다. 우리는 선착장에서 유리 덮개가 있는 관광 유람선을 탔다. 여러 나라에서 관광 온 색다른 얼굴들이 가득 앉아 있었다. 키가 크고 턱수염을 기른 안내자가 말했다.

"암스테르담의 운하의 길이는 총 100km가 넘고 약 90개의 섬과, 1,500여 개의 다리로 구성되어 있고, 해상 무역을 통해 발전해 온 도시였기 때문에 육로보다 수로 건설에 집중을 했지요. 17세기에 세 개의 주요 운하(Heren, Pinsen, Keizers)가 만들어졌어요. 운하들은 공중에서 내려다보면 도시를 링 형태로 싸고 있고, 우리가 지나고 있는 이 운하들 중 싱겔(Singel) 운하는 세계유산으로 지정된 것들이죠."

안내인은 눈을 크게 뜨고 손을 들어 둥그렇게 그리며 말했다.

운하 주변의 집들은 폭이 좁은 상업용 건물들이 대부분이었다. 유람선이 슬슬 지나가는데 옆을 보니, 집안의 주방, 거실의 소파, 벽의 그림 등이 훤히 보였다. 어떤 곳은 그 집 자체 건물들이 물에 잠길 듯 위험하게 보였다.

"어머, 저 집은 물에 잠기겠어요."

옆에 앉아 있는 남편은 운하를 멀리 바라보고 감상하다가 고개를 돌리며 말했다.

"그래도 여태까지 잘 살아왔으니까 저렇게 유지해 있는 것 아니겠어, 염려할 것 없어요."

어떤 곳은 다리가 반으로 갈라지면서 유람선이 지나가도록 상판을 열어 주었다. 다시 닫으니 정상적으로 다리가 되어 차가 다니는 모습도 새롭게 보였다. 유람선은 유유히 통통거리며 커브를 도는데 옆쪽에 큰 풍차가 빙글 빙글 돌아가고 있었다. 안내자가 턱수염을 만지작거리며 말했다.

"나라는 작지만 일찍이 선진국으로 발전하여 국민들의 의식과 삶의 수준도 높지요. 95년 전만 해도 네덜란드에는 1만 개가 넘는 풍차가 있었는데, 현재는 1천 개 정도 남아 있어요. 풍차가 많은 이유는 해수면보다 낮게 위치해 있기 때문에 풍차를 이용해 물을 퍼내야만 했지요. 지금은 거대한 바람개비 형상의 풍력 발전기가 돌며 풍차의 자리를 대신하고 있어요. 기계와 전기가 있으므로 풍차의 사용은 멈추고, 풍차는 관광객들을 위한 볼거리로 이용하고 있지요. 암스테르담은 운하가 165개, 교량이 1,281개, 지금 우리가 타고 있는 유리덮개를 갖춘 운하보트가 112대입니다. 운하를 건너는 다리들도 수없이 많아요."

다리 밑으로 작은 배들과 관광보트도 많이 다니고 있었다. 남편은 반 고흐 미술관으로 가자고 했다. 본관을 들어가니 고흐의 자화상들이 전시되어 있는데, 고흐 자신의 얼굴을 모두 다른 방식으로 그려 놓은 것이 특색이었다. 색감이나 터치가 각각 달랐다.

나는 한 가지 데생을 각기 다른 방식으로 그려낼 수 있다는 것이 화가의 특별한 화법인가 싶었다. 고흐의 유명한 '해바라기' 그림이 별관의 윗층에 전시되어 있었는데, 그 주위에는 역시 많은 사람들이 몰려 있었다. 이 해바라기 그림도 단 한 점만 있는 것이 아니고, 시리즈로 있었다. 고흐는 인상파 화가이긴 하지만 초기의 그림들까지 그런 것은 아니었다. 전시에서 보이는 그림들은 아주 평범해 보이는 초상화나 풍경화도 있었다.

고흐는 39세의 아까운 젊은 나이에 정신질환으로 자신의 가슴에 총을 쏴 그 이틀 후에 죽었다고 했다.

우리는 렘브란트 반레인 하우스를 찾았다. 렘브란트가 첫 번째 유화 자화상을 그릴 때는 그의 나이 22세였다. 목과 볼, 헝클어진 머리카락을 역광이 비추고 있었다. 하지만 얼굴에서 가장 중요한 부분인 눈, 코, 입은 밝게 살려서 그만이 가지고 있는 명암법을 묘사했다. 그가 자라고 늙어 가는 모습도 거울을 보면서 그렸다는 자화상들도 있었고, 내가 좋아하고 관심 있는 성화들도 있었다.

유다가 예수님을 은(銀) 삼십 량에 팔고 괴로워했던 그림인데, 유다의 얼굴은 고뇌에 찬 고통스런 모습으로 울부짖으며, 움켜쥐고 있는 손은 피가 날 정도로 경련이 일고, 몸부림치고 있는 모습을 그렸다. 이 그림은 회개의 모습이 아닌가 싶었다. 어두운 명암이 섞여 있었다.

삼손을 그린 그림에서 나는 시선이 멈췄다. 갑옷을 입은 블레셋 병사들이 몸부림치는 삼손을 붙잡아 눕혀 놓고, 삼손의 눈을 빼려고 찌르는 순간을 포착해서 그렸다. 델릴라는 한 손에 머리카락을 한 움큼 쥐고 밖으로 나가면서 삼손이 당하고 있는 쪽을 쳐다보고 있었다. 은이 탐난 델릴라는 삼손을 배신하고 삼손의 힘이 머리카락에서 나온다는 비밀을 알려줘 머리털을 밀어 힘이 없게 만든 후 눈을 빼는 장면이었다. 어두운 공간에서 빛이 새어 들어와 주인공인 삼손과 델릴라의 모습을 밝게 해줬다. 명암을 이렇게 잘 살리는 데는 그에게 그럴만한 배경이 있었다.

렘브란트는 1606년 풍차 방앗간 제분업자의 아들로 태어났다. 어린 그에게 풍차는 요람 같은 곳이었다. 바람이 불어와 풍차의 날개가 빙글빙글 돌아갈 때마다 방앗간 안에는 빛과 그림자들이 번갈아가며 춤을 추었다.

어린 시절 풍차 속에서 각인된 이 강렬한 빛의 이미지가 훗날 렘브란트를 빛과 어둠의 화가라 불리는 거장으로 만들었다고 한다.

남편은 신학적으로 칼빈주의가 주조를 이루는 신학계를 살피지 못하고 이곳 화란을 떠난다면서, 우리는 덴마크로 향했다.

유양업 作 [풍차](2016)

덴마크 여행

　네덜란드 수도 암스테르담에서 하루를 보내고 늦은 저녁에 마트에 들러 빵, 과일, 과도, 음료수를 사서 가방에 넣고 덴마크의 수도 코펜하겐으로 향한 열차에 급하게 올랐다.

　유레일패스를 확인한 차장은 친절하게 우리를 안내했다. 열차 안은 승객들로 가득했지만 우리 내외는 유레일패스로 좋은 자리를 얻었다. 문만 닫으면 방안 같아서 승객들을 의식할 필요도 없이 자유스럽게 지낼 수 있었다.

　마트에서 샀던 빵과 과일로 저녁 식사를 했다.

　다음날 아침 코펜하겐 중앙역에 도착하니 주위에는 안개가 자욱했다. 은행에 들러 덴마크 화폐를 조금 바꾸었고 안내책자도 구입했다.

　코펜하겐은 덴마크의 가장 큰 섬인 세란 섬 동쪽에 발트 해로 들어가는 입구에 위치해 있었다.

　시내는 유럽풍의 건물들 사이에 나무들이 어우러져 깨끗한 경관을 자랑하고 크고 작은 운하들이 핏줄처럼 도시 곳곳에 이어져 있어 전원의 낭만이 흐르는 곳이었다.

면적은 남한의 43% 정도이며 여름 평균 기온은 18~25℃의 온화한 편으로, 6~8월이 덴마크 여행의 최적기라고 했다.

6월 하순부터 백야 현상인데 8월에는 밤 11시까지 백야를 경험할 수 있다고 했다.

시가지 대부분은 해발 고도가 낮을 뿐더러 오르막과 내리막길이 거의 없어 자전거의 도시로 유명했다. 도심은 물론이고 교외로 뻗어 나가는 대부분 길 한 편으로 자전거 도로가 이어져 있었다. 도시 곳곳에 보행자보다도 자전거를 탄 사람들이 더 많았고 자전거 신호가 바뀔 때마다 왼손을 들었다가 오른손을 들었다가 했다.

우리는 세계적으로 유명한 작가인 한스 크리스티안 안데르센의 흔적을 보기 위해 그의 박물관을 찾았다.

들어간 입구 오른쪽에 직사각형의 간판이 아담하게 있었다. 검은색으로 길게 세워진 판의 윗부분에 아동 얼굴이 동그랗게 그려진 주위로 빛줄기가 반사되어 해바라기꽃처럼 그려져 있었다.

1900년 초에 그의 고향 오덴세 시청이 안데르센의 집을 매입하여 그의 박물관을 세웠다고 했다. 국력이 뒷받침이 된 문화의 위력을 볼 수 있었다. 144개국으로 번역된 동화책들이 전시되어 있었는데, 자랑스러워하는 오덴세의 자부심이 그대로 묻어나 있었다.

박물관에는 서 있는 안데르센의 초상화, 그의 작품, 그의 초판 서적, 그리고 빨간 구두, 나막신 등이 진열되어 있었다.

그림, 문서, 의복, 가위로 종이를 오린 작품 등 훌륭한 컬렉션과 물건들은 안데르센의 가난한 어린 시절의 생활상을 그대로 전하고 있었다. 밤색의 낡은 여행 가방은 그가 여행을 즐겼음을 알 수 있었다.

안데르센은 연극과 문학에 대한 꿈을 계속 키워 갔고, 열네 살의 나이로 코펜하겐으로 가서 문학계에 발을 들여놓으려고 노력했다. 마침내 왕립극장의 책임자 '요나서 콜린'이 안데르센의 재능을 발견했다.

30살 때 자신의 첫 작품 '아이들을 위한 동화'의 출간으로 국제적인 명성을 얻었다. 그 후로 점점 사랑을 받은 작가로 156편의 동화를 출판, 약 800편의 시, 7편의 소설, 약 50여 편의 희곡, 6편의 기행문, 2편의 자서전, 그리고 다수의 단편 등을 남겼고 인어 공주, 미운 오리 새끼 등을 비롯한 동화를 통해 가장 잘 알려진 작가가 되었다.

그의 작품은 대부분 아동 문학으로 읽히지만 자세히 들여다보면 분명히 어른 독자를 겨냥하고 있는 아이러니한 의미가 드러난다. 간암 투병 중에도 죽음 직전까지 글쓰기와 여행을 멈추지 않았고, 1875년 8월 4일 70세에 세상을 떠나면서, 영혼이 불멸한 것이라고 했다.

안데르센은 종이 위에 쓰고, 종이 위에 그리고, 종이를 가위로 오리기를 즐겨했다. 덴마크에서는 크리스마스트리를 장식하는 것이 전통이었는데, 어렸을 때 안데르센은 크리스마스를 몹시 기다렸고, 또 매우 즐겼다고 했다.

종이로 다양하게 트리 장식들을 가위로 오려 실을 달고, 오려진 장식에 짧은 시와 희망을 적어서 크리스마스트리에 주렁주렁 달았단다. 장식된 나무는 때때로 2월까지 치우지 않고 거실에 두고 보는 것을 즐겼으며 크리스마스이브가 되면 선물이 놓여 있는 트리 옆에 앉아 그는 지인들에게 동화를 들려주었다고 한다. 크리스마스트리는 성냥팔이 소녀, 전나무 등 안데르센의 동화에 등장하고 있다.

남편이 좋아한 키에르케고르(Kierkegaard;1813~1855년) 무덤으로 가는 도중에 나는 남편에게 물었다.

"키에르케고르는 덴마크의 유명한 철학자로 알고 있는데요."

"그래요. 덴마크의 철학자이지요. 실존주의의 창시자들 중의 한 사람이고요. 그는 개인의 경험과 선택의 중요성을 확언함으로 써 그 시대에 유행하는 헤겔 철학을 반대했어요. 그는 기독교 교리의 진리들에 대한 객관적인 체계의 가능성에 대해 찬성하는 것을 거부했고, 그리고 사람은 '신앙의 도약'을 통해서만 하나님을 알 수 있다고 주장했지요."

남편은 콧등으로 내려온 안경을 자꾸 올리며 말을 이었다.

"그의 종교적인 작품으로 대표적인 것들은 '불안의 개념'(1844년)과 '죽음에 이르는 병'(1849년)이지요. 철학적인 저서로는 '이것이냐 저것이냐(Either-or)'(1843년)인데 특별히 그가 괴로움을 겪고 집필한 것이지요."

"아! 그 괴로운 스토리는 나도 알고 있어요."

"약혼녀 레기네 올슨(Regine Olsen)과의 관계이지요. 키에르케고르는 24세의 청년으로 한 파티에서 16세의 소녀 레기네 올슨을 만나 사랑을 하게 되었는데 3년 후 1840년에 19세가 된 그녀와 약혼을 했지요. 그러나 1년 후에 파혼을 했어요. 자신의 가계에 대한 죄책감, 자신의 책무에 대한 인식, 순수한 레기네 올슨에 대한 미안함 등으로 해서 파혼을 했는데, 이런 괴로움 중에 쓴 책이래요."

우리는 키에르케고르 박물관에 갔을 때 여러 유물들을 살펴본 중에 되돌려 주었다는 파혼 반지가 케이스 안에 반짝거리고 있었던 것을 직접 보고 실감했던 것이 뇌리를 스쳤다.

무덤에 도착했다. 시가지의 공동묘지에 자리잡은 그의 무덤이다. 남편은 그의 무덤에 이르자 깊은 상념에 젖어 무덤을 한참동안 바라보고 있었다.

그의 무덤은 비석이 복층인데 윗부분에 글이 씌어 있고 아래는 두 편으로 나누어 나란히 비문이 쓰여 있었다.

그 부근에 안데르센 무덤, 그룬트비 무덤도 있었다.

나는 그룬트비 무덤을 보니 그의 훌륭한 삶이 생각나서 남편에게 물었다.

"덴마크 부흥의 아버지로 불리는 그룬트비 목사가 참 훌륭하다는데, 그에 대해 좀더 구체적으로 알고 싶어요."

남편은 한참 눈을 깜박거리며 생각에 잠기더니 말을 했다.

"그룬트비는 이렇게 무덤에 있지만 살아 있지요. 덴마크의 종교를 개혁했고, 새로운 교육을 창안했고요. 덴마크의 국민정신을 살리기 위하여 시를 쓰고, 북유럽 신화를 쓰고, 덴마크 역사를 쓰고, 덴마크 국어를 찾아내고, 강단에서 외치고, 국회에 들어가 새로운 법을 만들었지요. 그룬트비 목사는 어두운 덴마크에 빛을 주고 열을 준 덴마크의 태양이지요. 이 열에 3백만 덴마크 사람의 마음에는 새로운 생명의 싹이 움트기 시작했으니까요."

"정말 일도 많이 했고 끊임없이 투쟁하여 덴마크를 살린 훌륭한 분이었네요. 역시 당신 별명이 '걸어 다니는 사전'이라더니……. 그가 개혁할 때 외친 삼애(三愛) 정신이 있는데, 첫째는 하나님 사랑, 둘째는 사람 사랑, 셋째는? 뭐죠? 기억나지 않아요."

"삼애 정신 중 셋째는 땅을 사랑하자. 이 삼애 정신을 구호로 제시하고 어려운 덴마크를 개척해 세계적으로 아름다운 나라로 만드는 데 크게 공헌했지요. 이 삼애 정신은 곧 덴마크 국민의 구호가 되었고, 그 정신은 지금도 덴마크 사람들의 마음 저변에 면면히 흐르고 있지요."

그룬트비가 지은 시들은 많이 찬송가 가사로 사용되었는데 덴마크 교회는 물론, 노르웨이, 스웨덴, 독일, 영국 등에서도 번역되어 널리 알려지기도 했다. 그는 목회자이자 시인이며, 교육가, 정치인이었다.

그는 낮은 데로 내려갔다. 사람들과, 나라와 교회, 흙 가운데로 뛰어들었고, 1861년에는 루터교 감독의 직위를 받았으며 11년 뒤인 1872년 9월 2일 코펜하겐에서 온 국민이 지켜보는 가운데 조용히 눈을 감았다.

스웨덴 여행

코펜하겐에서 밤 열차를 이용하여 스웨덴의 수도 스톡홀름으로 향했다. 차장의 안내를 받아 좌석을 찾아가는데 열차에 앉아 있는 승객들 중에는 독서하는 이들이 눈에 띄었다.

스웨덴은 세계에서 이름난 복지 국가여서 가 보고 싶은 나라였다. '요람에서 무덤까지(from craddle to tomb)' 삶을 돌보는 나라로서 의료 혜택, 실업 수당, 무료 교육, 노후 연금 등 사회보장제도가 잘된 나라였다.

스톡홀름에 도착해서 김복선 선교사 내외의 안내를 받아 선교사 댁으로 갔다.

김 선교사 내외는 우리를 반갑게 맞아 주었고 극진히 대해 주었다. 그는 남편의 서울 대광 고등학교 후배이기도 했다.

김 선교사는 스웨덴 교회당을 빌려 한인교회를 열심히 목회하고 있었다. 우리는 다과를 들면서 이야기를 나누는 중에 사모님이 말했다.

"스톡홀름은 스칸디나비아 반도 최대 도시로 많은 섬을 끼고 있어 북방의 베니스라고도 불러요, 거기서 매년 노벨상 시상식이 거창하게 열리지요."

나는 노벨상 시상식이란 그 말에 귀가 번뜩 열렸다.

"그곳에 한번 가 볼 수 있을까요."

"그럼, 가 볼까요, 가시지요."

우리는 곧바로 그곳으로 향했다. 찬란한 햇살 아래 육중한 건물들이 중세 분위기를 간직하고 있었고 스웨덴 국기가 진초록 바탕에 노랑 십자가로 그려져 펄럭임이 조화를 이뤄 아름다웠다.

감라스탄 구시가 중심 대광장에 인접해 있는 회토리예트에 위치한 '노벨 박물관' 3층에 스웨덴 아카데미가 있었다. 그곳은 각종 노벨 문학상 수상자를 심사 선정하는 곳이고, 노벨 평화상은 노르웨이 오슬로에서 심사한다고 했다.

노벨상 수상식은 스톡홀름 회토리예트 광장에 있는 콘서트홀에서 매년 12월 10일 개최되는데, 넓은 콘서트 실내홀은 둥그렇게 2층까지 원형으로 고급스런 의자가 놓여 있었고 실내 장식들도 화려했다. 노벨 박물관에는 노벨상을 수여할 때 함께 주는 금으로 만든 기념 메달도 있었다. 천정에 걸려 있는 수많은 필름이 돌아가면서 벽면 스크린에 노벨상 수상자의 업적이 소개되기도 했다.

시청사 블루홀은 가장 큰 행사장으로 매년 12월 10일에 노벨상 수상 축하 만찬식이 거행되는 장소라고 했다.

세르겔 광장에 들어서니 대형 유리 오벨리스크(높이 160m)가 눈에 확 들어오는데 8만 개의 유리판으로 만들어졌으며 밤에 조명이 들어오면 굉장하다고 하는데 낮이어서 그 광경을 보지는 못했다.

보행자 전용도로는 중심가 회토리예트 광장으로부터 드로트닝가탄(Drottninggatan) 거리를 따라 국회의사당까지 이어지는데, 특이한 것은 가로등이 길을 중심으로 건물과 건물 좌우 지붕 위에 전기선을 타고 중간 공중에서 전깃불이 아래 인도를 비춰 주고 있었다.

마치 종들이 매달려 있는 것처럼 보였다. 이 거리를 걸으면서 김 선교사는 포켓에서 손을 빼내며 말했다.

"스웨덴의 세계적인 여류 동화작가 아스트리드 린드그렌(Astrid Lindgren)은 '말괄량이 삐삐(1945년)', '시끄러운 마을의 아이들' 등 200여 편의 작품을 남겼는데, '에밀' 시리즈로 세계 어린이들의 사랑을 받은 그녀를 정부가 기념해서 제정한 문학상금이 553,000$(약 6억원)이나 되지요. 그녀는 인권운동가, 동물 환경 보호론자이기도 하지요."

꽃 같은 인품의 향기를 가졌던 작가였구나 싶었다.

교민과 체류자들의 친목단체로 1962년에 조직된 스웨덴 한인회가 있는데 그중에는 한국 출신 입양 고아가 많이 가입해 있다고 했다.

대학에 관심이 많은 남편은 대학교에 가 보고 싶다 하여 스웨덴 최고의 웁살라 대학교(Uppsala University)를 찾았다.

교정에 들어서자 경관도 아름답고 건물 앞의 빨간 튤립이 파란 잎을 깔고 꽃봉오리들은 빨간 방석을 깔아 놓은 듯 만개했다.

그 중심에 등대 모양인 큰 동상에 아랫부분에는 여성이 앉아 있고 꼭대기에는 정장을 한 남자 신사가 뒷짐을 지고 서 있는 모습이 이채롭게 보였다. 갑자기 흐린 날씨에도 그런대로 운치가 있었다.

마침 그 학교의 여학생을 만나 학교를 돌아보면서 설명을 들었다.

"이 학교는 노벨상 수상자가 8명이 넘게 배출된 학교로 학문적 성과가 높습니다. 동문들이 세운 학술적 업적이 있는 학교로 다양한 프로그램도 제공되고요. 북유럽 지역에서 가장 오래된 대학(1477년 창설)으로 세계 100위 안에 드는 대학교이지요. 특히 생물학 분야에서는 지금도 아주 좋은 평가를 받고 있고요. 식물학의 시조라고 불리는 노벨상을 수상했던 '칼 폰 린네'도 이 학교 출신이지요."

그때 남편은 빙그레 웃으며 질문을 했다.

"한국과 연관된 연구소는 없나요?"

그렇게 물었을 때 친절한 여학생은 공손하게 말했다.

"1970년대 말 웁살라 대학교의 경제사 연구소에서는 여러 학생이 한국 경제를 연구하고 같은 대학 사회학 연구소에서는 박사학위 과정에 한국 가족 사회학을 두기도 했지요. 특히 우리 대학교의 동아시아 언어연구소는 한국의 고인쇄 자료를 수장해서 이들 자료를 중심으로 1974년 '한국 고인쇄 전시회'가 개최된 일도 있었어요."

자상하게 설명해 준 학생이 고마웠다. 학생과 헤어진 뒤, 우리는 간단한 점심을 하기 위해 햄버거 집에 들어갔다. 햄버거는 무척 크고 콜라를 담은 컵도 커서 양도 많았다.

나는 새삼스레 WCC 생각이 스쳐갔다.

"세계교회협의회(WCC) 창설에 크게 영향을 끼친 스웨덴 사람 그 누가 있지 않았나 싶은데요?"

남편은 신난 표정으로 곧바로 대답을 했다.

"아, 그는 나단 죄더블롬(Natan Soederblom, 1866~1931년)인데 초창기 에큐메니칼 운동에 헌신했던 인물로 스웨덴 웁살라의 대주교였지요. 1948년에 WCC가 창설되기 전 두 가지 운동이 있었는데, 하나는 '삶과 일(Life and Work) 운동 세계대회'와 또 하나는 '신앙과 직제(Faith and Order) 세계대회'를 주도했던 분이지요. 이 두 대회가 합쳐서 WCC가 창설 되었는데 WCC 제1차 대회가 화란 암스테르담에서 모였던 기념비적인 대회였지요."

"그렇군요. 그리고 또 스웨덴 사람으로 누가 있었는데, 아, 스웨덴의 신학자 중 유명한 인물로 앤더슨 니그렌이 있지 않아요?"

남편은 헛기침을 하고 대답을 했다.

"룬트파 신학에 대해서는 내가 연세대 연합신학대학원에 다녔을 때, 한국에 루터교회를 가져왔던 지원용 박사님에게서 강의를 들었어요. 앤더슨 니그렌은 스웨덴 룬트 대학을 중심으로 구성된 룬트학파의 대표 신학자 가운데 한 사람이지요. 스웨덴의 룬트학파는 루터를 연구하는 사람들에게 간과할 수 없어요. 북유럽을 대표하는 3개국 스웨덴, 노르웨이, 덴마크는 루터교 전통의 신앙을 고수하고 있는 나라들이니까요. 신학자든 철학자든 20세기 중반 이전에 활동한 이 세 나라 출신들의 사상을 파악하기 위해서는 반드시 루터의 사상에 대한 이해가 선행되어야 했어요. 그만큼 루터라는 인물은 북유럽의 3개국에 대단한 영향력을 행사해 왔지요."

"종교 개혁자 루터는 그렇구요. 루터의 사상을 잘 표현했다는 니그렌의 '아가페와 에로스' 책의 요점은 무엇이었지요?"

남편은 잠깐 생각에 잠기더니 말을 꺼냈다.

"그 책은 팔백여 페이지나 되는 방대한 책인데요. 요점만 짧게 말해 보지요. 아마도 니그렌은 '아가페와 에로스' 책을 쓰게 된 근본 동기가 여기에 있는 것 같아요. 그가 루터의 '이신칭의(以信稱義)'와 십자가 신학이라는 관점을 통해 기독교 사랑 개념이 아가페, 즉 무동기적 사랑이라고 간파했다고 판단해도 틀리지 않았을 거예요."

남편은 콜라 없는 빈 컵을 들고 다시 말을 이었다.

"니그렌은 기독교 역사에 나타난 신학과 신학자들의 기독교 이해를 세 종류의 사랑 개념으로 분류했어요. 기독교적 개념인 아가페, 헬라철학 종교적 개념인 에로스, 유대교적 개념인 노모스(율법)이지요. 첫 번째는 신 중심적인 순수 기독교적 사랑 개념이며, 두 번째와 세 번째 개념은 인간 중심적이고, 따라서 비기독교적인 사랑 개념이라고 니그렌은 주장하지요. '아가페와 에로스' 이 책을 우리말로 번역한 고구경 씨는 매우 신중하게 번역한 것 같아

요. 번역은 적절하게 번역하기가 때로는 어려운 것이어서 번역자
(translator)는 반역자(traitor)라는 말이 있지요."

우리는 함께 웃으면서 식당을 나오는데 옆에 큰 교회 건물 안에
서 오르간 소리가 바람을 타고 은은하게 들려왔다.

나는 교회당 안으로 조용히 들어가 문을 살짝 열고 빠끔히 들여
다보았다. 많은 사람들 앞에서 중년 여인이 커다란 파이프 오르간
앞에 우아한 차림으로 앉아 리듬에 맞추어 몸을 움직이며 열심히
연주를 하고 있었다.

그 모습은 한 폭의 그림처럼 아름다웠다. 토요일이면 종종 이런
프로그램이 있다고 선교사님이 말해 주었다.

밤 10시가 되었는데 낮처럼 밝았다. 나는 의아했다.

"밤인데 왜 이렇게 밝지요, 언제 밤이 되지요?"

사모님은 나를 쳐다보고 박장대소하며 대답했다.

"여기는 백야 현상이 많아요, 그래서 이렇게 밝아요, 지금이 밤
이지요."

"그럼, 밤에 잠은 어떻게 자나요?"

"시계를 보고 잠자는 시간에 맞추어 두꺼운 커튼을 칩니다. 방
안이 캄캄하게 커튼을 잘 가리고 자지요."

우리는 그렇게 하고 잠을 잤다.

밤과 낮이 뚜렷하고, 사계절이 구별된 우리나라를 생각하며 나
는 새삼스레 우리나라 환경에 고마움을 느꼈다.

독일 여행

살랑 살랑 불어오는 바람을 맞으며 우리 내외는 스웨덴 스톡홀름에서 노르웨이와 핀란드로 갈 수 있었으나 유레일패스의 한정된 날짜를 아끼기 위하여 다른 나라로 가기로 했다.

우리는 암스테르담에서 내려 유레일패스권 밖의 영국으로 비행기를 이용하여 가려는 계획이었다. 스톡홀름 중앙역에서 암스테르담으로 가는 열차를 타고 가는 도중에 옆자리에 앉아 있던 남편이 갑자기 일어났다.

"나 저쪽에 좀 갔다 올게요."

그 말을 하고 떠난 남편은 돌아올 시간이 지났는데 좀처럼 나타나지 않았다. 한 시간이 지났는데도 오지 않았다. 마음이 초조하고 불안했다.

'어디로 갔을까? 누가 납치해 갔나……'

별의별 생각이 다 들었다. 국제 고아가 된 것 같은 느낌이었다. 걱정이 이만저만이 아니었다. 한 시간 반이 지난 후에야 웃으며 나타났다. 막상 눈앞에 나타난 남편을 보니 반가웠다.

남편은 태연하게 손등의 시계를 보았다.

"어, 시간이 많이 지났네. 미안해요. 독일인과 이야기를 하다가 이렇게 늦어졌는데, 그는 우리가 독일로 먼저 가는 것이 좋을 것이라 했어요. 그래서 여행 스케줄을 바꾸어서 이대로 독일로 바로 가는 것이 더 좋겠어요."

남편은 독일에 있는 김종렬 목사님과 통화를 했고, 우리는 타고 있는 기차로 암스테르담에서 내리지 않고 계속 독일로 가게 되었다.

독일 슈투트가르트 중앙역에서 내렸다. 우리는 김 목사님의 안내를 받아 목사님 댁으로 갔다. 사모님은 교인 가정에 심방 가고 집에 안 없었다.

김 목사님은 남편의 신학교 동기 동창으로 친한 사이인데 오랜만에 만나 다정스레 정담을 나누었다. 그는 한국교회 협의회(NCCK)가 독일에 있는 우리 교포들을 위해 보낸 선교사였다. 그의 생활비는 독일 교회가 지원했다. 그의 목회 지역은 한국의 호남과 영남을 합쳐 놓은 것만큼 넓다고 했다.

다음날이 주일이었다. 예배를 드리기 위해 목사님이 사역하고 있는 한인 교회를 갔다.

여신도들이 가지각색의 한복들을 입고 와서 교회당 안은 여러 색깔의 아름다운 꽃밭을 이루었다.

예배가 끝난 후에 나는 사모님 곁으로 살며시 가서 물었다.

"오늘 교회에 무슨 행사가 있나요?"

사모님은 밝은 표정으로 웃으며 말했다.

"오늘이 한국 설날이지요, 그래서 여선교회에서 떡국을 끓였대요."

"어머. 그렇구나, 난 기억도 못했네!"

교민들은 외국에 살지만 향수에 젖어 고향을 그리며 한국의 대명절을 잊지 않고 이렇게 예쁘게 옷단장을 하고 고향을 그리워하는구나 싶었다.

교인 중에 튀빙엔 대학에서 공부하고 있는 성종현, 김지철 목사님을 만났다. 그들은 후에 박사학위를 받은 후 장신대에서 교수로 봉직하다가, 김지철 교수는 목회에 뜻을 두고 강남 소망교회 담임목사로 일하고 있고, 성종형 교수는 은퇴 후에 장신대 명예교수로 있다. 두 분 다 한국 신약학회에서 이름을 떨치고 있다.

독일의 남서쪽에 위치한 도시 슈투트가르트는 바덴뷔르템베르크 주의 주 도시로 중세풍의 육중한 건물 사이 곳곳에 둥치 굵은 나무들이 빽빽하게 서 있어 운치가 있었다.

인구는 대략 59만2천 명 정도며 벤츠와 포르세 자동차의 본사와 공장과 박물관도 있었다. 오페라와 유명한 발레단이 있어 멋과 문화가 공존한 도시였다. 이 발레단에서 우리나라 출신 강수진 발레리나가 오랫동안 활약했다. 강 발레리나는 몇 년 전부터 한국 국립발레단 예술 감독으로서 후진들을 양성하고 있다.

독일의 대표적인 철학자 헤겔의 생가에 갔다. 그가 태어난 3층의 건물을 수리해서 박물관으로 운영하고 있었다.

헤겔 인생에 대한 자료를 보고 박물관 곳곳을 둘러보면서 위대한 철학자에 대한 모습을 조금이나마 생각할 수 있었다. 헤겔이 사용했던 물건, 그의 작품, 서신 등을 살펴보며 그가 완성시킨 관념론에 대해서도 궁금한 마음이었다. 그래서 나는 남편에게 물었다.

"헤겔의 철학을 어떻게 설명할 수 있나요?"

남편은 잠시 망설이다가 대답을 했다.

"헤겔(1770~1831년)의 철학은 광범위한 영향들과 다양한 적용들을 가지고서 사상의 복합적 체계를 나타내지요. 그는 특별히 변증법적인 추론에 대한 세 단계인 '정·반·합'의 과정으로 알려져 있고, 역사적 발전과 관념들의 진화에 대한 그의 관념주의적인 개념들을 중시하지요. 마르크스도 헤겔의 저작에 대한 이 양태에서 변증법적인 유물론에 대한 마르크스 자신의 이론에 기초를 두지요."

우리는 김 선교사님의 안내를 따라 인근 지역에 있는 튀빙엔 대학교를 방문했다.

김 선교사님은 교정을 걸으며 우리에게 학교와 도시에 대해 설명을 해주었다.

"이 대학은 교육 도시 튀빙엔에 있는 주립 종합대학교인데요. 1477년에 신학과 철학을 가르치는 대학으로 시작하여 법과 대학, 의과 대학 등을 비롯해 14개 단과대학으로 구성돼 있지요. 대학 교육 시설은 유럽의 대학들이 대개 그렇듯이 한 곳의 캠퍼스에 모여 있지 않고 도시 여기 저기 흩어져 있어요. 튀빙엔 도시 전체가 대학 캠퍼스 분위기지요."

튀빙엔은 헤겔이 신학박사 학위를 받았던 곳으로도 유명하고, 시인 횔덜린도 이곳 신학대학 출신이었는데, 시중에 그의 아름다운 할머니를 예수님을 낳으신 마리아에게 접근시킨 마지막 시 구절은, '인간이 유년기가 약속한 것을 보존하기를'이었다.

헤르만 헷세는 젊은 시절 튀빙엔의 한 서점에서 일했다고 했다. 튀빙엔 대학은 특히 신학이 유명했다. 남편은 말했다.

"현대 독일의 3대 신학자로 판넨베르크와 몰트만과 융엘을 꼽는데, 몰트만과 융엘이 튀빙겐 신학대학에서 가르치고 있지요."

그러면서 학교 건물을 바라보았다.

김 선교사는 우리를 블룸하르트 부자가 목회했던 다른 지역으로 가 보자고 하면서 설명해 주었다.

"아버지 블룸하르트(Johann Christoph Blumhardt, 1805~1880년)는 뫼틀링엔(Motlingen)에서 목회하였고, 아들 블룸하르트(Christoph Fr. Blumhardt, 1842~1919년)는 받 볼(Bad Boll)에서 목회하였는데, 그들은 독일에서 각성 운동으로 유명했지요. 각성 운동은 그 당시 미국에서도 요나단 에드워즈를 중심으로 열렬히 일어났고, 후에 1903

년에 한국 평양 장대현 교회에서도 이 운동이 일어나기 시작했지요."

남편도 덧붙여 말했다.

"20세기 최고의 신학자 칼 바르트(Karl Barth)가 젊은 시절에 그의 목회적, 신학적 친구였던 투루나이젠과 함께 블룸하르트를 찾아갈 정도였지요. 아버지는 1838년부터 독일 서남부지역 작은 마을 뫼틀링엔의 교회에서 담임목회자로 사역하였을 때 블룸하르트는 특별한 체험을 가졌지요. 정신질환을 앓고 있는 고트리빈 디투스를 기도로 치유했던 그 사건이지요. 디투스를 간호해 온 그의 사촌 카타리나가 이 사건을 목격하고, '예수 이겼네!' 하고 외쳤지요. 이 외마디는 아버지의 블룸하르트의 가슴속으로 깊이 파고들어 갔고, 이것은 그의 목회 좌우명이 되었어요. 아들 역시 아버지 영향을 그대로 이어받아 아들 블룸하르트도 '예수 이겼네'가 목회 좌우명이 되었고요."

나는 남편에게 물었다.

"블룸하르트에 대한 칼 바르트의 신학적인 평가는 무엇인가요?"

남편은 잠시 생각에 잠기더니 조심스레 말했다.

"바르트의 평가는 블룸하르트가 어느 신학자들과는 달리 신학 이론 작업에 매진하지 않았고, 그는 실천하는 목회자로 '영혼 돌봄'에 모든 힘을 기울였다는 것이지요."

우리는 함께 독일 남서부 바덴뷔르템베르크 주에 있는 하이델베르크에 열차를 타고 갔다.

높은 산속에 자리잡은 하이델베르크성 주변은 정원으로 깔끔하게 꾸며졌고, 붉은 색깔로 위풍당당하게 서 있었다. 교육 관광으로 유명한 유서 깊은 곳이었다.

성안에 있는 하이델베르크 대학은 1386년 신학과와 철학과로 시작해서 설립 되었는데, 독일에서 가장 오래된 대학교가 되었다. 도서관에는 조용한 분위기에서 많은 학생들이 묵직한 의자에 앉아 열심히 연구하며 공부를 하고 있었다.

정원 입구는 아치형으로 되어 있었는데 문 한쪽에는 괴테가 사랑하는 여인을 위해 지었다는 시 한 구절이 씌어 있었다.

'여기서 나는 사랑을 하고, 사랑을 받으며 행복했노라.'라는 시구였다. 아름답고 로맨틱한 곳이었다.

붉은색의 아름다운 건물은 생각보다 화려하지 않았다. 대학의 도시, 신학과 철학의 도시여서인지 신선하고 정갈한 느낌을 받을 수 있었다.

성곽을 오르면서 내려다보는 아기자기한 시가지와 붉은 지붕들이 많아서 붉고 밝게 보인 광경 사이로 네카어 강이 유유히 흘러 도시를 더욱 아름답고 빛나게 만들어 주었다.

2차 세계대전 당시 공격을 받아 부서졌던 그 모습들도 그대로 일부분 두고 있었다.

하이델베르크 성 건너편에는 이곳에 머물렀던 저명한 철학자들과 문학가 괴테가 걸으면서 사색을 했다는 산책로가 있었다. 입구에는 표지판에 'Schlangen Weg(오솔길)' 라고 씌어 있었다. 우리도 이 꾸불꾸불한 길을 걸으면서 그의 위대한 작품 '파우스트'를 떠올리며 감회에 젖었다. 그 길은 좁은 오솔길로 일부분 좌우에 돌 담벼락으로 둘러싸여 있었고 양쪽 위에 빽빽하게 우거진 숲으로 덮여 있었다.

숨을 헐떡이며 땀을 흘리고 그 길을 올라가서 건너편을 바라보니, 숲속의 웅장하고 아름다운 하이델베르크성과 아래의 강과 시가지의 경관이 환상적이어서 피곤도 한순간에 풀렸다.

문학적 천재인 괴테도 이러한 신선한 느낌을 가졌을까!

오지리(Austria) 경유 영국 방문

이른 아침 오스트리아를 가기 위해 바쁘게 서둘렀다.

오지리는 이승만 대통령의 영부인이었던 프란체스카 여사가 태어난 나라며, 유명한 음악가들이 출생한 나라여서 잠시라도 그 땅을 밟아 보고 싶었다. 그래서 오지리의 수도 비엔나까지 기차로 가면서 볼프강 아마데우스 모차르트(1756~1791년)를 떠올렸다.

3살 때 스스로 건반을 다루고 연주하는 법을 터득했으며 5살 때 이미 작곡을 하기 시작했다는 잘츠부르크 출신의 천재적인 신동. 그는 빈에서 생활할 때 베토벤을 교육시켰다. 그의 작곡들은 감동적이어서 나는 그의 음악에 대해 생각하기보다는 느껴야 한다는 것을 깨달았다.

그의 음악은 하나님으로 나를 가득 채웠으므로, 나는 어느 음악가보다도 모차르트를 좋아했고, 평소 모차르트의 곡들을 연주회 때나 혹은 특송으로 부르곤 했다. 그중에서도 'Quoniam, tu solus sanctus:주님 홀로 거룩하시다', 'Agnus dei:하나님의 어린 양', 'Laudate Dominum:주님을 찬양하라'는 성곡들은 마음의 느긋함뿐만 아니라 경쾌감까지 주는 곡들이었다.

초기에 하이든과 바하에 의하여 영향을 받았던 모차르트는 형식과 멜로디의 순수성에 있어서 고전 음악을 정점에 이르게 했다.

우리는 비엔나 대학교를 잠시 둘러보고 기차로 다시 독일 프랑크푸르트에 갔고, 독일에서 가장 붐비는 프랑크푸르트 공항에서 비행기로 영국으로 갔다.

영국하면 옥스퍼드 대학교와 케임브리지 대학교를 떠올리게 되는데, 남편은 먼저 런던 공항에서 케임브리지 대학교로 가자고 했다.

우리는 두어 시간 버스를 타고 케임브리지에서 내리니, 저녁 붉은 노을이 아름답게 하늘을 수놓아 우리를 맞아 주는 듯했다. 숙소를 찾았다. YMCA 호텔에서 하룻밤을 묵었다.

다음날 남편의 신학교 은사님이었던 한철하 박사님이 안식년으로 케임브리지 대학에 계신다는 것을 알고서 전화를 걸었고 웨스트민스터 신학교에 계신 박사님을 반갑게 만나 뵈었다.

박사님은 케임브리지 대학교의 캠퍼스를 걸으면서 학교에 대해 설명해 주었다.

우리가 걸어가는 길옆에 수풀 우거진 나무들이 연못에 비쳤고, 희고 붉은 점박이 붕어들이 떼를 지어 노닐고, 웅장한 건물 아래 케임브리지 대학 수학의 다리 밑을 유유히 흐르는 강물의 고요함이 낭만적이었다. 그 아름다움에 도취되고 있을 때 한 박사님은 우리에게 물었다.

"내가 평소에 듣는 강의가 있는데 함께 갈까요?"

그래서 우리는 한 학기에 여섯 번 있는 강의 중 한 차례의 강의를 들었다. 나는 다 이해하지는 못했지만 케임브리지 대학의 공부 분위기를 경험했다는 것에 뿌듯한 마음이었다.

강의가 끝나고 교정을 걸으며 박사님은 손으로 가리키며 말했다.

"저 나무는 '뉴턴의 사과나무'라고 해요."

바람 따라 구름 따라 별빛 따라

홀로 서 있던 사과나무도 알아듣는 듯 건물 앞에서 살랑거린 바람에 흔들려 연한 잎들이 춤을 추었다.

한 박사님은 말을 이었다.

"케임브리지 대학교는 1209년에 설립된 학교로 800년의 역사를 가졌고, 94명의 노벨상 수상자들을 배출했지요."

나는 망설이다가 입을 열었다.

"한 박사님! 이 학교에서는 여성 교육을 잘하고 있다고 들었는데요?"

"그렇지요, 이 대학의 '거튼 칼리지'는 영국에서 여성 교육에 힘썼는데 19세기에서 20세기 초에 걸쳐 여성 교육에 크게 기여 했었지요. 그러나 현재는 남녀공학으로 공부하고 있어요."

흥미롭게 듣고 있던 남편이 물었다.

"이 학교에서는 강의 중심이 아니고 교수와 학생 관계 속에서 이루어진다고 하던데요?"

박사님은 손으로 햇빛을 가리며 말했다.

"그래요, 맞아요. 학부생의 교육은 칼리지에서 교수 대 학생 1대1, 혹은 1대3 정도의 소수 교육이 이루어지지요. 강의는 대학 학부 단위에서 행해지나 출석 검사는 하지 않고 학생의 자유의사에 맡겨집니다."

박사님은 은은한 미소를 지으며 자상하게 대답을 해주었다. 남편은 조심스럽게 또 물었다.

"케임브리지 대학교는 옥스퍼드 대학과 관계가 특별하다고 하던데요."

한 박사님은 좀 겸연쩍은 듯한 표정으로 대답했다.

"옥스퍼드 대학교에 대한 대항 의식이 강해요. 서로 학생들은 학교 명칭은 부르지 않고 '다른 쪽(the other place)'이라고 부를 뿐만 아니라, 뱃놀이에서도 서로 다른 방향으로 노를 저어가지요."

우리는 캠퍼스를 구경한 후 감사함을 표하고 박사님과 헤어져 옥스퍼드 대학교(University of Oxford)로 향했다.

두 시간 정도 버스를 타고 옥스퍼드 대학교에 도착했다. 대학 건물 안으로 들어갔다.

학교의 표어는 'Dominus Illuminatio Mea(주님은 나의 빛이다)'라고 씌어 있었다. 우리는 한 분의 교수님을 만나 인사를 나눈 후 얘기를 나누었다.

그 교수님은 친절하게 학교 소개를 해주었다.

"우리 대학교는 파리 대학의 유학생들이 옥스퍼드에 정착함에 따라 대학교가 형성되었어요. 파리 대학교는 옥스퍼드 대학교의 원형이라 할 수 있고, 케임브리지 대학교는 옥스퍼드 대학에서 갈라져 나갔다고 할 수 있지요. 우리 대학교는 1096년에 신학부, 법학부, 의학부, 인문학부가 개설되었어요. 36개 대학들의 연맹으로 되어 있는 연구 중심의 대학이지요. 가장 오래된 영어권의 대학으로 수많은 세계적인 인재들을 배출했고, 수백 년 동안 이어온 깊은 역사와 전통을 자랑합니다."

교수님은 나를 바라보고 미소를 지으며 말을 이었다.

"첫 여자 대학인 'Lady Margaret Halls'는 1878년에 창설되어 여성 인재들을 길러냈고요. 그들은 세계 곳곳에서 활동하고 있어요."

교수님은 환하게 미소 지었다.

우리는 자녀들을 염두에 두면서 학교를 방문했고, 유학을 올 수 있도록 학교와의 접촉점을 만들기도 했다. 우리는 교수님께 고맙다고 인사하고 밖으로 나왔다.

학교 건물들이 여기저기 있어서 다 둘러보지 못하고 학생들과 기숙학교의 건물들을 보면서 대학교의 분위기를 대충 호흡했다.

강의 중심이 아닌 교수로부터 개별 지도를 받는 연구 중심의 알찬 교육임을 알 수 있었다.

우리는 옥스퍼드에서 버스를 타고 런던으로 왔다. 번화한 거리는 가지각색의 건물 속에 우람한 나무들이 조화를 이루었고 생기가 넘쳤다.

버킹엄 궁전이 가까운 곳에 가톨릭교회의 주교좌성당인 '웨스트민스터 대성당(Westminster Cathedral)'이 있었다.

붉은 벽돌로 된 십자가 탑은 큰 빌딩처럼 하늘에 닿을 듯 높고, 꼭대기의 십자가는 햇볕에 반사되어 하늘의 별빛처럼 반짝였다. 성당 내부 강대상 위에는 십자가 지신 예수님의 형상이 크게 걸려 있었고, 꽃바구니 안에는 둥근 조그마한 양초들이 꽃처럼 담겨 있었다. 본당 주변으로 소규모 예배실들 기둥에는 이콘들(성상)의 조각들도 새겨져 있었다.

나는 신학교에서 교회사 시간에 강의를 들었으나 가물가물해서 남편에게 물었다.

"가톨릭 교회와 영국 교회인 성공회가 어떻게 해서 갈라졌어요?"

남편은 잠시 무언가 생각하더니 설명했다.

"그것은 교회사의 한 단면인데, 헨리 8세(1491~1547년)는 38년 동안 통치를 했지요. 그는 6명의 부인들을 두었는데 그녀들 중 두 명은 처형을 했고, 두 명과는 이혼을 했지요. 그런데 그의 첫 번째 아내인 캐더린과도 이혼하려고 노력을 했으나 교황은 교회법에 따라 이혼을 반대했어요. 그래서 헨리 8세가 가톨릭 교회와 단절했어요. 헨리 8세가 채택한 개신교주의의 영국 교회(성공회)는 신학은 개신교 쪽이고 의식은 가톨릭 쪽이에요."

우리는 성당을 나와 영국 교회(성공회) 웨스트민스터 애비(Westminster Abbey)에 갔다. 웨스트민스터 사원은 영국을 대표하는 영국 교회로 영국의 왕들과 유명 인사들이 묻혀 있는 곳인데, 선교에 관심이 있었던 우리는 여러 묘들 가운데서 리빙스톤(Livingston:1813~1873년)의 묘를 발견하고 생각에 잠겼다. 그는 스코틀랜드의 선교사이며 탐험가였다.

그는 처음에 1841년에 선교사로서 아프리카의 베추아나랜드(Bechuanaland)에 갔다. 내지에서 그는 광범한 여행들을 했는데, 느가미(Ngami:1849년) 호수와 잠베지(Zambezi:1851년) 강과 그리고 유명한 세계 3대 폭포 중 하나인 빅토리아 폭포(Victoria Falls:1855년)를 발견했다.

1866년에 리빙스턴은 원정대를 이끌고 나일 강의 진원지를 찾아 중앙아프리카에 가서 많은 어려움들을 겪었다. 얼마 후에 탐험가 헨리 모르톤(Henry Morton)경이 1871년에 탄가나이카(Tanganyika) 호수의 동부 연안에서 건강이 탈진된 상태인 리빙스톤을 발견했다.

리빙스톤은 악조건 속에서도 위대한 선교사요, 탐험가로 애썼음을 생각하고 발길을 돌렸다.

우리는 존 녹스(Knox)에 의해 칼뱅 사상으로 장로교를 형성한 스코틀랜드에 가 보고 싶었으나 제한된 날짜 사정으로 아쉬움을 안고 스위스로 향하게 되었다.

바람 따라 구름 따라 별빛 따라

스위스 여행

　오늘도 찬란한 아침 햇살을 받으며 스위스로 가기 위해 우리 내외는 영국 런던 히드로 공항으로 갔다. 평소에 스위스는 영세 중립국으로 평화로운 나라이고 시계가 유명한 나라로 알고 있어서 가 보고 싶었다.

　비행기 좌석 내 옆에 40대로 참하게 보이는 숙녀와 서로 인사를 하고 이야기를 나누었다. 그녀는 스위스 사람으로 취리히로 간다고 해서 반가웠다. 스위스에 대해서 설명해 주었다.

　"스위스에는 알프스의 유명한 융프라우, 마테호른, 리기산들이 있고, 산 정상까지 열차, 로프웨이가 설치되어 있어 올라가는 길도 재미있지만 정상에 서면 푸른 하늘과 흰 눈 쌓인 알프스의 산들을 360도 파노라마로 감상할 수 있어요. 내려오는 길에는 난이도에 따라 다양한 하이킹 코스가 있고, 여름에도 스키나 눈썰매를 즐길 수 있어요. 볼거리가 다채로워 일 년 내내 관광객들로 붐비는 세계적 관광국이지요. 산허리에 위치한 호수 뒤에 비친 영봉들에 자신의 사진을 담으면 멋있어요. 그렇게 한번 찍어 보세요."

　그녀는 설명을 하며 하얀 얼굴에 미소를 담고 소리 내어 웃었다. 나도 덩달아 웃으며 말했다.

"인구는 얼마나 되며 언어는 스위스어가 있나요?"

창밖을 바라보던 그녀는 말했다.

"인구는 8백여 만 명 정도며, 언어는 독일어, 프랑스어, 이탈리아어 등을 쓰지요."

친절하게 대해 주는 그녀가 고마웠다.

스위스 취리히 클로텐 공항에 내렸다. 취리히는 스위스에서 가장 큰 도시고, 비행장도 스위스 최대의 공항으로 세계 각지와 이어져 있었다. 취리히는 상업과 공업의 중심지로 경제적, 정치적 안정으로 해서 신용이 높아 국내 은행 이외에 세계 각국의 금융기관이 지점을 설치해 놓고 있으며, 세계 금융의 중심지로 유럽 최대의 외환 시장을 형성하고 있었다.

취리히 땅을 밟으니 종교 개혁자 츠빙글리가 떠올랐다. 그는 1519년 1월에 취리히의 그로스뮌스터 교회의 담임 목회자로 부임하여 사회에 큰 영향력을 행사했다. 목회자 츠빙글리의 우선적인 과제는 설교였다.

가톨릭 교회의 전통을 공개적으로 비판하면서 시작된 츠빙글리의 교회 갱신운동은 시 의회의 지원과 보호 아래 1523년부터 본격적으로 전개되었다.

츠빙글리의 사회윤리는 무엇보다도 하나님 말씀에 관한 이해에서 비롯되었으며, 하나님 말씀은 역동적인 힘으로 역사하시고, 그 결과 이 세상에서 하나님의 의로 열매를 맺는다는 확신 속에서 그는 현실 정치에 관여했다.

취리히는 페스탈로치 등을 비롯하여 많은 작가와 학자를 낳은 곳으로 유명했다.

평상시나 여행 중에도 물건은 전혀 사지 않는 남편이 시계 가게 앞을 지나는데 차고 있는 손목시계가 바꿀 때가 되었다며 시계 점포에 들어가자고 했다.

원래 남편은 필요한 책들은 사는 편이었으나 물건들은 좀처럼 사지 않는데 오메가 시계를 80$에 샀다.

오메가 시계는 1848년경 루이 브란트가 만든 스위스의 명품 시계 브랜드로 그리스어 알파벳의 마지막 자로 시계 기술을 완성했다는 뜻으로 지은 것이라 했다.

우리는 국제적인 기구들로 유명한 제네바에 갔다. 거리를 걸으며 돌아보는 중에 넓은 벽에 조각들로 크게 새겨져 있는 개혁자들의 얼굴과 이름들을 보니 과연 제네바는 '개혁의 도시'였구나 싶었다.

우리는 무엇보다도 위대한 개혁자 칼뱅의 족적을 찾아보기 위해 특별히 그가 목회했던 생 피에르 교회를 찾아가 보았다.

교회는 자그마한 건물이었다. 교회 안에 들어가서 잠깐 기도한 후 내부를 둘러보았다. 남편은 칼뱅이 설교했던 강단에 올라가 서 보면서, 칼뱅을 생각하며 그를 연상하는 듯했다. 교회를 나오면서 나는 남편에게 물었다.

"신학교에서 교회사 시간에 칼뱅에 대해 배웠지만 뚜렷하게 정리가 안 되어요."

남편은 잠깐 칼뱅에 대한 많은 자료를 어떻게 간추려서 말할까 곤혹스럽다는 표정으로 고개를 갸우뚱하더니 말했다.

"칼뱅(1509~1564년)은 불란서의 개신교 신학자이며 개혁자였어요. 그는 불란서에서 그의 신학적인 생애를 시작했지요. 1530년대 초기에 개신교주의를 포용한 이유로 해서 스위스 바젤로 피하여 갔지요. 특별히 바젤에서 그는 불후의 명저 '기독교 강요(Institutes of Christian Religion)' 초판(1536년)을 27세에 출판했는데 그것은 기독교 조직신학이라고 할 수 있어요. 그 책은 그의 생애를 통하여 개정 확대되었지요."

"그러면 칼뱅은 어떻게 해서 제네바에서 일하게 되었지요?"

나는 또 궁금해서 물었다.

"사실 칼뱅은 제네바에 잠깐 들리려고만 했는데 파렐의 강권에 의해 제네바에(1536~1538년) 머물게 되었지요. 여러 면에서 의욕적으로 일하다가 토착 세력들과 부딪히게 되었고, 그로 인해서 그는 불란서 스트라스부르로 가게 되었지요. 그는 그곳에서(1538~1541년) 목회도 했고, 가르치기도 했고, 저술 활동도 했고, 결혼 생활도 했어요. 그의 생애 중 가장 바쁘게 행복한 삶을 살았던 셈이지요."

남편은 사색에 잠겨 있다가 무언가 발견한 듯 다시 말을 이었다.

"그런데 제네바에서 다시 오라는 청함이 있었어요. 사실 갈 마음은 없었으나 그는 사명으로 받아들여 다시 제네바로 갔지요. 그의 제2차 제네바 사역에서(1541~1564년) 기독교적인 원리에 따라서 새로운 질서를 세웠고 또한 제네바 아카데미를 세워 교육을 통해 개혁했지요. 그리고 종합 구빈원과 사회복지를 실천하는 등 제네바를 하나님의 말씀에 합당한 도시로 만들어 나갔어요. 1556년에 제네바를 방문했던 스코틀랜드의 종교 개혁자 존 녹스는 제네바를 보고 '사도시대 이후 가장 완벽한 그리스도의 학교'라고 하며 감탄했지요."

우리는 점심을 먹으려고 길가에 있는 조그마한 식당으로 들어갔다. 스위스는 특별한 전통 요리가 없어 '퐁듀'라고 하는 음식을 주문했다. 스프와 넓은 접시에 볶은 밥을 얇게 깔은 그 위에 길게 썬 빵, 닭튀김 한 쪽, 블루커리 3쪽, 비트 3쪽을 소담스럽게 담아서 위로 치즈 가루와 향채를 뿌렸는데 맛깔스럽게 보였다. 오렌지 주스와 함께 식사를 했는데 씹는 맛이 신선했고 맛도 일품이었다.

식사를 마칠 무렵 나는 남편에게 다시 칼뱅 이야기를 꺼냈다.

"우리가 걸어오면서 칼뱅의 이야기를 해주어 재밌게 잘 들었는데, 또 궁금한 것이 있어요. 루터와 칼뱅은 동일한 종교 개혁자들이지요? 그런데 그들의 차이가 있다면 무엇이었지요?"

말하기를 좋아하는 남편은 생각에 잠기는 듯하다가 말을 이었다.

"두 개혁자의 차이는 무엇보다도 그들이 처한 실존적, 역사적 상황에서 귀결된 것이었지요. '루터는 내가 어떻게 의로우신 하나님 앞에서 구원 받을 수 있을 것인가'를 물었고, 그 대답으로서 '은혜로 인하여 믿음으로 말미암아 의인화(justification by faith through grace)된다'는 종교개혁의 유명한 슬로건을 발견했지요."

남편은 앞에 놓인 접시를 바라보며 계속 말했다.

"루터나 루터주의자들은 자신들의 항의가 새로운 교회를 세우게 될 것이라고까지는 생각하지 못했고, 로마 가톨릭 교회가 종교회의를 통해서 잘못을 개선하면 다시 합쳐질 수 있다고 믿었기 때문에, 프로테스탄트의 독자적 교회론을 수립할 필요성을 느끼지 못했지요. 그러나 이러한 기대는 시간이 갈수록 허물어졌고, 1541년 로마 가톨릭과 프로테스탄트 진영의 화해를 모색했던 '레겐스부르크' 회의가 실패로 끝나자, 양측은 일치의 희망을 버릴 수밖에는 없었지요."

"아, 그렇게 되었군요."

남편은 컵에 든 주스를 한 모금 마시고 계속 말을 이었다.

"이런 시점에 나타난 인물이 바로 칼뱅이었지요. 칼뱅은 참된 교회란 어떤 교회인가를 물었고, 그 대답으로 로마 가톨릭 교회가 아니라 하나님의 진리 위에 서 있는 교회가 참된 교회라는 것을 발견했어요. 칼뱅은 교회의 참된 표지는 말씀과 성례전(세례와 성찬)이라고 했어요. 말하자면 칼뱅은 루터보다도 개신교 교회론을 더 체계화했다고 볼 수 있지요."

남편은 자리에서 일어서면서 말했다.

"여기 제네바에 세계 교회협의회(World Council of Churches:WCC) 본부가 있는데 그곳으로 가 보지요."

가는 길에 제네바 바스티옹 공원에 있는 제네바 종교개혁의 주역들인 파렐, 칼뱅, 베즈, 녹스의 기념비를 보았다.

WCC 본부 건물은 견고해 보였고, 꽤나 컸다. 간부인 인도인 아이삭을 만나 이야기를 나누었다. 남편은 그에게 말했다.

"금년 6월에 WCC 6차 총회가 있다고 들었는데, 거기에 참석하고 싶습니다."

그러자 그는 하얀 이를 드러내고 웃으며 난처한 표정으로 말했다.

"신청 기간이 끝났습니다. 그러나 초청장을 보내드리도록 하겠습니다."

그렇게 해서 남편은 허락받은 방문자(accredited visitor) 자격으로 밴쿠버에 있는 UBC(University of British Columbia)에 가서 약 3주간 매우 유익한 프로그램들에 참여했다.

총회의 주제는 '예수 그리스도- 세상의 생명(Jesus Christ- the Life of the World)'이었다. 이것이 계기가 되어 약 7년마다 모이는 호주 수도 캠버러에서 제7차 총회에도 참석했다.

2014년 한국 부산에서 제10차 총회가 열렸을 때에는 남편과 함께 나도 참석했다.

세계 각국에서 온 대표들, 여러 색깔의 얼굴들이 함께 모여 세계가 하나된 분위기 속에서 보람된 시간을 보냈다.

부산 총회의 주제는 '생명의 하나님이여. 우리를 정의와 평화로 인도하소서(God of Life, Lead Us to Justice and Peace).'라는 한 기도였다.

이 주제에 있는 '생명', '정의', '평화'는 우리 시대에 절실한 문제인 것이다.

WCC는 현재 349개 교단으로 구성되었으며 전체 회원 교단 교인 수는 5억 5천만 명쯤 된다.

로마 가톨릭은 옵서버이지만 WCC 각 분과에 깊이 참여하고 있다. 실로 WCC는 '일치 속에 다양성'을, 혹은 '다양성 속에 일치'를 추구하며 나아가고 있음을 나는 알게 되었다.

높이가 3,454m로 유럽에서 가장 높은 곳에 위치해 있는 유럽 여행의 꽃이라고 하는 융프라우를 가 보지 못하고 이탈리아로 떠났다.

유양업 作 [계곡](2016)

이탈리아 여행 단상

  스위스 제네바 역에서 기차를 타고 이탈리아로 향하였다. 유럽의 나라들이 대부분 기차로 다닐 수 있도록 교통수단이 연결되어 편리해서 좋았다.

  열차를 타고 이탈리아 밀라노를 지나는데 이곳 밀라노에서 오가스틴(Augustinus: 354~430년)이 회개했던 사실을 그의 유명한 고백록(Confessions)에서 읽었던 것이 생각났다.

  오가스틴은 밀라노에서 최고의 멘토, 암브로시우스 주교를 만나 크게 영향을 받았던 사실을 남편에게 말했다.

  "오가스틴이 동료들과 성경을 공부하던 어느 날, 그는 갑자기 성경을 내려놓고 감정에 북받쳐서 한없이 울기 시작했어요. 그날도 성경을 읽으면서 어디로 가야 할지 머리로는 아는데 몸은 과거의 방탕했던 사슬에 묶여 있는 자신을 발견하고는 목놓아 울었지요. 언제쯤 자신이 자유로울 수 있을지 고뇌하는데, 바깥에서 노랫소리가 들렸어요. '톨레 레게, 톨레 레게!(Tolle lege, Tolle lege!)'하는 소리였어요. 톨레 레게는 '집어라! 읽어라!'라는 뜻이지요. 그래서 오가스틴은 황급히 성경을 두고 온 장소로 뛰어가 어디를 읽을

지 몰라, 손에 잡히는 대로 성경의 한 면을 펼쳤어요. 성경을 펼쳐 눈에 보이는 구절을 읽었는데 이런 내용이 나왔어요.

'밤이 깊고 낮이 가까웠으니, 그러므로 우리가 어둠의 일을 벗고 빛의 갑옷을 입자 낮에와 같이 단정히 행하고 방탕하거나 술 취하지 말며 음란하거나 호색하지 말며 다투거나 시기하지 말고 오직 주 예수 그리스도로 옷 입고 정욕을 위하여 육신의 일을 도모하지 말라(롬13:12~14)'

오가스틴은 이 구절을 읽고 등골이 오싹해졌어요. 성경의 한 구절 한 구절을 하나님이 자신의 마음에 새겨 넣으시는 것 같았어요. 이 구절을 읽은 오가스틴은 진심으로 회개했어요. 지금까지 부와 명예 등을 추구해 오면서 오만했던 자신을 반성하고 극적인 회개를 하게 되었지요."

조용히 듣고만 있던 남편이 내게 말했다.

"당신이 이곳 밀라노를 지나면서 오가스틴의 회개 사건을 잘 기억하고 있는데, 한마디 덧붙이면, 그는 성(聖) 오가스틴 일 뿐만 아니라 신학자로서도 출중했어요. 그의 삼위일체론이라든가, 은총과 자유에 관한 펠라지우스와의 논쟁이라든가, 하나님의 나라와 땅의 나라의 구분에 대한 신국론이라든가, 신학에 대해서 면밀히 공부할 필요가 있어요."

나는 커튼 사이로 차창 밖을 보았다. 멀리 보이는 산들과 우람한 나무들을 지나 기차는 쏜살같이 한참을 달렸다.

이탈리아 플로렌스(피렌체)에서 우리는 내렸다. 플로렌스는 가죽 제품이 유명한 곳이라고 해서 시장에 들렀다. 여러 가지 가죽 제품들이 곳곳에 가득히 쌓여 있는 것을 볼 수 있었는데 특히 가방, 구두, 의류, 혁대들이 눈에 많이 띄었다.

플로렌스는 메디치라는 대부호가 예술가들을 지원하여 르네상스를 주도하는 유럽 문화를 선도했고, 이탈리아의 3대 예술가인

레오나르도 다빈치, 라파엘로, 미켈란젤로 등이 유명하게 되도록 후원하기도 했다.

팔각형의 산조반니 세례당 건물이 가까이에 있어 들어갔다. 정문에는 '천국의 문'이라고 금박으로 장식이 되어 있었다. 신곡을 쓴 단테가 이곳에서 세례를 받았다고 한다.

우리는 다시 기차를 타고 세계 3대 미항 중의 하나인 베니스(베네치아)에서 내렸다. 셰익스피어의 작품 '베니스의 상인'이 뇌리를 스쳤다.

베니스는 이탈리아 내에서도 인기 있는 곳으로 화려한 르네상스 시절의 영광이 그대로 남아 있었다.

베니스 산마크 광장에 일찍 나갔다. 어디선가 비발디의 대표작 '사계'의 음악이 바람을 타고 들려왔다. 4계절 악장마다 경쾌한 리듬이 어느 때보다 아름답게 들려와 마음을 사로잡았다.

물 흐르듯 잔잔한 음률, 파도처럼 움직이는 리듬은 악장마다 감미로웠다. 포동포동 살찐 비둘기와 갈매기들이 서로 오가며 노닐다가 몇 마리가 우리 곁으로 뒤뚱 뒤뚱 오는데 미처 먹이를 준비 못해 그들에게 미안했다.

베니스를 상징하는 곤돌라(노 젓는 배)를 타고 물결을 가로지르며 신나게 물길을 따라 크고 작은 건물과 건물 사이 아름다운 집들을 바라보며 가는데, 바포레토(수상차)에 타고 있던 승객들이 우리에게 손을 흔들어 가까이에서 보니 한국 관광객들이어서 무척 반가워 두 손을 흔들며 지나갔다.

기후는 1년 내내 따뜻하여 세계의 관광객들이 끊어질 사이 없이 많이 오며, 어느 때든 좋으나 가을에 곤돌라를 타면 비수기여서 복잡하지 않고 값도 좀 싸다고 했다. 물의 도시이기에 자동차 대신 모든 물건의 이동 수단이 배로 이루어지고 있어서 마냥 신기하기만 했다.

바람 따라 구름 따라 별빛 따라

베니스는 바다를 끼고 있어서 해산물 요리가 발달되어 있을 것 같아 조그만 식당에 들러 브런치로 해물 파스타를 주문했다.

넓은 접시에 붉은 토마토소스와 조갯살, 새우가 버무려진 파스타는 새콤달콤한 반찬과 쫀득쫀득한 면발이 어우러져 감칠맛이 있었다.

우리는 기차를 타고 바티칸으로 갔다. 바티칸 시(市)국(國)은 세계에서 가장 작은 나라로 교황이 통치하는 신권 국가였다.

전 세계 가톨릭 교회와 신자를 통괄하는 교황청이 있었다. 바티칸 시국을 구성하고 있는 성 베드로 대성당과 함께 바티칸 시국을 대표하는 바티칸 궁전이 있었는데 바티칸 궁전은 일부를 제외하고 모두 박물관으로 사용하고 있었다.

입장할 때는 여름철에도 짧은 옷은 금지였다. 입구에서 누구나 복장과 가방 검사를 받고 들어가야 했다. 베드로 대성당 안은 관광객으로 가득찼다.

높은 내부 천정은 그림들이 조각으로 새겨져 있고 그 중심에 햇빛처럼 밝은 등불이 아래를 비추어 마치 그 조명을 받은 관광객들은 무대의 연출자들처럼 돋보였다.

우리도 그 조명 아래 서 보았다. 벽에는 역대 교황들의 리스트가 쭉 내리 쓰여 있는 액자가 붙어 있었다. 나는 교황들의 이름들을 읽어 보면서 남편에게 물었다.

"교황은 어떻게 뽑나요?"

남편 역시 역대 교황들의 리스트를 보면서 말했다.

"교황은 선거권을 가진 추기경들의 비밀회의인 콘클라베를 통해서 뽑지요. 콘클라베는 교황이 별세하거나 혹은 물러난 날로부터 15~20일 이내에 열게 되어 있어요. 장소는 바티칸 시국의 시스티나 예배당이지요. 모든 추기경은 임명된 날로부터 교황 선거권을 갖지만 나이가 80세가 넘는 추기경은 선거권이 없어요. 선거권을 가진 추기경들은 시스티나 예배당에서 물과 음식을 공급받으며 교황이 선출될 때까지 어느 누구도 외부와 연락을 할 수 없어요. 선거 방식은 비밀 투표를 선택하고 있으며 오전과 오후로 나눠 하루 2번 실시해요."

나는 남편에게 또 물었다.

"그러면 교황은 얼마나 표를 얻어야 선출 되나요?"

볼에 손을 대고 있던 남편은 손을 내리며 말했다.

"교황에 선출되려면 선거인단의 3분의 2의 표를 얻어야 해요. 만약 3분의 2를 얻지 못할 경우 투표는 계속되지요. 선거 결과는 투표용지를 태워서 알리는데, 바티칸 시국의 굴뚝에 검은 연기가 피어오르면 결정되지 못한 것이고, 흰 연기가 피어오르면 새로운 교황이 탄생한 것이지요. 교황 선거법은 시대에 따라 조금씩 달랐어요. 초기에는 로마 성직자들과 시민들이 교황을 선출했는데 후에는 추기경들이 공개회의에서 교황을 선출했어요. 1274년 콘클라베를 제도화하면서 비밀회의 방식이 오늘날까지 이어지고 있지요."

"그러면 역대 교황들에 대한 책이 있나요?"

"책이야 많지요. 교황권을 찬성하는 입장에서 쓴 책들도 있고, 교황권에 대해 비판적인 입장에서 쓴 책들도 있지요. 개신교는 교황권을 신이 세운 구원의 기구로 인정한 것을 거부했어요. 랑케의 '교황들'이란 책은 당대에 끼친 영향이 얼마나 컸는지를 알 수 있어요. 여러 구문에서 시적 표현이 절정에 달했던 것은 그의 언어적 능력 때문이었고, 그로 인해서 많은 독자들이 생겨났지요. 한동안 그 책은 로마 가톨릭의 금서가 되었는데 지금은 풀렸지요."

"그럼 가톨릭 입장에서도 쓴 책이 있을 것 같은데요?"

"물론 있지요, 루트비히 파스토어(1854~1928년)는 '중세 말 이후 교황들의 역사'라는 시리즈의 제1권이 1886년에 출간된 이후,

1933년까지 총 16권의 책이 발행되었어요. 파스토어와 랑케의 저술 업적과 특징들은 자주 비교되곤 했는데, 두 역사가의 차이점들에도 불구하고 관점, 목차 분류, 차후에 교황권을 연구하는데 필요하지 않은 것들에 대한 과감한 배제 등과 같은 공통점도 발견되지요."

우리는 베드로 대성당을 나와 바티칸 박물관으로 갔다. 촬영 금지라고 쓰여 있었다. 미켈란젤로의 천정 벽화는 걸작이었고, 라파엘로의 '아테네 학당'이란 벽화에는 묵직한 건물을 배경으로 계단 중심 윗부분에 주인공으로 플라톤과 아리스토텔레스가 나란히 서 있었다.

아리스토텔레스는 손으로 밑을 가리키고 있고, 그의 스승인 플라톤은 위를 가리키며 서로 정반대인 철학 세계를 보여 주고 있었다. 주위를 둘러싼 54명의 철학자들도 자유롭게 포즈를 취한 모습으로 그려져 있었다. 신학교 철학 시간에 공부했던 이들의 철학 세계를 더듬어 보면서 그림을 보니 흥미가 있었다.

박물관은 르네상스 최고의 작가들의 작품이 가득했고, 이집트 구간에는 실제로 미라들이 여러 모양으로 서 있기도 했다. 바닥에는 예쁜 모자이크로 장식된 그림들이 아름다워 밟기도 민망스러웠다.

다음 행선지는 그리스인데 거기에 가는 기차는 없고 브린디쉬에서 비행기나 배를 이용할 수 있는데 우리의 유레일패스는 배편이어서 배를 타야만 했다. 그래서 기차를 장시간 타고 브린디쉬에 도착했다.

쾌청한 날씨였다. 갈매기들은 줄지어 하얀 동그라미를 그리며 창공을 날고 있었다. 그리스로 가려는 배가 저녁 7시여서 시간적 여유가 있었다. 기다리면서 나는 성경을 읽고 있었다. 50대로 보이는 한 신사가 내 곁으로 가까이 와서 말을 걸었다.

"당신은 그리스도인, 프로테스탄트 신자인가요?"

성경을 보고 교인으로 짐작했던 것 같다.

"예, 그렇습니다."

그는 반가운 표정으로 손을 내밀어 악수를 청하며 인사를 했다.

"나의 이름은 피터입니다. 나도 프로테스탄트 신자입니다."

매우 반가워했다. 가톨릭 신자들이 대부분인 그곳에서 타국인일지라도 개신교인을 만나니 기쁜 모양이었다.

배 떠날 시간이 많이 남아 있음을 알고, 우리를 자기 집으로 데리고 갔다. 그는 독신이었다. 자기 친구에게 전화를 걸어, 오라고 했다. 마크인 그 역시 싱글이었다.

피터는 응접실 벽난로에 불을 피웠다. 우리는 난로 주위에 둘러앉아 불꽃을 보며 차를 마시면서 정담을 나누었다.

그는 저녁 식사를 위해 손수 음식을 만들었다. 네 사람이 큰 테이블에 둘러앉았다. 식사 기도는 남편이 했다.

식탁에는 먹음직스럽게 빵이 놓여 있고, 큰 국그릇에 크게 썬 블루커리와 소고기, 새우, 양파, 조개들이 들어 있는 국을 듬뿍 떠주었다. 그가 만든 요리는 담백하고 국물이 시원하고 특유한 향이 있어서 입맛에 맞는 일품 요리였다.

따뜻한 국을 빵과 고마운 정성을 얹어 맛있게 먹었다. 식후에 그들은 샌드위치를 만들어 과일과 음료수를 예쁜 색종이 상자에 넣어 주면서 여행 중에 먹으라고 했다.

잠깐의 만남이었지만 오랜 지기처럼 따스한 마음을 서로 안고 석별의 정을 나누며, 우리는 그리스 아테네를 가기 위해 선착장으로 갔다. 그들의 환대와 사랑의 정성은 지금도 잊을 수 없다.

그리스 아테네 경유 이스라엘 성지 순례

이탈리아의 브린디쉬에서 저녁 7시에 떠난 배를 타려고 선착장으로 갔다. 많은 배들이 있었으나 그리스 아테네를 향할 3층의 하얀 배는 더욱 견고하게 보였고 무척 컸다.

배 안에 있는 우리의 숙소는 1층으로 침대와 화장실과 샤워실이 있는 방이었다. 장시간 흔들거리는 배 안에서 지내야 하는데, 밤 시간 동안 잠을 자면서 갈 수 있어 지루한 줄도 모르고 새 날이 밝아 왔다.

수평선 멀리 밝아 오는 여명은 어둠을 몰아내고 일출의 찬란한 빛은 황홀경으로 이끌었다. 하얀 파도 위에 비치는 반짝이는 햇살은 창조자만이 할 수 있는 조명이었다.

15일 간의 유레일패스가 항해 도중에 끝나게 되어 나머지 배삯을 지불해야만 했다. 배 안에서 17시간이 지난 후 그리스 파스라스 선착장에 도착해서 또 4시간의 열차를 타고 그리스의 수도인 아테네에 도착했다.

남편은 유명한 철학자들(소크라테스, 플라톤, 아리스토텔레스 등)의 나라에 온 것에 대해 깊은 감회에 젖는 듯했다.

우리가 방문했던 아고라는 아테네 시의 광장이었는데 바울은 스토아 철학자들과 에피큐러스 학파들과 토론하기도 했던 곳이다. 부근에 있는 아레오바고는 철학자들의 쉼터로 유명했다.

저명한 철학자 제논은 그곳에서 토론을 하거나 제자들을 가르쳤고, 이로 말미암아 그의 후계자들은 스토아 철학자라고 불리어진 곳이었다.

남편은 아레오바고 언덕 꼭대기에 올라가 서서 아래의 시내를 내려다보고 두 팔을 높이 들고 사도행전 17장에 나오는 말씀대로 사도바울의 연설을 흉내 냈다.

"아덴사람들아, 너희를 보니 범사에 종교심이 많도다. 너희가 '알지 못하는 신에게'라고 새긴 단도 보았으니, 그런즉 너희가 알지 못하고 위하는 그것을 내가 너희에게 알게 하리라."

두 번을 큰소리로 외쳤다. 나는 그 모습을 사진기에 한 컷 담고 웃으며 큰 박수를 보냈다. 남편도 웃었다.

남편은 우리가 아테네까지 왔으니, 이스라엘 성지 순례를 하고 가면 좋겠다고 했다. 마침 유학 중에 여행사를 경영하고 있는 한국인 남정자 씨와 상의를 하게 되었다. 그러나 우리 사정은 이스라엘까지의 여행 경비가 모자라서 포기하려고 했다. 그런데 남정자 씨는 묘안을 제시했다.

한국에 있는 자기 집에 돈을 전달하면 이곳에서 이스라엘 표는 물론, 한국에 갈 때 이미 거쳐 온 브뤼셀로 다시 가서 한국에 들어가는 것보다 방향을 바꾸어 아시아 몇 나라를 들러 한국에 가면 더 좋을 것이라고 했다. 그리고 브뤼셀에서 한국까지의 표를 사용하지 않을 경우 한국에서 환불을 받을 수 있다고 했다.

그래서 우리는 그 제안을 따라 한국에 있는 우리의 친구인 킨슬러 박사에게 전화로 그 사정 이야기를 했더니 킨슬러 박사는 부탁에 응해 주었다.

남정자 씨는 자기 집에 돈이 전달된 것을 확인한 후 우리에게 이스라엘 비행기 표와 귀국길에 우리의 계획에 없었던 아시아 몇 나라를 더 보고 갈 수 있도록 해 주었다. 우리에게는 행운이었고 감사한 일이었다.

아테네에서 이스라엘 비자를 받고 비행기로 이스라엘 수도 텔아비브에 도착했다. 우리는 다른 나라들에서는 1박 2일쯤 지냈으나 이곳 이스라엘에서는 일주일 간 머물면서 성지 순례를 계획하고 차분히 둘러보기로 했다.

예루살렘에 가서 숙소를 정한 후 히브리 대학교에서 오랫동안 박사 학위 공부를 하고 있는 남편의 친구 강사문 선생을 만났다. 그는 히브리 대학교에서 구약학으로 박사 학위를 받은 후 장신대 교수로 있다가 지금은 명예 교수로 계시는 구약학계의 훌륭한 학자이다. 우리는 강 선생의 설명을 들었다.

"예루살렘은 유대교, 기독교, 이슬람교의 성지인데, 세계 각국에서 온 성지 순례객들로 북적입니다. 우리나라 관광객도 한 해 약 3만여 명이 예루살렘을 찾습니다. 히브리 대학은 이스라엘에서 가장 오래된 대학이지요. 이 대학은 이스라엘 총리 네 명을 배출했고, 세계 여러 곳에 흩어져 있던 유대인들이 그들 조상의 땅인 팔레스타인에 유대민족 국가를 건설하려는 민족주의 운동의 발생지인 학교이기도 하지요. 교내 도서관은 방대한 유대인 연구 자료들을 소장하고 있으며, 이 대학은 매년 세계 100대 대학에 뽑히고 있어요."

나는 궁금하여 물었다.

"유대민족은 어느 곳에서나 개밥의 도토리처럼 섞이지 않는 자기의 정체성 선민의식을 갖는 독특성이 있다고 하는데요."

"그렇지요. 지구상에는 역사와 문화를 달리하는 수많은 민족이 살고 있지만 그 중 아마 가장 두드러진 민족의 하나가 유대인

일 것입니다. 2천년 동안 나라 없이 떠돌면서도 정체성을 잃지 않았고, 마침내는 옛 땅에 나라를 다시 세운 민족, 전 세계를 통틀어 1,500만 명밖에 안 되는 소수이지만 인류의 학문과 예술 발전에 지울 수 없는 큰 자취를 남긴 민족, 노벨상 수상자 128명을 배출한 민족, 세계 최대의 보편 종교인 그리스도교를 낳았으면서도 이를 인정하지 않고 전통적인 민족 신앙을 고수하고 있는 민족, 어느 곳에 가더라도 토착 민족과 섞이지 않고 그들만의 공동체를 유지하는 민족이지요."

감람산 전망대에 오르니 예루살렘 시내를 전체적으로 조망할 수 있었다. 사원의 둥그런 황금색 지붕이 유난히 햇빛에 반짝거려 시선을 끌었다. 이 사원은 구약시대에 유대인의 사원이었지만 691년에 무슬림이 예루살렘을 지배하면서 이슬람 사원으로 바뀌었다고 했다.

우리는 통곡의 벽으로 갔다. 통곡의 벽에 들어가기 위해서는 소지품 검사가 있었다. 남자의 경우 유대교인들이 머리에 얹은 키파(흰 모자)를 써야 들어갈 수 있었고, 여자들은 다른 구역으로 따로 들어가게 되어 있었다.

예루살렘에 있는 통곡의 벽(Wailing Wall)은 유대교와 이슬람교의 성지인데, 높고 견고한 벽이었다.

이 통곡의 벽은 유대인들이 성벽 앞에서 성전이 파괴된 것을 슬퍼하며 자신의 소원을 종이에 적어 벽 틈 사이에 끼우고 기도를 하면 소원이 이루어진다고 믿었다. 나도 그들처럼 소원을 적어 벽 틈 사이에 끼워 넣고 기도를 드렸다.

성경인 '토라(Torah:율법서)'를 펼쳐 놓고 온몸을 전후좌우로 흔들어 가며 읽고 열심히 기도하는 유대인들의 모습을 볼 수 있었다.

우리는 가능한 한 예수님과 관련된 성지들을 보고 싶었다.

통곡의 벽에서 검문소를 통과하니 바로 비아 돌로로사(Via Dolorosa)

바람 따라 구름 따라 별빛 따라

가 나왔다.

비아 돌로로사는 슬픔의 길, 고난의 길, 십자가의 길이었다.

예수 그리스도가 본디오 빌라도에게 재판을 받은 곳으로부터 십자가를 지고 골고다 언덕을 향해 걸었던 약 800m의 길에 이르는 예수의 십자가 수난의 길이었다.

이 길에는 각각의 의미를 지닌 14개의 지점이 있었다. 나는 예수님이 십자가를 등에 지고 힘겹게 걸으셨던 그 길을 한 계단 한 계단 밟고 올라가면서 그 참혹했던 참상을 그리며 유심히 살폈다.

제1지점은 예수가 재판을 받은 본디오 빌라도 재판정에서 심문을 받아 십자가형이 확정된 곳으로 선교교회가 세워져 있었다.

2지점은 로마 군인들이 예수님에게 가시관을 씌우고 홍포를 입혀 희롱한 곳(요19:5), 3지점은 예수님이 십자가를 지고 가다 처음 쓰러진 곳, 4지점은 슬퍼하는 어머니 마리아를 만난 곳이었다. 그리고 5지점은 구레네 사람 시몬이 예수님의 십자가를 골고다 언덕까지 대신 진 곳(막15:21)으로, 1895년에 세운 프란시스칸 교회가 서 있었다. 6지점은 성 베로니카 여인이 물수건으로 예수님의 얼굴을 닦아 주었던 곳으로 그리스 정교회가 1882년에 기념교회로 아름답게 세워졌고, 7지점은 예수님이 두 번째로 쓰러진 곳(히브리서 13:12~13)으로 1875년에 두 교회 건물이 세워졌다. 8지점은 예수님이 "예루살렘의 딸들아. 나를 위하여 울지 말고 너희와 너희 자녀를 위하여 울라(눅23:28)."라고 말씀한 곳이었고, 9지점은 예수님이 세 번째로 쓰러진 곳으로 콥틱 교회가 서 있었다.

그리고, 10지점은 예수님의 옷을 벗긴 곳(요19:23~24), 11지점은 예수님이 십자가에 못 박힌 곳(눅23:33), 12지점은 예수님이 십자가 위에서 운명한 곳(마27:45~51), 13지점은 아리마대 요셉이 예수의 시신을 내려놓은 지점(마27:59)이었다.

마지막 14지점은 아리마대 요셉이 자기의 무덤에 예수님을 장사 지냈던 곳(마27:60~61)으로, 성묘교회(Holy Sepulchre)가 세워져 있었다. 교회 안 직사각형의 바위 위에는 예쁜 조명등을 여러 개 달아, 예수님 시신을 뉘였던 자리가 밝게 비추도록 조명 시설이 잘 되어 있었다.

수많은 방문객들은 줄을 서 있었고, 주위를 빙 둘러 있는 관광객들 중에는 성경을 꺼내 놓고 기도를 하는 사람, 얼굴을 돌바닥에 맞대고 우는 사람, 마음 아파 돌바닥을 한없이 쓰다듬은 사람도 있었다.

우리도 조용히 앉아 기도를 했다. 예수님은 이곳 무덤에서 사흘 동안 깊은 잠을 자고 사망권세를 깨뜨리고 삼일 만에 부활하셨다. 40일 동안에 사랑하는 제자들도 만나고, 갈릴리에서 많은 사람들이 보는 가운데 '내가 하늘로 올라간 이대로 다시 올 것이다' 하며 승천하셨다.

우리는 이스라엘의 공동체인 키부츠(Kibbutz)에 대해 관심을 갖고 살펴보게 되었다. 넓은 들의 농토에는 파란 색깔로 바둑판처럼 그려져 있었고 주위에는 주거하는 건물들도 있었다.

키부츠는 그룹(Group)이란 뜻이다. 1908년 이스라엘로 이민 온 유대인에 의해 최초의 키부츠 운동이 시작되었다. 공동 생산, 공동 판매, 공동생활 원칙을 지니며 사유 재산 폐지와 부락 내 화폐 사용 금지, 자가 노동, 토지의 국유화, 소득 균등 분배, 공동 재산 관리, 공동생활 등의 원칙이 있었다. 최근에는 이러한 원칙들이 완화되거나 폐지되는 추세다.

우리는 예수님이 주로 활동하셨던 갈릴리 바다 부근 지역에 갔다. 디베리아는 갈릴리 지역의 중심 도시로 지금은 그리스도교의 순례지로 유명하다.

예수님이 갈릴리 호숫가에서 공적인 활동을 시작했던 곳이다. 그는 이곳에서 복음을 전하고 병자를 고쳤으며 갖가지 기적을 행

했다. 그의 제자 중 베드로를 비롯한 제자들은 갈릴리 호수에서 고기를 잡던 어부들이었다. 갈릴리 호숫가에는 팔복 교회, 오병이어 교회, 베드로 수위권 교회 등 많은 기독교 기념물이 있는데, 이곳을 찾는 기독교 신자들이 끊이지 않고 있다.

갈릴리 바다에서 잡아온 고기를 베드로 고기라 하면서 텐트 아래서 넓은 화롯불 석쇠 위에서 지글지글 익어 가는 냄새가 관광객들을 부르고 있었다.

우리도 베드로 고기를 기념으로 사 먹었다. 고기 생김새는 진회색인데 비늘과 지느러미가 가시처럼 억세었으나 곧 잡아온 고기여서 신선하고 맛은 천하일미였다.

우리는 성경 지도에 나온 사해, 여리고, 예수님이 자라고 일했던 나사렛 등 여러 곳을 방문한 후 성지의 모습을 마음에 담고 이스라엘을 떠났다.

박덕은 作 [나사렛](2016)

프랑스 파리 여행

아련함이 가슴을 파고드는 이른 아침 프랑스 파리 역에 도착했다.

프랑스는 유럽의 중심에 위치하며 북동쪽은 독일과 스위스, 남쪽으로는 이탈리아, 스페인 그리고 대서양을 건너 영국, 유럽 연합 소속 국가 중 가장 넓은 영토로 수도는 파리다.

풍족한 지리적 조건으로 각 지방에는 다른 나라와의 혼합된 독특한 문화가 있고 지방마다 특색이 있었다.

한국과 불란서는 수교(금년 130년)된 지 오래되어 생소하지 않는 느낌이었다. 불란서 파리하면 에펠탑이 유명하여 남편과 함께 그곳으로 가는데, 길가에서 30대 여인과 8살로 보이는 아들이 쭉 편 팔 위로 새들이 날아와 맴돌며 날개를 파닥이고 있었다. 신기했다. 가까이 가서 보니, 새들은 사람들의 손에 있는 파파야를 쪼아 먹고 있었다.

새들과 친근해 보이는 모습, 따스한 사랑과 고운 정을 나누고 있는 모자의 모습, 아름답게 꽂핀 그림이 마음에 솔솔 파고들었다.

에펠탑은 1889년 파리 마르스 광장에 있었는데 프랑스의 대표

건축물인 이 탑은 파리에서 가장 높고 매년 수백만 명이 방문할 만큼 세계적인 관광 명소였다.

이를 디자인한 귀스타브 에펠의 이름에서 명칭을 빌어 에펠탑이라 했다. 1889년 프랑스 혁명 100주년 기념 세계박람회의 출입 관문으로 건축 되었는데, 높이는 324m이며 에펠탑은 총 3개의 층으로 구성되어 있었고 1, 2층은 계단으로나 혹은 엘리베이터를 이용하여 올라갈 수 있었다.

우리는 엘리베이터를 타고 2층으로 올라갔다. 보통 건물과는 달리 꽤 높았다. 아래를 내려다보며 파리의 시가지를 살펴보았다. 파리 시내 건물들의 색깔은 거의 하얀색과 파란색으로 은은한 조화를 이루고 있는 것이 특색이었다. 세느 강도 도심을 끼고 여러 모양의 유람선들이 평화롭게 물위를 오갔다.

파리 시내를 본 후 계단을 걸어 내려와서 루브르 박물관을 향했다. 세계 3대 박물관의 하나라고 하는 루브르 박물관(Louvre Museum)은 도심 한가운데 자리를 잡은 프랑스의 주된 박물관이며 미술관이다. 궁전이 1678년에 베르사유로 옮겼을 때 박물관으로 확대되었다고 했다.

박물관의 면적은 1만8천여 평으로 부근의 아름다운 유리 피라미드와 그 옆의 분수 춤이 넘실거려 조화를 잘 이루고 있었다.

루브르 박물관은 많은 관광객들의 행렬로 한 시간을 기다려 소지품 검사를 받고 입장을 하게 되었다. 넓은 전시장은 역사가 깊은 박물관으로 세계적인 작품들이 소장된 약 38만여 점으로 일주일간 둘러보아도 모자랄 정도의 규모였다.

하얀 조각의 비너스 상을 가까이서 살펴보았다. 어느 면으로 보나 아름다움인데, 끊어진 두 팔이 그나마 왼쪽 팔은 어깨로부터 떨어지고 없었다. 오른쪽 어깨 너머 목덜미에도 상처가 크게 나 있었으나 치료도 않고 그대로 서 있었다.

예쁜 모나리자 그림은 액자에 넣었는데 생각보다는 작은 그림으로 벽에 붙어 있었다.

성화들 중 갈보리 언덕에서 가시 면류관을 쓰시고 십자가를 지신 예수님 뒤편 좌우에 천사들이 옹위하고 있는 그림으로, 양옆의 강도들도 십자가 형틀에 묶여 있었다. 아래 중심부엔 슬픔을 이기지 못한 예수님의 어머니 마리아를 제자들이 부축하고 있는 그림 앞에서, 나는 가슴이 뭉클한 나머지 시선을 떼지 못하고 한참 머물러 서 있었다.

광야의 세례요한도 두 손을 무릎 위에 모으고 돌 위에 앉아 사색에 잠겨 있는 모습의 그림이었다. 가나의 혼인 잔치에서 물로 포도주를 만든 기적을 나타냈던 그림은, 예수님이 중앙에 앉아 있고, 제자들은 좌우에, 많은 하객들은 주위에 둘러앉아 아랫부분의 물로 만든 포도주를 한 사람은 병을 잡고 한 사람은 따르고 있는 광경에 주목하고 있었다.

나폴레옹의 대관식 그림도 많은 군중 속에 화려한 의상을 갖추고 앉아 있는 그림이었다. 한정된 시간이어서 다 보지 못하고 아쉽게 일부만 구경하고 몽마르트르로 발길을 옮겼다.

몽마르트르(Montmartre)는 파리에서 높은 지형으로 시내를 내려다볼 수 있었다.

네덜란드의 화가 빈센트 반 고흐(1853~1890년)가 그린 그림 중 '몽마르트르 언덕의 채소밭'이라는 그림도 있었다. 미술상이었던 고흐의 동생과 함께 살았다는 '반 고흐의 집'은 아직도 몽마르트르에 있다 했다. 가 보지는 못했다.

몽마르트르는 예술가들이 프랑스 문화를 꽃피운 곳이며, 많은 예술가들이 몽마르트르에 거주하면서 작품 활동을 하는데 '테르트르 광장'은 예술가들의 광장으로 그림을 그린 화가들이 여기저기에 자리를 잡고 자신이 그린 그림들을 이젤 위에 전시해서 판매

도하고 인물화 초상화도 그려 주었다. 우리에게도 초상화를 그려 주겠다고 권했으나, 사양했다.

한쪽에 카페들도 있었는데 실내에도 테이블과 의자들이 놓여 쉴 수 있는 공간이었다. 우리는 실외에 앉아 차를 마시며 그들이 그리고 있는 그림들을 보면서 나는 남편에게 물었다.

"프랑스에는 유명한 화가들도 많지만, 알베르 카뮈나 장 폴 사르트르 등 유명한 문학가들도 있지 않나요?"

몽마르트르 언덕 주위를 살펴보고 있던 남편은 말했다.

"그렇지요. 프랑스에는 많은 유명한 문학가들이 있지요. 노벨 문학상 수상자만 해도 14명인데 세계 국가들 중에 제일 많지요. 카뮈(1913~1960년)는 소설가이고, 극작가이며, 수필가이지요. 제2차 세계대전 동안에 불란서의 저항에 참여했고, 좌파 진영의 일간지 결투(Combat, 1944~1947년)의 공동 편집인(장 폴 사르트르와 함께)이었지요. 그의 수필 시지푸스의 신화(1942년)와 그의 첫 번째 소설 이방인(The Outsider, 1942년)은 그로 하여금 국제적인 명성을 얻게 했고, 이 작품들은 인간 실존의 풍부성에 대한 개념을 전달하며 또한 그를 명백히 사르트르의 실존주의의 반열에 세웠지요."

남편은 화가들이 그리는 그림을 바라보며 계속 말을 이었다.

"다른 주목할 만한 작품들은 카뮈의 소설 '역병(The Plague, 1947년)'과 수필 '반항인(The Rebel, 1951년)'을 포함하지요. 그에게 1957년에 노벨 문학상이 수여 되었어요. 카뮈 작품의 중요한 테마가 부조리와 반항이라 말할 수 있어요. 인간 부조리를 피하거나 눈감으려 하지 않고 그것을 직시하며 그 인간 조건을 받아들이면서 생을 긍정하는 태도, 그것이야말로 카뮈가 말하는 반항이지요."

"기독교인 입장이어서인지 납득이 되지 않는 해결 방법이네요. 카뮈는 그렇고요. 사르트르는요?"

남편은 찻잔에 남아 있던 차를 마시며 계속 말을 이었다.

"사르트르(1905~1980년)는 철학자요, 소설가요, 극작가이며, 또한 비평가이지요. 1929년에 솔본느 대학에서 공부하는 동안 그는 시몬 드 보봐르와의 필생의 결합을 시작했지요. 그들은 1945년에 '현대(Les Temps modernes)'를 창설했고요. 실존주의의 지도적인 대변인인 그는 본래 하이데거의 저서에 의해 영향을 받았지요. 그의 후기 철학은 자유에 대한 사회적인 책임을 취급하며, 그리고 실존주의를 마르크스주의적 사회학과 종합하려고 시도하지요. 그의 작품은 논문 '존재와 무(1943년)'와 소설 '메스꺼움(1938년)'과 삼부작인 '자유의 길(Les Chemins de la liberte, 1945~1949년)'과 희곡 '파리떼(Les Mouches, 1943년)'와 '비공개(Huis clos, 1944년)'를 포함하지요. 그에게 1964년 노벨문학상이 수여 되었으나, 그는 거절했어요. 사람들은 카뮈보다 연장자인 그가 늦게 노벨문학상이 수여된 것에 대해 불만의 표시였다고 추측하지요. 그의 작품 'No Exit'는 출구가 없다는 뜻인데, 무신론적 실존주의자인 그로서는 삶에 있어서 출구를 찾지 못하였지요. 그것은 역설적으로 신을 믿지 않고는 우리 인생의 출구가 없다는 뜻이기도 해요."

카페를 나오는데 길옆에 조그만 식당이 있어 그곳에 들어갔다. 메뉴에 있는 달팽이 그림은 하얀 색깔에 분홍 줄무늬로 조개처럼 예뻤다. 달팽이(Escargot) 요리를 맛보기 위해 어떻게 만드는가를 물은 뒤 주문을 했다.

"달팽이를 살짝 데친 후 마늘, 레몬즙, 버터, 파슬리를 잘게 썰어 함께 버무린 것을 입구에 듬뿍 넣어 통째로 잘 익혀서 껍질째 접시에 담아 나온 요리를 뾰족한 포크로 달팽이 속을 손수 꺼내서 먹게 되는 요리와, 삶아 익힌 달팽이 속을 꺼내어 버섯, 마늘, 레몬즙과 함께 버터로 볶아 파슬리 다진 것을 요리 위에 뿌려 접시에 담아 나오는데, 조리 자체에서 껄쭉하게 된 소스를 빵에 묻혀 먹으면 제 맛입니다."

우리는 후자를 주문했다.

먹기가 좀 꺼림찍했으나 요리 자체의 소스에 찍어 먹는 빵은 파슬리향이 스며들어 향기로웠고 달팽이 맛은 조개와 고동 맛 비슷하여 별 거부감이 없었다.

달팽이는 동면에 들어가기 직전의 것을 사용해야 영양 상태가 좋고 맛이 있으며, 포도나무 잎을 좋아하기 때문에 와인으로 유명한 지역의 달팽이를 선호한다고 했다.

세느 강의 야경을 보기 위해 유람선을 타려고 선착장으로 갔다. 세느 강은 프랑스 중북부를 흐르는 길이 776km인 강으로 동남부 산지에서 발원하여 샹파뉴와 파리 지역을 경유하고, 노르망디 지방을 통과하여 대서양으로 유입된다고 했다.

유람선은 여러 종류가 있었는데 그 중에 상자같이 생긴 무척 큰 '바또무슈'란 유람선이 특이해서 그걸 타기로 했다.

이 유람선은 천장이 없어 하늘이 바로 보였다. 고개를 들어 툭 트인 하늘을 쳐다보니, 나래 펼친 새들이 무리지어 구름 속에 그림을 그리며 노니는 모습이 아름다웠다.

유람선은 사람이 물에 빠지지 않게 아래 부분만 사방이 가려져 있었다. 바닥이 파란 색상에 가운데 통로를 두고 주황색 의자들이 좌우에 즐비하게 놓여 있고, 뒷부분은 운동장 같이 넓어 자유롭게 다니며 사방의 전경을 볼 수 있었다.

세계에서 모인 관광객들을 태운 유람선은 드디어 서서히 부두를 떠나 세느 강 따라 유영했다. 서울의 한강보다는 작은 세느 강 주변에는 온통 문화 유적지로 둘러싸여 있고 고풍스런 건물 사이사이 우람한 나무들로 조화로움을 이루고 있었다.

어둠이 짙어오니 건너편 에펠탑에서도 휘황찬란한 불빛이 켜지고, 세느 강 주변의 아름다운 유서 깊은 고층 건물의 불빛들도 창살 밖으로 새어 나왔다. 세느 강의 물내음도 하늘의 별들도 강

바람의 서늘함도 마음을 스쳐 포근함을 가져왔다.

　바또무슈 안의 불빛과 강물에 비친 불빛이 합류된 물결의 조화
는 환상적이었다. 평화롭고 아름다운 이 세느 강에 흔히 자살자들
이 있다는 기사를 보기도 했는데, 도무지 믿기지 않았다.

　노트르담 사원도 아름다운 건물이 불탄 듯이 밝았다. 영화 노트
르담의 꼽추가 생각났다.

　또한 낮에 보았던 에펠탑은 수수한 매력이었는데 밤에 본 다크
호스인 에펠탑은 레이저까지 합류하여 판이하게 다른 휘황찬란한
황금덩이로 장관을 이루어 시상이 머리 위로 떠올랐다.

　　초승달 내리비쳐 잔잔한 호숫가에
　　그리움 새겨지네 해맑은 옛 추억들
　　애틋함 서로를 향해 반짝인다 영롱히

　　강줄기 굽이굽이 에펠탑 꺼안으며
　　밤 야경 연분홍빛 윤슬에 춤을 추고
　　그 선율 영혼의 함성 외로움도 씻는다

　　흘러온 비단물결 상흔들 감싸주고
　　우아한 하얀 맵시 소롯이 휘감으니
　　하늘빛 흰 너울 달아 온누리에 펼친다.

- 졸시 〈세느 강〉 전문

동남아 4개국 여행

    흔히 인생사는 자기 계획대로 되지 않지만 때에 따라 계획 이상
의 삶이 찾아올 때도 있다.

    우리 내외는 미국에만 잠깐 다녀오려고 했는데 비자 관계로 길이
막혔다. 그러나 비자가 필요 없는 유럽 나라들을 유레일패스(싼값)
로 다녀오게 되었다. 15일간 유럽의 여러 나라들을 주로 기차를 이
용하여 다녔고, 유레일패스권 밖의 나라들로 영국과 이스라엘과
동남아 4개국을 여행하고 귀국하게 되었다.

    동남아 여행길에 첫 번째로 홍콩에 들렀다.

    홍콩은 중국의 해안에 있는 지역인데 그동안 영국의 지배를
받았다. 홍콩은 1841년에 중국에 의해 영국에 넘겨졌다. 콜룬
(Kowloon) 반도는 1860년에 영국에 양도되었고, 본토 이외의 지
역들인 새로운 영토들은 1898년에 99년 동안 영국에 임차되었다.

    1984년에 영국과 중국 정부 간에 한 협정이 서명되었는데 영국
이 1997년에 전체 영토를 중국에 돌려주기로 한 협정이었다. 이후
홍콩은 특별한 행정구역이 되었는데, 50년 동안 현 체제들과 삶의
스타일대로 살도록 보증하는 특별법들을 갖게 되었다.

인구는(1990년) 5백90만여 명이고, 공식적인 언어는 영어와 켄토니스(Cantonese)이다. 수도는 빅토리아이다.

홍콩은 세계의 중요한 재정 및 제조업의 중심지들의 하나가 되었다. 세계에서 세 번째로 큰 화물 수송 선박의 항구가 되었다.

홍콩은 화려한 도시로 다닥다닥 고층 빌딩들이 파노라마 같은 풍경으로 한 폭의 그림처럼 아름다웠다. 지하철(MTR) 노선은 물론 대중교통 시설이 잘 되어 있어서 가장 빠르게 목적지에 데려다 주는 편리함이 있어 좋았다. 여행객이 많이 모이는 이유 중 하나도 편리한 대중교통 때문이라고 했다. 그런데 버스 요금을 냈더니 잔돈을 내주지 않았다. 그래서 카드(옥토퍼스 카드)를 준비하여 전철, 버스, 편의점, 식당에서도 사용이 가능해서 편리하게 사용했다.

전 세계 명품 숍들이 모두 모여 있는 침사추이 캔톤로드는 물건을 사려고 온 사람, 구경 온 사람, 여러 나라에서 관광 온 인파로 북적이어서 걷기조차 어려울 지경이었다.

홍콩의 밤거리는 매일 밤 8시부터 약 15분간 홍콩 빅토리아 항의 건물 사이에서 펼쳐지는 환상적인 레이저쇼, 심포니 오브라이트는 휘황찬란한 모습으로 감탄의 함성이 절로 터져 나왔다. 잔잔한 반짝임으로 고요히 사라지는 모습은 마치 오케스트라 연주를 듣는 느낌이었다. 다양한 고층 건물의 가지각색 네온사인 그 모습 그대로 호수에 비치는 야경 또한 환상적이었다.

두 번째 방문한 나라는 대만(Taiwan)이었다.

타이완의 공식적인 이름은 중화 공화국(Republic of China)이었다. 중국 해안에서 떨어져 있는 섬나라로 인구(1991년도 조사)는 2천40만여 명이었다.

공식적인 언어는 만다린 중국어(Mandarin Chinese)이고, 수도는 대북(Taipei)이다. 중국인들이 수세기 동안 정착했고, 대만은 1590

년에 포르투갈인들에 의해서 발견되었다.

포르투갈인들은 대만을 Formosa(아름다운)라고 이름 지었다. 대만은 1895년에 중국에 의해 일본에 양도되었는데 세계 2차 대전 후에 중국으로 반환되었다.

국민당(Kuomintang)의 지도자인 장개석은 1949년 50만 명의 군인들과 함께 대만으로 철수했다. 중국 본토의 공산정권과의 싸움에서 밀렸던 것이다.

이후 대만은 국민당의 본부가 되었고, 장개석은 지속적으로 권력을 잡았다. 1950년대 대만은 크게 경제적인 성장을 하게 되었는데, 특히 수출 지향적인 산업 분야에서 성장했다.

1971년에 UN에서 대만을 중화 인민공화국(the People's Republic of China)의 나라에 속한 것으로 결정했다.

우리는 대만에서 유명한 국립 고궁 박물관으로 갔다. 박물관은 김소하면서도 웅장함이 엿보였다. 짐과 카메라는 락커에 맡겨 두고 전시실로 들어갔다. 박물관은 1925년에 개관하였는데 유물들은 북경에서 가져온 것들이 대부분으로 전시품이 너무 많아 3개월마다 매번 전시실을 리뉴얼하고 있다고 했다.

중국 공산당과 국민당의 치열한 전쟁 통에 장개석 총통은 중국의 보물들을 두 군함에 싣고 대만으로 도피했다. 중국에서도 이 상황을 알았으나, 바다 가운데 유물을 싣고 있는 군함을 보면서도 대국다운 조치를 취했다.

"저것은 나중에 우리 것이 될 것이니 바다에 수장 되지 않도록 포격하지 말라."

그 덕에, 장개석 총통은 중국의 보물들을 대륙 본토를 건너 섬 타이완까지 무사히 가져올 수 있었다.

대만 고궁 박물관에서는 중국 8천년의 진귀한 보물들을 전 세계인이 관람할 수 있도록 해놓았다. 대만으로서는 장개석 총통의 공에 찬사를 보낼 만했다.

작품들의 가치와 규모가 엄청났다. 진귀한 중국의 문화유산을 이해하려면 10년은 걸릴 듯했다. 청나라 유물의 아기자기한 문양과 디자인이 돋보이고 섬세함과 감각적인 느낌들이 마음에 와닿았다.

특별히 눈에 띈 것은 받침 위에 놓여 있는 취옥백채(옥배추)는 비취색이 영롱한 배추를 중국 옥으로 표현한 예술 작품으로 대만 국보급 보물(청나라 작품)이었다. 배춧잎 위에서 여치가 앉아 배춧잎 속에 얼굴을 파묻고 있는 표현도 아름다웠다.

육형석 역시 동파육의 질감을 그대로 표현하고 있는 돌 작품인데 돌을 깎고 다듬어 염색(착색) 과정을 통해 간장에 절인 삼겹살 느낌을 표현하고 있었는데, 이는 대만인들이 사랑하는 중국 청조시대의 유물이라 했다. 자세히 보니 돼지고기 껍질에 있는 땀구멍까지 새겨져 있어 그 섬세함에 놀라지 않을 수 없었다.

고궁 박물관에서 행서, 초서의 서예 책 3권과 붓 2자루를 샀는데, 지금도 사용할 때마다 그 박물관 생각이 새록새록 떠오른다. 수천 년 동안의 진귀한 예술 전시를 즐겨야 하는데, 다 돌아보지 못하고 아쉬운 마음을 안고 떠나왔다.

동남아의 세 번째 방문국은 태국이었다.

태국(Thailand)은 동남아시아에 있는 왕국인데 인구(1990년)는 5,630만여 명이었다. 공식적인 언어는 타이어다. 수도는 방콕이며, 태국은 1939년까지 샴(Siam)으로 알려졌는데 후에 이름을 타일랜드로 변경시켰다.

타일랜드는 '자유인들의 나라'란 뜻이라고 했다. 수세기 동안 타이 사람들이 그 지역으로 유입되었고, 13세기까지 수많은 군주국을 겪어야 했다.

한 강력한 왕국이 14세기에 출현했고, 이웃나라인 미얀마와 자주 전쟁을 했다. 19세기에 태국은 동으로는 불란서에 영토를 잃었고, 남으로는 영국에 영토를 잃었다. 2차 세계대전 때는 일본에 점령당했다.

태국은 베트남 전쟁에서는 미국을 지원했다. 이후 캄보디아와 라오스와 베트남으로부터 많은 피난민들이 유입되었다.

절대적인 군주국이 1932년에 세워졌다. 왕이 국가의 수반이 되었다. 그때 이래 태국은 군사 정권 아래 놓여 있다.

태국의 수도이자 정치, 경제의 중심인 방콕은 현지인들에게는 천사의 도시라고 잘 알려져 있고, 도시 곳곳에 불교 사원들도 눈에 띄었다. 또한 시암 스퀘어와 수쿰윗 로드에 빼곡하게 들어선 초고층 빌딩과 대형 쇼핑센터, 패셔너블한 숍 등이 이 도시를 더욱 매력적으로 만들어 주고 있기도 했다.

귀여운 잡화 및 토속적인 기념품을 아주 합리적인 가격으로 구입할 수도 있었다.

우리는 방콕 왕궁으로 먼저 갔다. 왕궁은 방콕 내에서도 유서 깊은 지역의 차오프라야 강변에 자리하고 있었다. 페리를 타고 왕궁을 가면 가장 멋진 풍경을 감상할 수 있다고 했으나 가까운 버스를 이용했다.

궁 안으로 들어가기 전에 먼저 팔, 다리, 발을 가릴 수 있는 복장을 착용해야 했다. 유럽풍과 아시아풍이 복합된 이 웅장한 왕궁은 옛날 시암 왕국의 왕실 가족이 살던 곳이었지만 지금은 숭배 장소이자 방콕의 빼놓을 수 없는 명소가 되었다.

금박을 입힌 왕궁 지붕은 이제 방콕의 가장 유명한 랜드 마크가 되었다. 이 왕궁은 밖에서는 멋진 사진의 배경이 되고, 안으로 들어가면 200여 년의 신성한 왕실 역사가 고스란히 깃들어 있는 것을 볼 수 있었다.

왕궁에는 엄청난 숭배의 대상인 에베랄드 불상 이외에도 정교하게 꾸며진 많은 사원과 동상과 탑이 있었다. 150여 년 동안 태국 왕실 가족의 보금자리가 되어 왔던 왕궁은 지금도 태국 왕이 의식을 거행할 때 사용되고 있다고 했다.

각 세대의 왕이 자신의 취향에 맞게 장식을 추가하면서 오늘날 왕궁은 태국, 아시아, 유럽의 건축법과 지식이 복합적으로 나타나 있다고 했다.

우리가 네 번째로 방문한 나라는 싱가포르(Singapore)였다. 싱가포르는 싱가포르 섬과 그리고 약 54개의 더 작은 섬들로 이루어진 아시아의 한 나라이다.

인구(1991년)는 3백4만5천여 명이며, 공적인 언어들은 말레이어와 중국어와 타밀어와 영어이다. 수도는 싱가포르 시이다.

싱가포르는 말레이 반도의 남부 끝에 떨어져 있고 말레이 반도에 한 길과 철로를 지닌 둑길에 의해 연결 되었으나 지금은 싱가포르와 말레이시아 조호바루와 다리를 통해 왕래하고 있다.

스탬포드 레플스 경은 1819년에 동인도 회사 아래 무역 지점을 설립했고, 그 회사는 1826년에 해협정착들을 형성하기 위하여 페낭과 말래 시를 가입시켰다.

싱가포르는 항구로 해서 급속히 성장하여 아시아에서 가장 중요한 상업 중심지 및 해군기지가 되었으며, 1942년에 일본에 굴복했고, 해방 후 1946년에 영국의 지배를 받았으나, 1959년에 영연방(Commonwealth) 내에서의 자치 국가가 되었다.

1963년에 말레이시아와 연합되었으나, 싱가포르는 2년 후에 완전 독립을 선언했고 세계적인 무역 및 재정 중심지로 남아 있다.

우리는 싱가포르에서 남편의 친구 손중철 선교사의 친절한 안내를 받았다. 백문이 불여일견이라고, 싱가포르의 공항과 시가지는 매우 깨끗하고 질서정연했다. 싱가포르를 이렇게 쾌적하고 아름답게 만든 것은 유능하고 청렴결백한 정치인 리관유 수상이 있었기 때문이란다.

우리는 후에 러시아 선교사로 갔었고 러시아 사역 한 텀을 끝내고 싱가포르로 와서 선교사로 11년 머물고 사역할 줄이야 어떻게 알았으랴.

우리가 귀국할 즈음에는 지금은 미국에서 목회자로 일하고 있는 막내아들이 초등학교에 입학해야 하는데, 우리의 귀국이 하루 이틀 늦은 관계로 신학교 총장실 비서였던 황양에게 아이를 데리고 학교에 가 주면 고맙겠다고 전화로 부탁했었는데, 그 아련한 생각이 지금도 머릿속에 맴돌고 있다.

유양업 作 [산수화 · 1](2016)

박덕은 作 [러시아](2016)

제3부···*러시아에서*

모스크바에서 신학교 설립

북방의 문이 열리자 반공사상으로 교육을 받았던 남편과 나는 선교를 위하여 러시아의 수도 모스크바로 가게 되었다.

신학교 책임자(대전 신학교)로 경험이 많았던 남편은 러시아에 신학교를 설립하자는 제의를 받았다.

자녀들이 모두 학생들이고, 더구나 막내가 고 2학년이어서 엄마가 있어야 할 시기에 떠난다는 것이 쉽지 않았다.

그때 자녀들이,

"우리는 다 컸으니까 가서서 선교해야지요. 염려 마세요."

이렇게 말해 주었지만 마음은 몹시 걱정이 되고 아팠다.

유난히 춥던 1994년 1월 6일 나의 생일에, 남편과 나는 두렵고 설레는 마음으로 모스크바 쉐레미쩨에보 공항에 도착했다.

비행기의 착륙과 동시에 기내 승객들은 환호의 박수를 힘 있게 쳐주었다. 러시아인들은 비행기가 이륙하거나 착륙할 때 박수치는 것이 관례였다.

공항은 대국답지 않게 초라했다.

숙소를 향하여 가는 길에 국경일인지, 여기저기서 축포 소리와 함께 밝게 퍼진 반짝이는 불빛들은 러시아 밤하늘을 곱게 수놓았다.

이 광경을 보면서 우리는 서로 보고 웃었다.

"우리가 온 것을 환영하나 봐요."

우리는 무겁게 가져간 짐들을 풀고, 임시로 학교 건물 5층에서 유숙하였고, 강의실은 1층에 있었다.

이미 광고에 나간 대로, 대학 졸업한 학생들을 뽑아 전액 장학금을 주고 기독교에 대한 기초부터 교육시켜 졸업 후에 학생들이 개척교회를 한국교회들과 연결시켜 일할 수 있도록 할 계획이었다.

학생들과 책임 맡은 자들, 한국에서 온 손님들, 가르칠 선생들, 직원들과 함께, '모스크바 장로회 신학교'란 학교명을 붙이고 학교 설립 예배를 드렸다.

등록된 학생들에게 남편은 신학에 관한 여러 과목을, 나는 음악 분야를 강의하게 되었는데, 통역은 빨리나 여사가 맡았다. 그녀는 고려인으로 튼실한 체구에 매력 있는 음성을 지니고 있었다. 그녀의 아버지는 남북한 휴전협정 때 북한의 대표였다고 했다.

'첫 시간에 나는 인사말이라도 노어로 할까?' 하여, '안녕하십니까?'를 열심히 연습하였다. 그런데 막상 학생들 앞에서 노어 인사말을 하려고 하니 입이 떨어지지 않고 기억이 나지 않았다. 할 수 없이 나는 엉겁결에 한국말로,

"안녕하십니까?"

빨리나는 재치 있게 곧장 받아서,

"즈드라스트부이째?"

기억력 없는 머리를 탓하면서 그래도 연습을 했기 때문에 순발력 있게 따라서

"즈드라스트부이째?"

흉내를 내니 학생들도 재미있는 듯

"와!"

모두 웃으면서 힘차게 화답을 했다.

"즈드라스트부이째?"

감사하게도 러시아 선교 간다는 소식을 접한 김두완(작곡가, 지휘자) 박사가 노어로 번역된 찬송가 250권을 기증해 주었다. 그때는 찬송가 책이 없는 형편이어서 찬송가를 모르는 신학생들을 위하여 요긴하게 사용하였다.

수업 시간에 가르쳐 준 찬송을 채플 시간에 활용하여 부르면 보람도 있고 흐뭇하기도 했다. 노어는 알파벳만 잘 익히면 글자 그대로 읽을 수 있는 발음이어서 노어에 초보인 나로서도 가르치기에 어렵지 않았다.

찬송가 역사, 교회의 고대음악, 중세음악, 현대음악 등 통역을 통하여 강의하게 되니 마냥 즐거웠다.

학생들이 내 이름을 발음하기가 어렵다 하여 지어 보라 했더니, 저희들끼리 머리를 맞대고 뭐라 속삭이더니, 양(yang)자를 g자만 바꾸어 야나(yana)라고 지어 주었다. 이것이 나의 닉네임이 되어, 지금까지 사용하고 있다.

외국에 가면 음식이 입에 맞지 않아 어려움을 겪기도 하는데, 우리는 학교에서 일하는 직원들이 고려인들이어서 주로 한국 음식을 만들어 주었기 때문에 별로 불편함이 없었다.

마켓에 들어가니 두부처럼 생긴 하얗고 네모난 덩어리가 눈에 번쩍 띄었다. 사려고 가까이 가서 보니 웬걸 찐득찐득한 버터같이 생긴 돼지기름이었다. 추운 지방이어서 볶음요리나 수프에 넣는다고 했다.

새콤한 맛의 크고 넓은 거무스름한 빵과 누런 빵을 주식으로 하고, 주로 즐겨 먹는 음식은 스뵤끌라(비트, 빨강무) 국이었다. 스뵤끌라를 갈아 놓은 물에 허브, 고기, 감자, 당근, 토마토, 샐러리 등을 넣고 푹 끓인 껄쭉한 수프는, 진달래꽃 색깔이 맛을 부추겨 그

맛이 일품이었다.

러시아인들은 줄 서는 습관이 몸에 배었다. 물건을 살 때나 지하철 안에서도 질서정연하게 흐트러짐이 없었다.

며칠 후 지하철을 타게 되었다. 지하철 에스컬레이터가 아래로 길고 깊은데다가, 철거덕, 덜커덩 소리가 요란해서 무서워 발을 딛지 못하고 멈칫하고 있는데, 고려인 '이리나' 할머니(학교 직원)가 왜소한 몸답지 않게, 당찬 소리와 함께 손을 내밀었다.

"괜찮소, 내 손 잡으시오."

한 손은 이리나 손을, 한 손은 에스컬레이터 라인을 잡고 불안에 가슴 졸이다가, 내린 후에야 겨우 안도의 숨을 내쉬었다.

지하철을 방공호 겸용으로 디자인해서인지, 깊이 파놓았고, 넓은 벽에는 섬세하고, 화려한 조각품들이 요소요소에 아름답게 장식되어 있어 러시아인 예술성의 높은 수준을 볼 수 있었다.

'니나'는 일반 대학의 교수로서 미모도 아름다운 인텔리전트 여성이었다. 그녀는 우리에게 잠시 동안 노어를 가르쳐 주었는데, 공부를 하면서 영어 캐릭터(character, 성격)를 노어로 "하락제르"라고 하였다. 그때 나는 질문을 던졌다.

"그럼 러시아인의 하락제르는 무엇입니까?"

교수는 잠깐 머뭇거리다가 대답하였다.

"천진성."

그 말을 듣고 보니 무섭게만 여겨졌던 러시아인들은 대부분 인간성이 부드럽고 순진하고 친절하였다. 길에서 서로 스쳐갈 때도 미소를 지으며, 인사말을 건넸다.

"슬라바보그(하나님께 영광을)."

공산당 혁명(1917~1991년)이 일어나기 전에 정교회가 약 천년 동안 국교가 되어왔으므로, 기독교 정신이 러시아인의 저변에 깊숙이 깔려 있었던 것은 아닐까.

모스크바에서 교회 개척

　러시아인을 대상으로 학교 강당을 빌려 교회를 열었다. 계약을 하기 위해 정부로부터 받은 '교회설립 허가증'을 손에 들고 설레는 마음 안고 가다가 눈길에 미끄러졌다.

　허가증은 곤두박질쳐 저 건너편에 떨어졌고, 주위 사람들이 볼까 부끄러워 후다닥 일어났는데 왼쪽 손목이 아파 만져 보니 뼈에서 아사삭 소리가 났다.

　'어머, 뼈가 부러졌나 봐' 하고 만지다가, 허가증을 겨드랑이에 끼고 오른손으로 왼쪽 손목을 꼭 쥐고 계약 장소인 학교로 갔다.

　계약을 하려고 기다렸던 선생과 남편은 깜짝 놀랐고, 우리는 가까운 정형외과로 함께 갔다. 병원은 크지 않았지만, 의사 선생님은 친절했다. 엑스레이도 찍지 않고 만져 보더니 책상 가에 손목을 얹고, 손이 밖으로 활처럼 굽게 걸치고 바로 기브스를 했다. 그때만 해도 공산당의 잔재가 남아 있었던지 치료비는 무료였다. 나는 그 친절에 감사했으나, 없어서인지 아무 약도 주지 않아서 기브스를 한 손이 많이 아팠다.

　그래서 나는 결혼생활 처음으로 남편 손에서 밥을 얻어먹게 되었는데, 그것도 나의 한 손과 입으로 도와서였다.

한국 선교사들이 사역을 할 때 고려인들을 통역자로 세울 수밖에 없었다. 기독교 용어도 잘 모르고 한국말도 서투른 그들이 가끔 뜻을 잘못 통역하는 경우도 있어 웃음을 자아내기도 했다.

예를 들면, '성령의 역사(役事)'라고 할 때 역사는 'work'인데 'history(歷史)'로 잘못 통역하기도 하며, '하나님의 빽(도움)'으로 할 때 빽을 'bag'로 잘못 이해하여 노어 '숨가(가방)'로, 즉 '하나님의 가방'으로 이렇게 통역하기도 하는 에피소드도 있었다.

우리는 교회를 시작할 때 교회 이름을 '솨스찌에 째르꼽(행복 교회)'이라 하였다. 우리도 예배를 위하여 우선 통역자와 반주자가 필요해서, 통역자는 미국에서 신학을 공부한 젊은 드미트리 목사가 하게 되었다. 남편 문 목사가 영어로 설교를 하면, 그가 노어로 통역을 곧잘 했다.

반주자를 구하기 위하여 '차이콥스키 콘세바토리(음악 학교)'를 찾아갔다. 우리는 한 학생을 만나서 이렇게 물었다.

"우리 교회에서 피아노 반주자가 필요한데, 사례비도 줄 테니 소개할 사람 있어요?"

그 학생은 잠시 생각에 잠긴 듯 고개를 갸웃거리더니,

"저는 '쎄르게이'입니다. 제가 하고 싶은데요. 제가 하면 어떻겠어요?"

수줍은 듯 머리를 만지며 말을 했다. 우리는 기뻐서 이구동성으로 소리쳤다.

"아! 그래요, 잘 되었네요."

우리는 문제가 쉽게 해결되어 발걸음이 가벼웠다.

러시아 음악 학교는 어려서부터 재능 있는 자들을 뽑아서 수업료 없이 오랫동안 교육을 시켜서인지 학생들의 음악 수준이 예상외로 높았다.

어느 날 우리는 모임에 참석하여 한 그룹의 여성들을 만나게 되었다. 그들을 맥도날드 스토어로 초청해서 함께 대화를 나누는 중 교회 형편 이야기를 했다. 그들의 반응은 좋았고 호감도 가졌다.

그녀들 중에 60대로 보인 엘리아노라는 '볼쇼이 찌아뜨르(극장)' 에서 피아노 반주도 했고, 말과 표정으로 교역자를 돕고자 하는 마음도 보여 선량한 인상인 그녀를 반주자로 세웠다.

그녀의 친구들을 찬양대원들로 세웠는데 열심히 참여하였다. 쎄르게이는 찬양대 지휘를 맡고, 엘리아노라는 반주를 하고, 나는 주일 예배 때마다 찬송을 가르쳤고 또 특송을 했다. 예배 분위기는 찬양대가 있어서 한결 활기차고 새로웠다.

교인 중에 신실한 50대 고려인 '다찌아나'와 공과 대학과 법대를 나온 40대의 착실한 '니깔라이'(부인 고려인 룻시)를 신학교를 다니도록 해서 일꾼으로 양성했다(우리가 삼 년 육 개월 러시아 생활을 마치고 떠나올 때 그들로 하여금 후임자가 되게 했다.).

러시아는 4계절이 있으나 약 6개월은 날씨가 추워 밖에 나갈 때는 털모자를 써야만 했고, 코의 수증기가 고드름이 될 때도 있었다.

러시아 비자가 만료되어 다시 비자를 받기 위해 러시아 밖의 다른 나라로 다녀와야 해서, 기차로 핀란드 헬싱키까지 긴 여행을 하게 되었다. 그런데 도중에 기차 안에서 경찰이 우리 옆으로 오더니 찌푸린 표정으로 우리에게 일어나 보라고 했다.

우리는 섬뜩한 마음으로 얼떨결에 일어섰다. 우리가 앉았던 의자 밑(짐을 넣은 곳)을 열어 보고는 별일 없다는 듯이 지나갔다. 우리가 외국인이어서 이상한 물건을 소지했나 그 여부를 살펴보려고 했던 것 같다.

핀란드 헬싱키 역에 도착해서 시내라도 구경할 수 있었지만 경제적 여유가 되지 않아, 패스포트에 다른 나라에 다녀왔다는 입국 도장만 다시 받고 아쉬움만 남긴 채, 다음 기차로 바로 모스크바로 왔다.

아파트 집에 와서 창밖을 내려다보니 낙엽이 많이 떨어져 있는 땅위로 눈송이가 바람 타고 소리 없이 펄펄 내리고, 그 사이를 까마귀들이 유유히 날면서 깍깍 우는 소리가 유난히 구슬프게 들렸다.

그 광경을 보면서, '오늘이 한국은 추석날인데 이곳은 벌써 첫눈이 내리네.' 속으로 중얼거리는데, 한국에 있는 아이들이 문득 눈앞에 떠오르며 마음이 찡해왔다.

전화라도 하려고 남편과 함께 우체국으로 갔다. 그때만 해도 외국으로 전화하기가 쉽지 않아서 한참 기다린 후에 겨우 통화가 되었다.

"여보세요"

음성이 들렸다.

"학배니? 오늘 한국은 추석날인데 너희들 어떻게 지내고 있니? 추석인데 엄마가 멀리 있고, 너는 고 3인데 뒷바라지도 못해 주어서 늘 미안하다."

막내의 음성을 듣자마자 눈물이 나왔다.

"네, 엄마, 난 괜찮아요. 형 누나들 학교 잘 다니고, 우리 모두 잘 있어요. 우리는 하나님께 다 맡기고 염려 마세요. 추석이라고 조옥희 권사님께서 맛있는 음식 많이 챙겨 주셨어요, 선교사님은 선교지에다 뼈를 묻는데요. 아빠는요? 건강 조심하세요."

오히려 우리에게 위로를 해주었다. 전화를 하고 나니 마음이 한결 가벼웠다.

주일날 교인들 점심 식사를 위해, 토요일마다 남편과 함께 마켓에 가서 식품들을 사고 준비하여, 주일 예배 후에는 그들이 좋아하는 빵과 김밥 잡채 과일 등으로 점심 식사를 함께 나누고 식사 후에는 친교 시간도 가지면서 그들의 생활담도 들었다.

　과도기의 어려운 삶에 처해 있는 그들과 함께 동고동락하면서 아낌없이 사랑을 베풀었다. 자녀들 또래들이 오면 모두 자식 같고, 교회를 찾아오는 사람이면 모두 한식구들이기에 정성껏 섬겼다. 이런 사랑이 그들에게도 전달되었던지 그들은 나를 좋아하여 'princess(공주)'라고 부르기도 했다.

　'주는 것이 받는 것보다 복이 있다'는 성경의 말을 실감했다.

　남편이 전도하기 위하여 러시아인들을 만나 집에 데려오면, 대접하는 것은 나의 몫이었다. 그들이 교회에 나와 신앙생활을 하면, 그게 형언할 수 없는 기쁨이었다.

　교인 중에 우즈베키스탄에서 온 '이골'은 모스크바 대학에서 박사 과정을 공부하는 친절하고 겸손한 청년이었는데, 미국 유학 중에도 우리와의 사귐을 잊지 못하여 종종 편지로 소식을 알려왔다. 경제적으로 풍족한 곳에 살고 있으면서도 교회가 그리웠고 늘 생각난다고 했다. 지금도 그가 떠나면서 주고 간 나무로 깎은 조각품 예쁜 달걀 하나를 손안에 쥐면 설핏한 애수에 잠기곤 한다.

　문 선교사는 기독교 서적이 거의 전무하였던 그 당시에 학생들과 교역자들을 위하여 노어로 된 '설교학' 책을 만들 필요성을 가졌다. 이 일을 위해 공산당 시절에 화학과 석사였고, 한국선교사들이 온 후에는 신학도 공부하였던 이춘자 선생이 40일 간 집에 출근하면서 작업을 도왔다.

　공산 치하에서는 기독교 출판사가 없었는데 하나 생겨서 감사하게도 노어 '설교학' 교과서를 출간하게 되어 그들이 사용할 수 있겠다 싶어 보람도 컸다.

러시아 국민 문학의 아버지 푸시킨

새싹이 움트는 초봄 어느 날, 우리가 살고 있는 바우만스카야와 인접해 있는 푸시킨스카야 거리에 산책을 나갔다. 공기가 신선했고 산책 코스가 좋았다.

'푸시킨이 국민으로부터 얼마나 사랑을 받았으면 지역 이름도 '푸시킨스카야'라고 했을까!'

푸시킨 이름을 따서 묵직한 건물의 상점과 학교 모습도 유럽풍으로 건축되어 아름다웠다. 거리의 사람들 의상도 무거운 털코트와 털모자도 가벼운 칼라의 옷차림으로 바뀌어 한결 화사하게 보였다.

푸시킨의 삶을 더듬으면서 공원에 이르렀다. 추운 겨울을 이기고 우뚝 선 나뭇가지의 꽃망울 위에서 새들이 노래하며, 러시아를 상징하는 자작나무 옆에 푸시킨의 구릿빛 동상도 살아 숨 쉬듯 의젓하게 서 있었다. 대리석의 시비에 쓰여 있는 글을 자세히 읽어 보니 내가 가장 좋아하고 외웠던 푸시킨의 시가 러시아말로 적혀 있었다.

"어, 어! 이 시가!"

여기에서 이렇게 푸시킨 시와 만날 수 있다니, 정다운 친구를 만난 듯 깜짝 놀랐고 무척 반가웠다.

노어로 새겨진 시 전문을 읽고 정겨운 감격을 가슴에 담아 나도 한국말로 시를 읊어 보았다.

'삶이 그대를 속일지라도 슬퍼하거나 노하지 말라. 모든 건 순식간에 지나가고 지나간 건 또 다시 그리움이 되나니.'

푸시킨 자신의 삶을 표현한 시 같았다. 나는 러시아 근대 문학의 창시자로서 문학의 온갖 장르에 걸쳐 그 재능을 발휘했던 푸시킨에 대하여 매력을 느꼈다.

러시아인들이 푸시킨을 '러시아 국민 문학의 아버지', 또는 '위대한 국민 시인'으로 부르는 데는 그만한 배경이 있는 것 같았다.

알렉산드르 푸시킨(1799~1837년)은 모스크바의 귀족 가문에서 태어나 어려서부터 가정교사에게서 프랑스어를 배워 10살 때 프랑스어로 시를 썼다고 한다. 외조부 아비시니아는 아프리카 에티오피아로부터 와서 황제 표트르대제를 섬긴 흑인 귀족이었다. 그래서인지 푸시킨은 검은 피부와 곱슬머리를 가졌고 혼혈아로 문학에 대한 특출한 기질을 가졌나 싶다.

그는 귀족 학습원의 학생 시절부터 빼어난 시작(詩作)으로 주목받았고 그의 작품들은 러시아인들에게 근대 문학의 스승으로 폭넓게 사랑받아 왔으며, 그를 기리는 기념관도 러시아 전역에 20군데가 넘고 동상들도 200개가 넘는다고 했다.

푸시킨은 32세 되던 1831년, 미모를 겸비한 나탈리아 콘차로바와 결혼을 했다. 나탈리아는 푸시킨보다 13년 연하의 여성으로 첫 남편과 사별한 상태였다. 푸시킨은 격렬한 구애 끝에, 어머니의 반대도 무릅쓰고 나탈리아와 결혼했고, 2남 2녀의 자녀를 두게 되었다.

하지만, 그는 이 결혼으로 엄청난 대가를 치러야 했다. 빚까지

내어 궁핍한 장모에게 거액의 혼수금을 주어야 했고, 게다가 유행을 좋아하고 사교계에서 놀기를 좋아한 나탈리아 때문에 갈수록 큰돈이 들어 푸시킨은 정서 불안에 시달려야 했다.

그러던 어느 날 프랑스 출신 청년 근위병 조르주 단테스와 그의 아내 나탈리아의 염문이 탄로가 났다. '간통한 여자의 남편'이라는 익명의 편지를 받고 분개한 푸시킨은 연적과 담판을 지어야겠다고 결심하고 1837년 1월 27일 오후 상트뻬떼르부르크의 강가에서 결투를 벌였다.

열 발짝 떨어져서 서로 권총을 쏘되 죽을 때까지 싸운다는 냉혹한 조건을 걸었다. 그런데 푸시킨은 상대가 쏜 총의 첫 발에 복부에 치명상을 입고 눈 위에 쓰러졌다. 이틀 후에 그의 수수께끼 같은 삶은 37세로 종언을 고했다. 참으로 비참한 죽음이었다. 아픈 가슴을 어루만지며. 그의 비극적인 삶을 돌아보면서 나는 성경 잠언 마지막 장에 나온 현숙한 아내에 대한 교훈을 떠올리게 되었다.

'누가 현숙한 여인을 찾아 얻겠느냐. 그의 값은 진주보다 더 하니라.'

그 후에 나는 프레치스첸크 거리에 있는 푸시킨 박물관에 갔다. 박물관 건물은 웅장하고 현대적인 감각이 뛰어났고, 전시물도 다양했다. 푸시킨이 태어나기 전후의 시대상과 풍물, 스케치한 그림들, 당시 모스크바 시가지의 모습에서부터 작가의 육필 원고, 오리깃털 펜, 저작물, 여러 가지 개인 용품과, 주변 인물, 관련 자료 등으로 푸시킨 삶의 궤적을 두루 볼 수 있었다. 훌륭한 인물임을 다시 실감했다.

작가의 삶 자체가 그 자체만으로도 드라마처럼 극적인 삶이고 짧은 생애이지만 전 세계를 울리는 아름다운 여운이 지금도 울려 퍼진다.

나는 새삼스레 유명한 예술가들과 문학가들이 있는 러시아에서 숨쉬고 살았다는 것에 감사하고 마음 뿌듯하다.

　　멀리서 보았던 상상화
　　시(詩)랑 만나
　　선명히 밝아지고

　　쓰라린 빈자리
　　불협화음의 심장 소리
　　가슴에 안고

　　함박눈 내리는 강가
　　가슴앓이 쏟아내다
　　큰 별 떨어졌네

　　그 별 그 빛
　　경이롭게
　　사랑꽃으로 반짝이네.

- 졸시 〈푸시킨〉 전문

크렘린 붉은 광장과 정교회

시베리아의 모진 바람이 멀리 사라지고 매화가 얼굴 내민 초봄, 고려인 이리나와 함께 '크렘린 붉은 광장'에 나들이 갔다. 이리나는 조그만 체구지만 건강하여 당찬 북한 어투로 이곳 광장 설명을 해주었다.

"크라스나야 형용사는 '붉은' 혹은 '아름다운'이란 뜻이 있는데, 우리는 보통 공산당을 연상하면서 '붉은 광장'이라고 불러요. 이곳에서는 러시아의 기념행사들이 열리죠. 퍼레이드(행진) 등도 펼쳐져요. 저쪽 맞은편은 바실리 성당이고 오른쪽은 레닌의 묘이고, 왼쪽은 굼 백화점이에요."

이리나는 작은 눈을 크게 뜨고 손을 들어 가리키며 말했다.

나는 블라디미르 레닌의 묘를 먼저 보고 싶었다. 레닌은 러시아 공산당을 창설하여 혁명을 주도했고 소련 최초의 국가 원수이기도 하지만, 레닌이 죽자 스탈린은 그 당시 과학의 기술을 총 동원하여 미라를 만들었다 한다. 레닌의 시신인 미라가 부패되지 않고 보존 되어 있다는 것이 궁금해서 그곳을 먼저 가 보자고 했다.

시신을 보관하고 있는 건물은 크고 화려했으나 무장한 군인들이 요소요소 지키고 있어서 삼엄한 분위기였다. 촬영은 물론 대화도 금지되었고, 묘를 향해 가는데 적막감이 흘렀다.

이리나는 귓속말로 나직막이 말했다.

"미라는 지하 깊은 곳에 보관되었다가 화요일만 관광객을 위해 공개해요."

나는 가슴 졸이며 시신 부근에 인접했다. 으스스한 떨림이 온몸을 감싸서 이리나 손을 꽉 잡았다.

방부제로 처리된 시신(미라)은 네모진 유리관에 누워 관광객의 눈높이 알맞게 단 위에 뉘어 있었다. 조명이 전신을 환하게 비춰주었다. 얼굴 표정은 살아서 숨쉬는 것처럼 평안히 잠자는 모습이고, 검정 양복 흰 와이셔츠 빨강 넥타이가 돋보였다. 양팔은 배 위에 두 손 겹쳐 있고, 노출된 얼굴과 손의 색깔은 살색 그대로였다.

이리나는 조용히 내 귀에 입을 대고,

"이 미라를 위하여 120명의 과학자들이 관리하고 있어요."

북한 김일성 사망 때에도 미라를 만들기 위해 15명의 러시아 과학자들이 북한에 갔다 한다. 그때 당시 문 선교사가 나에게 그렇게 말해 주었다.

소연방은 지구 전체의 6분의 1의 면적을 가졌는데, 공산당 정권(1917~1991년)이 무너짐과 동시에 15개 나라로 나눠졌다. 그 중 러시아는 지구 전체의 8분의 1을 가졌고, 유라시아라고 일컫는데, 하바롭스크와 블라디보스토크는 아시아에 속하고, 모스크바와 상트뻬쩨르부르크는 유럽에 속한다. 모스크바에서 하바롭스크나 블라디보스토크를 가려면 비행기로 8시간 정도 걸린다. 이렇게 광대한 영토에 비해 인구는 단지 1억4천만여 명에 불과하다.

우리는 떠 있는 그림처럼 아름다운 바실리 성당으로 발길을 옮겼다. 이리나는 흥에 겨워 웃는 표정으로 말을 이었다.

"바실리 성당은 모스크바의 황제였던 이반 4세가 러시아에서 카잔, 이족을 몰아낸 것을 기념하여 봉헌한 성당이며 1555년에 건축을 시작하여 1560년까지 5년 걸려 완공된 건물이에요. 이 성당은 엄청나게 공력을 들였고 매우 아름다워서 이와 같은 건물을 다시는 짓지 못하도록 건축가의 눈을 빼어 버렸대요."

성당 안을 들어가 보니 텅 비어 있었고 모두 허물어진 공간들만 남아 있었다. 9세기경에 왕이 종교를 택하기 위해 사절단을 외국으로 보내어 살펴보게 했는데, 사절단은 정교회 예배 의식의 아름다움에 매료되어 왕께 보고하였고, 왕은 흔쾌히 받아들여서 이때부터 정교회는 1917년 공산당 정권이 수립될 때까지 약 천년 동안 국교가 되어왔다. 공산당 치하에서는 정교회가 박해를 받았고, 74년 동안 활동도 금지되어 아름답고 화려한 교회당들이 폐허가 되고 다른 용도로 쓰이기도 했다.

우리는 광장과 인접해 있는 러시아의 최고 최대의 국영 굼 백화점으로 갔다. 백화점은 유리 지붕으로 동굴처럼 하늘을 덮고 있고, 상점들은 각 나라의 화려한 물건들로 가득차 있었다. 그 당시 과도기로 어려운 상황이었는데도 걸맞지 않게.

1991년 공산당이 무너지면서 교회도 다시 회복되어 활기를 띠었다. 이때 선교의 문이 열리게 되어 이즈음 우리도 러시아 선교를 나갔고, 한국의 선교사들은 교회와 신학교 설립, 그리고 병원에서의 사역 등 선교 활동은 괄목할 만했다.

다음날 이리나와 함께 우리는 정교회를 더 알기 위해 예배에 참석했다. 그들은 의자도 사용하지 않고 2시간 이상 선 채로, 노인들은 지팡이를 짚고 서서 예배 의식에 임했다. 그분들의 인내심은 대단했다.

강단의 성직자들은 단 위에서 화려한 예복을 입고 줄을 지어 주문을 외우면서 향단지에서 피어난 연기를 흔들며, 강단을 돌고 있는 것이 이채로웠고, 2층 앞쪽에서 부르는 찬양대의 반주 없는 아카펠라 혼성 화음은 신묘하고도 가슴 찡한 감동이었다.

　교회 내의 벽들에는 아이콘(icon)들이 옆으로 줄을 지어 장식되어 있는데 예배 후에도 신도들은 이 아이콘들을 향하여 두 손 모아 기도했다. 성상 숭배의 표현이었다.

　우리는 집에 와서 매실차를 나누었다. 이리나는 시베리아 삼림지대에서 자라는 자작나무 줄기에서 피어 나온 버섯이 '차가버섯'이고 짙은 갈색으로 암을 비롯한 만병의 특효약이라고 했다.

　"나는 모스크바 대학에서 약대를 나왔지만 약방의 약은 먹지 않아요. 아플 때는 '차가버섯'으로 엑기스도 내고, 이것만 다려서 먹지요. 때로는 매실차도 좋아해서 내가 만들어 먹어요."

　그리고는 매실차 만드는 방법도 가르쳐 주었다.

　나도 매화꽃을 무척 좋아한다고 맞장구치며 아기자기한 사랑의 매화 이야기로 꽃을 피웠다.

　꽃봉오리 망울망울
　환희의 선율

　봄소식 한 보따리
　이고 왔네

　불그레한
　감미로운 속삭임

　매실향 가슴에 안고
　사랑 나누네.

　　　　　　　　　　　　　- 졸시 〈홍매화〉 전문

에르미타쥐 박물관

오늘도 두툼하게 옷을 입고 털모자를 쓰고 남편과 함께 강의 차 모스크바 역으로 갔다. 눈보라가 휘날리고 매서운 찬바람이 휘몰아쳤다. 곁에서 보니 문 선교사 얼굴은 새빨갛고 콧김 고드름이 달려 있어 살며시 떼어 주었다.

열차로 8시간 걸려 상트빼떼르부르크(레닌그라드)에 있는 선교사들이 세운 신학교에 도착했다.

상트빼떼르부르크는 '성 베드로'의 도시란 뜻이다. 베드로는 반석, 혹은 돌이라는 뜻으로 '네바 강변에 서 있는 돌의 도시'라고 했다. 목조 건축이 기본이었던 러시아에 '돌'로 만들어진 도시로, 표트르 황제가 열성을 다해 현장을 감독하면서 건축한 아름다운 도시였다.

상트빼떼르부르크는 네바 강을 끼고 있는데 이 네바 강은 푸시킨, 네브스키대로, 고골리, 도스토옙스키 등의 문학 작품의 배경이며 러시아 문학의 산실이기도 했다. 그리고 차이콥스키와 쇼스타코비치의 음악 무대가 되기도 했다.

1905년 1월 겨울 궁전 광장이 주 무대가 된 '피의 일요일 사건'

을 혁명의 도화선으로 하여, 1917년 10월 러시아 혁명은 상트뻬떼르부르크로 러시아 제국의 영광을 빼앗아 가 버렸다. 이후 소비에트 정권은 1918년 수도를 모스크바로 옮기고 상트뻬떼르부르크는 레닌그라드로 이름이 바뀌게 되었다.

상트뻬떼르부르크에 유명한 건축물로 에르미타쥐(겨울 궁전) 박물관, 성 이삭 성당, 분수 공원, 여름 궁전, 화려한 예카테리나 궁전 등 문화 유적이 많은 곳인데, 나는 평소에도 에르미타쥐 박물관에 대한 관심이 많았다.

에르미타쥐 박물관은 제정 러시아의 왕궁이며, 황제의 평소 집무실이었던 겨울 궁전을 포함하여 그 자체로 상트뻬떼르부르크 역사와 문화의 상징일 뿐만 아니라 소장된 예술 작품 300만 점은 물론, 예술적 수준도 세계적이며 제정 러시아 시대의 영욕도 함께 엿볼 수 있기 때문이었다.

에르미타쥐의 소장품은 1741~1762년까지 재위한 표트르 대제의 딸 옐리 자베타 파블로브나 여왕에 의해 시작되었다.

독일 영주의 딸 예카트리나 2세는 16세에 표트르 1세의 손자인 표트르 3세와 결혼하였는데, 1762년 남편 표트르 3세를 쿠데타로 무너뜨리고 자신이 황제의 자리에 올랐다.

그녀는 러시아에 유럽 문화를 도입해 강대국으로 만들고자 하는 강한 야심이 있었다. 즉위 2년 해인 1764년 그녀는 독일의 그림 수집상으로부터 225점의 명화를 손에 넣었다. 이를 보관하기 위해 겨울 궁전 옆에 별관을 세우고, 이 건물의 이름을 '에르미타쥐'라고 명명한 뒤 모아둔 미술품을 모두 이곳에 소장해 놓고 기뻐했다.

"에르미타쥐의 보물을 감상할 수 있는 것은 쥐와 나뿐이다." 심지어 일하는 사람의 출입마저 금하는 비밀의 '은자의 집'을 마련하고 혼자서만 그림을 감상하며 즐겼다.

예카트리나 2세 이후의 여러 황제들도 미술품의 수집을 이어 나갔다. 소장 및 전시 공간을 넓히기 위해 건물도 증축했다.

　　에르미타쥐는 1852년 처음으로, 제한된 사람에게만 공개했다가, 1863년 모든 방문객에게 공개하며 박물관으로서의 면모를 갖추었다.

　　1917년 혁명으로 러시아제국이 붕괴되자 에르미타쥐는 국립 박물관이 되었다. 국립 박물관이 됨과 동시에 '문화유산의 보호와 국가에 대한 양도 법령'을 제정하여 러시아 황실뿐 아니라 일반인들이 소장하고 있던 모든 미술품을 국립박물관에 수용하게 되었으므로 모든 개인 소장품은 국유화 되었으며, 이는 소장품의 질과 양을 더욱 풍부하게 하였다.

　　1917년 프롤레타리아(무산계급 혁명, 공산당 혁명)혁명으로 에르미타쥐 궁전을 점령한 혁명군 일부가 보물들을 약탈하려 하자 군중 속에서 소리쳤다.

　　"아무것도 손대지 말라. 이것은 인민의 재산이다. 그림과 조각과 건물들은 우리와 조상의 '정신력의 분신'이다."

　　이 함성이 터져 나와 미술품들이 무사했다는 얘기는 감동스러웠다.

　　2차 대전 시 독일군이 레닌그라드를 포위해 오자 많은 미술품을 우랄산맥의 소도시로 도피시켰다가 전쟁 후 복귀시켰지만, 그 와중에도 잃어버린 미술품은 단 한 개뿐이었다는 사실은 어떤 혁명과 난리를 겪어도 민족이 가진 문화애호 의지는 쉽사리 꺾이지 않는다는 것을 보여 주었다.

　　세계 3대 박물관인 영국의 대영박물관, 불란서 루브르 박물관의 소장품들은 다수가 탈취에 의한 전리품인 반면, 에르미타쥐 박물관의 소장품들은 제정 러시아 당시부터 이어온 수집과 기증품이라고 하는 것에 의의가 있다.

신학교 강의를 마치고 김 선교사의 안내를 따라 에르미타쥐 국립박물관의 넓은 광장에 들어섰다.

광장 앞에는 위세를 부린 크고 높은 탑이 있었고 꼭대기에는 십자가가 세워져 있었다. 무슨 탑인지 궁금하여 물었다.

"저 높은 탑은 무슨 탑인지 굉장히 크고 높아 위세 있게 보이네요."

옆에 있던 선교사가 대답했다.

"네. 알렉산더가 나폴레옹을 이겼다는 승전탑이지요."

에르미타쥐 국립박물관은 바로크 양식의 긴 건물로 하늘 아래 모여 있었다.

옥색의 외관에 흰 기둥이 네바 강의 물색과 하늘의 파란색과 조각들의 조화가 잘 어울리는 건물로 쳐다만 보아도 전율이 흐를 정도였다.

김 선교사는 건물을 향해 활기차게 걸어가면서 설명을 했다.

에르미타쥐(겨울 궁전) 건물이 1832년 화재로 인해 소실되었는데 그 후 2년에 걸쳐 복원되었다고 했다. 하얀색과 파란색으로 단장된 많은 창문들이 시선을 잡아끌었다.

"저기 창문들은 몇 개나 될까요."

"저 예쁜 창들은 2,000여 개가 넘는다고 해요."

창 위에 띄엄띄엄 갈색의 조각들이 햇빛을 받아 반사된 모습이 하늘의 별빛같이 눈에 띄어서 또 물었다.

"그럼 저 지붕의 조각상은요?"

"건물 지붕 위의 조각은 아마 170개가 넘는 것으로 알고 있어요."

건물도 아름답지만, 안의 내용물을 보면 깜짝 놀랄 거라고 했다.

제정 러시아 황제들의 주거지였던 에르미타쥐는 네바 강을 따라 230m나 쭉 뻗어 있었다. 강줄기 따라 유람선들이 푸른 하늘에 두둥실 흐르는 구름의 그림자를 받으며 한가롭게 떠가고 있었다.

우리들은 짐 검색을 마치고 거대한 크리스털 샹들리에(유리등)로 번쩍이는 본관으로 들어갔다. 계단을 밟고 들어가면서 김 선교사는 이와 같은 계단이 117개가 있고, 이 궁전은 1762년 라스트렐리에 의해 건축된 것으로 총 1,056개 이상의 방들로 이루어져 있다고 했다. 먼저 티켓을 사고 안내서를 내게 주었다. 거기에는 대략 설명이 있었다.

에르미타쥐 박물관에 소장된 소장품으로는 1만5천 점의 유화, 1만2천 점의 조각품, 50만 점의 그래픽 작품, 60만 개의 고고학적 유물, 100만 개 이상의 화폐와 메달 그리고 422만4천의 응용 미술 작품이 소장되어 있다고 했다. 눈도장만 찍는데도 5년이 걸린다고 할 정도로 커다란 규모의 박물관이라고 했다.

나는 놀라서 입이 쩍 벌어졌다.

"정말 거대한 규모네요."

"그렇지요. 총 6개의 건물로 연결되어 있는데, 현재 서유럽관, 고대 유물관, 원시 문화관, 러시아 문화관, 동방국가들의 문화예술관, 고대 화폐 전시관 등 큰 파트로 나뉘어져 있어요."

이곳은 바닥, 벽, 천정, 건물 전체가 모두 작품이었다.

우리는 시간이 많지 않는데 이 방대한 작품들을 어떻게 다 볼 수 있을까. 우선 가까운 곳부터 보기로 했다.

황실에서 사용했던 화려한 가구들이 전시되어 있었다. 황제가 사용했던 빨간 색깔에 금테 둘러 있는 화려한 가구들, 왕들의 초상화들, 가지각색의 조각들은 대단했다. 왕궁의 의상들도 볼 만하게 전시되어 있었다. 사용했던 보석들과 실, 가위, 비녀들까지 놓여 있었다. 전쟁에 나간 용사들, 특별히 예카트리나 대제의 애인이었던 포템킨이 런던에서 구입해서 선물했다는 움직이는 황금 공작시계는 옆에 TV 화면을 통해서 동영상으로 움직이는 모습을 볼 수 있었는데, 지금도 눈앞에 아른거린다.

그리스의 조각방도 넓은 공간에 다채로운 작품들이 진열되었고, 이집트의 미라들도 유리 공간 안에 나열되었으며 시신을 넣기 전의 통나무로 파놓은 비어 있는 미라집도 있었다.

125개의 전시실을 차지하고 있다는 서유럽 미술관으로 들어갔다. 어마어마한 규모였다. 유럽식 건물 양식으로 색감과 드넓은 공간과 내부의 화려한 장식, 벽에 붙어 있는 그림들도 아름답고 천장의 그림들이 금빛으로 눈부셨다.

레오나르도 다빈치의 대표작 '최후의 만찬'도 있었고, '마돈나 리타'는 마리아가 예수님을 안고 있어 모성애를 느꼈다. 라파엘의 그림, 미켈란젤로의 그림, 루벤스의 '바쿠스'와 렘브란트의 '돌아온 탕자' 등 천재 화가들의 작품들이 방마다 즐비하게 전시되어 있었다. 나는 우리와도 친숙한 화가들의 작품들이어서 화가들의 얼굴을 떠올리며 감상했다.

3층에는 인상파 화가들 작품들도 있었다. 고흐의 작품, 빛과 명암의 대가인 모네 작품도 있었고, 드가의 '드로잉'도 있고, '그대는 어디로 가고 있는가'라는 고갱의 작품들도 있었다. 폴세잔의 '자화상'도 있었다. 로댕의 '생각하는 사람'의 흰 석고 작품은 많은 생각을 하게 했다.

피카소 방에는 피카소의 대표적인 작품 '부채를 든 여인', '두 자매'는 유리관 속에 보관되어 있었다. '예술은 고통과 슬픔에서 흘러나온다'라고 그가 했던 말이 생각났다.

마티스의 '춤' 등 낯익은 화가들의 작품들도 있었다. 특히, 렘브란트의 그림 중 '돌아온 탕자(눅:15장)'의 그림은 내게 주는 감회가 새로웠다.

성경의 내용으로 부자간의 사랑이 얽힌, 집을 나간 탕자가 뉘우치고 돌아오는 장면이었다. 둘째아들 탕자가 남루한 옷을 입고 신발 한 짝도 없이 무릎 꿇고 용서를 빌 때, 아버지는 자애로운 마음으로 아들의 어깨에 두 손 얹어 일으키는 따스한 마음과 눈길, 옆에서 못마땅해 지켜보는 맏아들을 그린 그림이었다. 주인공인 작은아들 탕자의 뒷모습 쪽을 밝게 그렸고, 아버지의 인자한 모습도 조금 밝게, 맏아들의 못마땅한 표정 순으로 주위는 어둡게, 주제를 알기 쉽게 나타낸 명암들이 독특해서 한참 동안 감상했다.

'하나님의 사랑, 그 비유이다.'

과연 감동적인 작품이었다.

유양업 作 [산수화 · 2](2016)

제4부…싱가포르에서

박덕은 作 [싱가포르](2016)

다정한 친구 메이용

　싱가포르의 홀랜드 지역으로 이사 온 며칠 후 주위를 살펴볼 겸 산책을 나갔다. 진초록 산뜻한 바람이 찌는 듯한 더위를 식혀 주었다. 집 가까운 곳에 공공건물들도 있고, 아담하게 자리하고 있는 콜드스토리지 마켓도 눈에 띈다.

　열대과일 망고, 과일의 여왕 망고스틴, 과일의 왕 두리안, 수입해 온 식료품들이 잔뜩 진열되어 있었다. 바구니를 든 여러 종족의 얼굴들도 물건 고르기에 여념이 없다.

　약 460만여 명의 인구 중 중국계가 국민의 77%이고 그 외 여러 나라 사람들이 거주하고 있다. 우리나라 서울 정도 되는 면적에 섬나라이자 도시국가인 이곳은 습도가 높은 열대성 기후로, 4계절이 한국의 여름 삼복더위처럼 덥다. 겨울옷이 필요 없고, 여름 한철 시원한 옷이면 족하다.

　운치 있는 아름다운 시가지를 갖기 위해서 똑같은 건물은 정부가 건축 허가를 내어주지 않는다. 깨끗한 도시를 유지하기 위해서 벌금 제도도 만만치 않다.

　한국의 남자 청년이 여행의 기쁨을 배낭 속에 넣고 싱가포르에 와서, 껌을 씹고 시내 구경을 하다가 거리에서 경찰과 마주쳤다.

경찰이 청년에게 말했다.

"당신 싱가포르 법을 모르오?"

갑자기 당한 일에 청년은 대답은커녕 놀란 토끼마냥 눈만 껌벅거렸다.

"……."

"벌금 500불이오."

청년은 당황한 표정으로 말했다.

"아, 아니요. 잘 모르는데요."

"여기 싱가포르에서 얼마 동안 살았소?"

"어 어제 밤에 한국에서 왔어요."

"그래, 어젯밤에 한국에서 왔다고?"

경찰은 고개를 갸우뚱하더니 싱가포르 법에 대한 주의를 주고 보내주어서 벌금을 모면했다.

껌만 씹어도 걸리고 지하철이나 버스 안에서 음식이나 음료수를 마시다가 걸리면 벌금을 내야 한다. 치안도 잘 되어 있고 가로등이 밝아 밤에도 마음 놓고 다닐 수 있는 안전한 곳이다.

햇살이 쏟아진 울창한 숲에서 매미들이 '씨오 씨오' 합창을 한다. 그 음율 따라 45개의 계단을 올라가니 운동장처럼 넓은 공간이 가슴을 툭 트이게 하고, 한 줄기 시원한 바람도 더운 마음을 살며시 쓰다듬고 지나갔다.

그늘 밑 벤치에 앉아 하늘의 뭉게구름을 가만히 쳐다보니 한국의 자녀들이 눈앞에서 아른거린다. 모두들 잘 있을까? 공부하는 학생들이어서 내 손과 마음이 필요한데 도움을 주지 못해 안타까움이 온몸을 휘감았다. 미안함과 애처로움이 교차되고, 보고 싶은 충동에 눈시울이 뜨거워졌다. 자녀들을 위해 기도했다. 내 뒤에 있는 난꽃의 은은한 향기가 코끝에 머문다.

'여가 시간에 이곳에 와서 기도하고 독서하고 운동도 하면 좋겠다. 참 조용하고 아늑한 곳이네.'

혼자 중얼거리고 있는데, 우아한 차림의 여인이 계단을 올라왔다. 얼굴엔 화사한 미소가 가득했다. 하얀 상의가 파란 반바지를 돋보이게 했다. 첫인상이 참 마음에 들었다. 일어나서 초면 인사를 나누었다.

"하우 두 유 두, 나이스 투 밑 유, 마이 네임 이즈 야나, 워 스 한 꾸어 런."

중국인 같아서 '나는 한국인이다' 끝에 중국말 한마디를 얹으니, 환한 웃음을 띠며 반가운 기색이다.

그녀도 인사를 한다.

"니 하우 마. 워 스 밍즈 매이용. 워 스 중 꾸어 런."

큰 두 눈을 찔끔 껌벅이며 만면에 웃음을 띤다.

이렇게 반가운 첫인사를 나누고 벤치에 나란히 앉았다.

둘 다 언어소통이 충분히 잘 되지는 않았으나 영어, 중국어, 보디랭귀지도 섞어가며 의사소통을 하고 보니, 같은 아파트 아래층에 살고 있고, 나이는 한 살 위였다.

남편도 좋은 직장에 다니며 4남매의 자녀를 둔 유복한 주부였다. 우리가 앉아 있는 이곳은 주위 아파트에 사는 분들이 아침 일찍 나와서 인도자에 따라 '타이찌'라는 에어로빅 종류의 운동을 한다고 했다.

다음날 이른 아침 나는 호기심을 안고 그곳을 향했다. 50여 명의 여인들이 모였고, 메이용도 나를 기다리고 있었다.

"굿모닝, 메이용!"

"굿모닝, 야나!"

손을 흔들어 인사를 나누고, 메이용 옆에 서서, 60대로 보이는 키 작은 선생님의 동작을 따라 맞추는데, 나는 자주 뒤처지고 넘어질 뻔했다. 혼자 어색한 웃음을 웃었다. 한편 맑은 공기 마시며 리듬 타고 움직이니 기분은 상쾌했다.

이렇게 해서 메이용과 친구가 되었고, 자기 집에 우리 두 사람을 초대했다. 나는 꽃화분을 가슴에 안고 찾아갔다.

문 앞에 걸려 있는 향단지에 꽂혀 있는 여러 개의 향불에서 연기가 술술 바람 타고 올라갔다. 아마도 도교(중국의 대표적인 민족종교이자 철학사상) 신자인가 싶었다.

'크리스천이면 좋을 텐데……. 기도해야지…….'

마음먹었다.

메이용이 자기 남편을 소개하여 함께 초면 인사를 했다. 인자하고 따뜻한 중국 신사였다.

처음 만난 남편은 오래 사귄 지인처럼 다정하게 대화를 나누었고, 그 후로부터 두 가정은 더욱더 친근하게 지냈다.

메이용은 자주 중국요리를 가져왔고, 우리가 집에 없으면 밖의 문고리에 걸어두고 갔다. 내가 이 치료차 한국에 나왔을 때도 여러 가지 맛있는 음식을 준비하여 혼자 있는 남편에게 매번 가져다 주었다고 했다. 특별 행사 때 그들 자녀들 집에도 초대해 주어서 정성스런 대접도 후하게 받았다.

나도 한국 음식을 만들고 김치를 곁들여 가지고 가면 그럴 때마다 한국 음식이 맛있다고 연거푸 말하며 마음의 창고에 보관하겠노라 했다.

메이용이 보여줄 곳이 있다 해서 함께 갔는데 깜짝 놀랐다. 말로만 들었던 거리의 어마어마한 크리스마스 장식이었다.

기독교인은 15% 정도인데, 정부에서 크리스마스 장식을 제일 잘하는 곳을 선택해서 상을 준다 하니, 특별히 번화가 오처드 로드에서는 11월 초에 여기저기 크리스마스트리가 열성을 부려 찬란하게 꾸며졌다.

어디에서도 볼 수 없는 최고의 장식들로 온 거리가 휘황찬란하게 빛났고, 양쪽 가로수 우거진 중앙 하늘 쪽엔 은빛 네온사인이 은하수 장식으로 번쩍였다. 어느 호텔에서는 얼음을 깨고 부셔서 하얀 눈을 만들어 길가로 뿌려 주니 남녀노소 모두 체면들은 던져 버리고 깔깔대며 기쁨의 향기로 날뛰었다. 이렇게 화려하게 꾸민 것은 관광객들을 유치하려는 의도도 있는 것 같다.

아시아 여러 나라에 '사스(SARS)'란 병이 번질 때, 한국의 김치가 약이라는 소문을 들었는지 메이용을 비롯한 이웃에 사는 여러 나라 아주머니들이 김치 담그는 법을 가르쳐 달라 하여 몇 차례 배추김치, 깍두기, 물김치 등 여러 종류의 김치 담그는 법도 가르쳐 주었다.

이 날은 집에서 준비해 둔 반찬과 특별히 그들이 좋아하는 불고기, 잡채, 부침개를 푸짐하게 하여, '김치파티'를 하고 남은 음식과 담근 김치를 그들에게 나눠 주니, 놀란 표정에 기쁨의 웃음이 함박꽃처럼 빛났다. 한 봉지씩 들고 가는 뒷모습을 보면 피곤함은 사라지고 그 기쁨의 뿌듯함은 가슴 깊이 꽉 찼다.

더운 지방이어서 수영장 시설이 요소요소에 잘 구비되어 있었다. 메이용은 수영을 좋아해서 함께 가면 늘 둥그런 체구에 큰 두꺼비 모양으로 두 팔 앞으로 쭉 펴 물을 잡아당김과 동시에 두 발 아래로 툭 차고 쑥 나가는 평형만 했다.

메이용이 배우길 원해서 배형, 자유형, 버터플라이형 들을 가르쳐 주니 무척 좋아하며 고마워했다. 한국에서 무릎이 아파 배운 수영이 요긴할 때 활용되어 흐뭇했다.

관광객을 위해 잘 꾸민 특별한 시설 '쌘토사' 섬은 참 볼 만하다. 터널 수족관은 장관이다. 야자수 그늘진 바닷가에 앉아 수평선 위 유람선 갈매기 떼를 바라보다 일어나 걸으면서 나눈 하얀 우정의 정담은 한 송이 꽃이었다.

메이용 가정은 도교를 정리하고 딸이 다니는 교회를 다녔고, 김치 맛을 봤던 가정 중에 다섯 가정이 집과 가까운 교회를 다닌다고 들었을 때 많은 보람도 느꼈다.

중국인과의 사귐에는 관계가 중요하다. 일단 관계 형성이 잘 되면 아까운 것 없이 호의를 베푼다. 국가 간의 관계는 국익에 우선을 두지만 일반 국민들 간의 관계는 따뜻한 정이 깊다. 다정한 친구 메이용 내외는 사랑이 넘친 선량한 은방울들이었다.

싱가포르에서 11년 사역 중 정년이 되어 은퇴를 하고 귀국을 하기 위해 공항으로 왔다. 교우들은 물론, 메이용 내외도 나왔다. 메이용 내외와 석별의 인사를 나누는데 잡은 손을 놓지 못하고 눈물을 글썽이더니 껴안고 이별의 눈물을 감추지 못해 소리 높여 통곡을 했다.

송별 나온 사람들의 시선이 이쪽을 향하였다. 나 역시 정든 환경을 떠나는 아쉬움, 애달픈 끈을 놓지 못해 쓰라린 마음 달랠 길 없었지만 어쩔 수 없는 입장이라, 정든 꽃봉오리 메이용을 두고 아쉬운 마음으로 떠나와야만 했다.

메이용 남편이 아내의 울음을 달래기 위해 어깨를 다독이며 걸어가는 두 분의 뒷모습이 아득히 정든 가지를 찢어 놓은 것 같아 지금도 마음이 찡하게 아려온다.

마오리족 인사

남편에게 뉴질랜드에서 원주민 신학교 강의를 영어로 해달라는 부탁이 왔다. 바늘 가는데 실 따라 가듯이 나도 함께 따라 갔다.

뉴질랜드 오클랜드에 도착할 무렵, 상공의 흰 구름이 포근한 가슴을 열어 우리를 감싸주었다. 비행기 아래를 내려다보니 부둣가에는, 푸른 물 위에 하얀 요트들이 주차장 차들처럼 즐비하게 늘어서 있어 요트의 도시처럼 보였다.

공항에 신 선교사 내외가 마중을 나와 오랜만에 반갑게 만났고, 가는 길에 오클랜드 도시 이야기를 해주었다.

남섬 동부에 있는 '크라이스트처치(Christ Church)' 지역에서 6개월만 살면 축농증이 낫는다고 할 만큼 공기가 아주 좋고, 은퇴자의 천국이라고 한다. 그래서인지 노인들이 많이 찾아와서 산다고 했다.

영국 성공회 신도들이 1850년 이곳에 제2의 영국을 만들겠다고 모든 면에서 영국풍이 묻어나도록, 교회를 세우고, 대학도 짓고, 공원이나 공공건물들도 모두 영국풍이어서 '영국 밖의 가장 영국풍이 깃든 도시'가 되었다고 했다.

그래서 영국에 있는 '크라이스트처치'라는 도시 명을 그대로 뉴질랜드에서도 사용하고 있으며 아본 강이 흐르는 공원과 아름다운 화원의 휴양지들이 많아 '평온의 정원 도시'라고 닉네임을 붙였다고 한다.

"문 선교사, 이곳 신학교로 사역지를 옮겨 마오리 원주민을 위해 함께 학생들도 양육하고 일하면 좋겠는데, 의향이 어떠시오?"

농담 아닌 진담으로 진지하게 이야기했다.

그때 당시 사역지를 옮길 형편이 못 되었다.

시내에는 고풍의 높은 건물들이 빽빽이 들어서 있고 항구를 끼고 있어 국제 관광지답게 아름다웠다. 이야기를 듣다 보니 숙소인 모텔에 도착했다.

여정을 풀고 밖을 보니 정원에 한국인 형제가 한국말을 하며 놀고 있었다. 반갑기도 하고 궁금해서 밖으로 나가 아이들과 대화를 나누었다.

"애들아! 너희들 여기서 사니?"

"아니요, 엄마와 함께 공부하러 왔어요."

"그래. 그럼, 엄마는 어데 계시니? 내가 만나도 되겠니?"

아이들은 외국 사람과 지내다 한국 사람을 만나니까 반가운지, 뛰어가 문을 열었다.

"엄마, 한국 손님 오셨어요. 빨리 밖에 나와 보세요!"

아이들의 급한 말이 나에게도 들려왔다.

앞치마를 두른 30대 후반으로 보이는 여인이 환한 미소를 띠고 나왔다.

"어머, 한국 분이시네요, 반갑습니다. 어디에 계세요?"

"8호에 있습니다. 이국에서 만나니 더 반갑네요. 아이들은 몇 학년인가요?"

"큰애는 4학년이고, 동생은 2학년인데, 2년 휴학하고, 영어 공부 시키려고 지난달에 와서 수속 중입니다."

"그러셨어요? 용기가 대단하시네요."

교육열은 강했지만 남편을 한국에 두고 이렇게 기러기 생활을 하는 것이, 나로서는 의문이었다.

다음날 신 선교사와 함께 신학교를 가는데, 차창 밖의 청명한 하늘은 수평선 위를 나는 갈매기들을 유난히 평화롭게 감싸고, 그 그늘 아래 남태평양의 푸른 물살을 가르며 서핑을 즐기는 사람들을 보니 짜릿한 스릴이 내게까지 전해왔다.

뉴질랜드에서 오클랜드는 최대의 항구 도시이고, 경제, 산업의 도시인데, 원주민 마오리족이 가장 많이 살고 있어서, 그들을 위한 신학교를 세웠다고 했다.

숙소에서 학교가 가까워 곧 도착했다. 학생들은 손님 맞을 준비를 하느라 바쁜 듯이 보였다.

마오리 원주민 학생들의 검붉은 얼굴이 우락부락하고 대체로 코가 컸다. 학교 앞에 들어가니 땅바닥에 예쁜 색깔의 융단을 길게 깔아놓고 밟고 들어가도록 해놓았다.

신을 신고 밟기가 어색하였으나 신 선교사와 문 선교사는 준비된 길을 밟아서 나도 그 뒤를 따라 들어섰다. 귀빈을 맞을 때는 그렇게 융숭한 대접을 하는 풍습인지 혹은 특별하게 준비를 했었는지는 자세히 모르겠으나, 나는 다소 어색하고 불편했다. 옆으로는 남학생들 30여 명이 즐비하게 줄을 서서 시선을 우리 쪽을 보내며 웃고 서 있었다.

'원주민 마오리족의 인사법은 이마를 맞대고 코를 비빈다'고 신 선교사가 미리 귀띔을 해주었다. 듣는 순간 나는 '해낼까?' 걱정이 되었다.

'속뜻은? 숨을 쉬는 기관인 코를 비빈다는 것이고, 생명의 숨을 나눈다는 의미'가 있다고 했다.

나는 상대방과 내가 서로 이마를 맞대고 코를 비비는, 피부를 접촉한다는 것이 생각만 해도 아찔하였다. 이들의 습관이니 응해 주는 것이 예의였고, 그렇게 하는 것이 도리인데…. 마치 로마에 가면 로마의 법을 따라야 한다는 것처럼….

신 선교사는 이미 몸에 배어 있고 문 선교사는 처음인데, 서슴 없이 이마를 맞대고 코를 비비며 인사를 곧잘 하고 지나갔다. 거 기에 서 있는 학생들이 여자들이었다면 나도 그렇게 할 수 있었을 텐데, 이국의 색다른 남자들에게 눈도 마주치기 어려운 상황에서 도저히 용기가 나지 않아 머뭇거리고 서 있으니까, 앞에 서 있던 재치 있는 한 학생이 손을 내밀어 악수를 청했다.

나는 감지덕지 가무잡잡한 손을, 어색은 했지만 덥석 잡고, 악 수 인사로 그 어려운 과정을 모면했다.

입장 후 환영식을 하면서 그들은 예쁜 원형 꽃다발을 우리 목에 걸어주었고, 정감이 흐르고 활기 넘치는 마오리족 환영 노래는 아 직도 싱그러움이 가슴에 찡하게 울려온다.

황홍 색깔 부끄럼 없이
화원의 뜰
해맑게 날개 치며
자연의 숨소리
가슴에 품어
향그런 희소식
머리에 담아
하늘로 솟구치네.

- 졸시 〈마오리족〉 전문

로토루아 호수

    뉴질랜드에서 며칠 있는 동안 강의를 마친 후 따사로운 햇살을 받으며 신 선교사 내외와 함께 로토루아(Rotorua) 호숫가로 갔다.

    이 호수는 시가지의 동쪽에 자리잡고 있었다. 지역의 12개 호수 중에서 가장 큰 호수로 주민들과 관광객을 실은 보트와 유람선이 물을 가르며 바람 따라 시원스럽게 달리고 있었다. 바라보고 있는 나도 즐거운 마음이었다.

    호수 한가운데 모코이아(Mokoia)라고 불리는 파란 섬이 가까이 보였다. 이 섬 부족장의 딸 히네모아는, 호숫가 부족장의 아들 트 타네카가 부르는 아름다운 피리 소리에 매료되어 밤마다 호수를 헤엄쳐 갔다고 한다.

    이 전설은 마오리족의 민요로 전해져 1914년 투모운(P. H Tomoun) 에 의해 편곡되었고, 마오리족 출신의 뉴질랜드 가수 키리 테 카나 와(Kiri Te Kanawa)가 이 노래를 부르면서 전 세계에 알려졌다고 한다.

    '비바람이 치던 바다 잔잔해져 오면…….'으로 시작되는 애절한 사랑의 연가는, 6.25전쟁 때 참전했던 뉴질랜드 병사들이 향수에 젖어 부르던 노래가 우리에게도 전해져 애창되었다.

'사랑은 어디에서나 어제도 오늘도 그리움으로 남는가 보다.'

관광의 명소란 곳을 가는데 향기롭지 못한 냄새가 코끝을 괴롭혀 신경을 자극했다.

가까이 갈수록 더 심했고 부근에 인접했을 때 인체의 가스가 아닌 느낌이 들어 옆에 있는 사모님께 물었다.

"이, 이상한 냄새는 무슨 냄새이지요?"

"아, 이 냄새요? 저쪽에 보이는 수증기와 함께 땅속에서 나오는 유황 냄새입니다."

가리키는 곳을 보니 수증기가 구름처럼 하늘을 향하여 오르고 있었다.

"옛날 로토루아 지역의 화산들이 터져 폭발하는 과정에서 커다란 웅덩이들이 파이고, 이곳에 물이 고여 지금도 땅속은 부글부글 끓고 있어요."

듣고 보니 성냥을 켤 때 느끼는 비슷한 냄새였고, 이 유황 냄새가 진동해서 마스크 생각이 많이 났다.

수증기가 화재 난 것처럼, 이곳저곳에서 회색빛 연기로 보여 온 지역을 덮었다.

땅에서는 바닷가 갯벌 같은 진회색 묽은 흙이, 보글보글 원을 그려 가며 끓고, 중심에 구멍을 뚫으면서 품어내는 수증기는, 마치 팥이 냄비에서 보글보글 끓은 것처럼 부풀었고, 붕어가 입을 벌려 물먹다 품어내는 입처럼 보였다. 유황냄새를 풍기며 품어내는 수증기는 곧 화산이 터질 것 같은 느낌이 들었다.

이 위험 지역 바로 옆에는 평화롭게 살고 있는 인가들이 곳곳에 있었다.

"이, 화산 지역에서 저 사람들은 왜 이사를 가지 않고 살고 있을까요?"

나는 불안하여 물었다.

"그래요. 나도 처음에 그렇게 생각이 들었는데, 이곳에서 100년이 넘게 살아도 별일 없이 지내고 있다네요."

'화구호'라는 호수는 온천 효과가 아주 좋아 로토루아 시에 온천수를 공급해 주어 군데군데 유황온천 풀장들이 실내외 여러 곳에 있었다. 세계적인 유황온천 관광지로 관광객을 유치하려고 조성한 도시라고 했다. 땅속에서 솟아나는 약수도 있어 시음도 해보니, 물 역시 유황 냄새가 나고 간간하여 맛도 없었다.

온천 풀장은 남녀가 함께 사용하는 곳도 있고, 가족탕도 몇 군데 있었다. 사모님은,

"우리도 탕에 들어갑시다."

그러나 나는 별로 내키지 않아 망설이고 있으니까,

"이곳에 왔다 그냥 가면 후회할 겁니다. '모든 질병의 특효약'이라고 해서 일부러 세계에서 찾아오는데……."

이렇게 권해서 마지못해 응했다.

가족탕의 물은 흐리고 미끌미끌하고 유황 냄새가 풍겼는데, 온도는 적당하고 별 거부감도 없었으며 하고 나오니 개운했다.

자연의 신비를 체험하며 창조주의 위대한 솜씨를 만끽했다.

시내로 나오는 길에 원주민 마오리족들이 사는 곳에 들렀다. 그들 중에는 온몸에 문신을 해서 옷인지 살인지 분별하기 어려울 정도였다. 한 손에는 긴 창을 하나씩 들고 혀를 있는 대로 쭉 빼고 눈을 크게 부릅뜨고 있었다.

추장은 권위와 위세를 위해서, 얼굴에 위엄과 무서움이 나타나야 부하들이 섬기고 따른다는 것도 있고, 적군들을 대적할 때 위엄을 보이기 위함도 있다고 했다.

사진을 찍자고 했으나 엄두가 나지 않아 그들만 한 컷 담았다. 나는 잠시 이들을 보면서 찡한 생각에 잠겼다.

원주민 마오리들을 위하여 신학교를 세우고 그들을 교육 시켜,

온순하고 인간미 넘친 사역자들로 세워 나가는 신 선교사 내외의
수고와 희생이 얼마나 컸을까 싶어서.

    수평선 멀리 하늘과 맞닿은 호수
    하얀 보트 바람 따라 구름 싣고
    그리운 숨결 사무친 애절한 사랑의 연가
    메아리치며 울려오고

    부글부글 끓어오른 수증기
    하늘 향하여 나래 펴 올라
    두둥실 떠오른 정열 그칠 줄 모르고

    유황온천 곱게 물들여
    얼룩진 가슴도 녹슬은 마음도
    소롯이 씻어내어 새롭게 반짝이고

    변화되는 마오리족
    뜨거운 열정 안고
    향긋한 빛깔 내뿜고 있네.

                - 졸시 〈로토루아 호수〉 전문

발리에서

장대비가 억수같이 쏟아지는 오후 편지함에 하얀 봉투가 꽂혀 있었다.

인도네시아 발리 섬에서 여선교사회 모임이 있다는 초대 내용이었다. 여자선교사들만의 모임인데도, 남편 문 선교사는 슬그머니 관심을 보였다.

"한국 대통령도 발리 휴양지에서 하루를 지냈다는데 나도 이 기회에 한번 가볼까?"

"그래요, 같이 갑시다."

항상 바늘 가는 데 실 가는 것처럼 내가 따라만 다녔는데, 이번에는 실 따라 바늘 가는 격이었다.

발리 섬은 인도네시아에서 관광객들이 가장 많이 찾는 곳 중의 하나이며 적도에서 가까운 아열대 휴양지이고, 전 세계적으로도 유명한 관광지여서 신혼여행도 많이 가는 곳이다.

세계 각국에서 활동하고 있는 한국 여선교사들이 오랜만에 서로 만나 뜨거운 정을 나누며 각 나라의 사역한 활동들을 나눌 수 있는 보람찬 기회였다.

모임이 끝나는 날 관광 명소인 '울루와뚜 사원'에 갔다

김 선교사와 이야기꽃을 피우고 있는데 얼굴에 땀이 나서 안경을 잠깐 오른쪽 손에 들고 있었다. 들려 있던 안경을 원숭이가 잽싸게 낚아채 입에 물고 저만치 나뭇잎 우거진 높은 담 위로 올라갔다. 내 눈을 가져간 원숭이는 안경을 입에 물고 솔방울같은 두 눈을 껌벅거리며 우리를 내려다보고 앉아 있었다.

원숭이가 안경을 가져가리라고는 전혀 생각지 못했던 나는 깜짝 놀라, 내 심장 뛰는 박동 소리를 내가 들을 수 있었다.

원숭이에게 당한 이 황당한 내 모습은 처량하기도 했으나, 감내할 수밖에 없었다. 원숭이는 안경을 입에 물고 빨간 엉덩이를 흔들며 담 위를 왔다 갔다 약을 올리고 있었다. 거기에 모여 있는 우리 일행 역시 어떻게 할 도리가 없었다. 말 한마디 못하고 용궁에 잡혀간 토끼 눈처럼 쳐다만 보고 있을 따름이었다.

이때 남루한 옷차림의 더벅머리 아저씨가 보자기 망태기를 어깨로부터 가슴에 둘러메어 두둑하게 무언가 담고 원숭이 앞에 나타났다. 우리 모두는 시선이 그쪽으로 쏠렸다.

손을 넣어 망태기 안에서 바나나를 한 개 꺼내서 원숭이 눈과 마주했다. 원숭이는 바나나를 보고 눈이 더 크게 번쩍거렸다. 원숭이는 오른손에 안경다리를 잡고 왼손으로는 바나나를 받을 포즈를 취하고 있었다. 아저씨 손에 든 바나나가 올라가면 원숭이 부릅뜬 눈이 따라 올라가고 손이 내려가면 그 눈도 따라 내려가고 올라갔다 내려갔다 하다가 찬스를 잡아 아저씨는 바나나를 획 던졌다.

원숭이는 한 손으로 잡으려다가 그만 놓쳤다. 또 다시 그렇게 시도했는데 덥석 받아 움켜잡고 입으로 껍질을 벗겨 하얀 속을 단숨에 먹어치웠다. 나는 바나나를 받는 순간 안경이 떨어지길 바랐으나 허사였다.

원숭이는 주인공이 되어 줄 타는 곡예사처럼 보였고 우리 모두는 관객이 된 분위기였다. 아저씨가 또 바나나를 던지려 하나 아예 받으려고도 하지 않고 외면했다.

그래도 난, '아저씨가 안경을 빼앗아 주겠지?' 한 가닥의 희망을 가졌다.

아저씨는 다시 망태기에 손을 넣고 만지작거리다 먹음직스런 노란색 큰 망고를 들고 원숭이를 바라보며 같은 방법으로 올렸다 내렸다 연출을 했다. 조바심에 싸인 나의 마음도 함께 빨려 들어가기도 하고 밀려나오기도 했다. 망고를 휙 던지니 원숭이는 망고에 정신이 팔려 두 손으로 망고를 받다가 그만 안경을 놓쳤다.

안경은 부연베라 꽃 위로 떨어졌다. 나는 손뼉을 치며 펄쩍 뛰고 '내 안경이, 아니 내 눈이 이제 살았구나!' 너무 기뻐 소리쳤다.

성서에 잃었던 드라크마를 찾았을 때의 여인도 이렇게 기뻤을까 싶었다. 내가 안경을 집으려고 부연베라 꽃나무 사이를 지나는데 원숭이가 먹다 버린 망고 껍질이 내 손등에 떨어졌다.

동작 빠른 아저씨가 먼저 안경을 주워 나에게 건네주었다. 망가지지 않고 무사하게 돌아오길 바랐던 안경은, 원숭이 입에 물렸던 상처자국과 한쪽 다리가 활처럼 휘어져 있었다.

아저씨는 말없이 두 손을 활짝 펴 내게 쑥 내밀었다. 안경을 찾아주었으니 대가를 달라는 손임을 알아차린 나는 고마움의 답례로 가방을 열어 섭섭지 않게 주었다.

화초가 우거진 한 모퉁이를 돌아 경관 좋은 담벼락을 안고 절벽 아래 바닷물을 내려다보다 수평선 멀리 유유히 떠가는 하얀 배를 보면서, 날아가는 갈매기 낭만 안고 푸르고 잔잔한 마음의 호수 하나 가슴에 만들어 가고 있는데,

"어머, 내 선글라스."

오른쪽에서 비명의 소리가 들렸다.

바탐에서 온 김 선교사였다. 맨 가쪽 절벽 아래 시퍼런 물을 보고 있는 선교사의 선글라스를, 원숭이가 담을 타고 도둑고양이처럼 숨죽인 채 살며시 와서 쏜살같이 채간 것이었다.

조금 후에 어떤 아저씨가 그 선글라스를 가지고 와서 누구의 것인가, 주인을 찾아 확인을 한 후 그도 역시 돈을 요구했다.

나는 이 광경을 다시 목격하니 왠지 씁쓸한 의심이 생겼다.

'이 사람들이 원숭이를 이용해서 돈을 벌고 있는 것인지? 아니면 진정으로 순수한 마음으로 도와주는 것인지?'

몹시 헷갈렸다. 나중에 보니 여러 사람들이 몸에 지닌 장식물을 원숭이에게 빼앗기고 다시 찾는 일이 다반사였다.

지금도 누가 발리 이야기를 하면 원숭이 모습이 불꽃처럼 그려지고, 원숭이를 보면 발리 생각이 번개같이 떠올라 보랏빛 추억이 새록새록 활기를 띤다.

고요한 뜰에서 도란도란 얘기하고 있는데
안경을 원숭이가 훔치듯 가져가 버려
희미한 눈망울에 외로움의 파도가 밀려왔네

소중한 눈 찾기 위해 조마조마했던 순간
어두움 사라지고
날개 단 듯 잃었던 시력 되찾아 왔네

마음도 해맑고 영혼도 순수하게
찬란한 빛살 안고 추억 만들었네.

- 졸시 〈발리에서〉 전문

발리에서의 래프팅(rafting)

하늘이 맑게 갠 날 세계 여선교사회 모임을 마치고 발리 '울루와 뚜 사원' 관광을 한 후 '아융강 계곡 급류 타기'를 했다.

1시간 30분 코스 래프팅을 하려고 깊은 숲속 길을 거쳐 계곡을 내려가는 길은 굴곡이 심하여 평탄치 않았다.

보트 타는 장소에 도착하니 빨강색 고무 튜브 같은 보트들이 즐비하게 물위에 연꽃처럼 둥실 둥실 떠 있었고 삼림이 우거진 계곡은 나뭇가지 정답게 흔들면서 우릴 반겨 주었다.

안내자는,

"이것 하나씩 받으세요."

개인 짐을 담을 수 있는 비닐봉투를 주고, 헬멧과 구명조끼도 주었다. 우리는 가벼운 옷 위로 구명조끼를 입고 헬멧도 썼다.

그 무장한 모습들을 보고 한마디했다.

"마치 전쟁터에 나가는 용사들 같네요."

나는 문 선교사에게 살며시 말했다.

그때 안내자가 소리쳤다.

"순서대로 각각 6명씩 타세요."

나는 우리가 탈 보트를 바라보았다. 남의 밥에 든 콩이 더 크게 보인다고 했던가. 어떤 보트는 탄력도 있고 색깔도 투명한 새 것인데 어쩐지 우리가 타려고 하는 보트는 색깔도 바랬고 낡아 보여 개운치가 않았다. 하지만 순서대로 타야 하는 상황이라 그렇게 할 수밖에 없었다. 처음 타 본 보트여서 약간의 겁과 두려움도 감돌았다. 그러나 보트마다 안내자가 한 사람씩 배치되어 있어서, 어련히 잘 하겠나 싶어 한편 안심도 되었다.

우리 보트 안내자는 젊은 청년이었다. 우리를 둘러보더니 가장 힘을 쓸 수 있겠다 싶은 사람을 앞쪽에 앉게 하고 가운데는 몸집이 큰사람, 맨 뒤쪽에는 안내자가 타면서 우리에게 패들(노)을 주고 사용하는 법을 가르쳐 주었다.

드디어 출발을 했다. 계곡을 흐르는 생기 넘친 물은 점점 물살이 빨라지고 바위에 부딪히고 하얗게 치솟는 물들이 햇살에 비쳐 영롱히 빛났다. 문 선교사는 가운데 앉아서 앞사람과 경계를 이룬 고무선만 꽉 붙들고 있었다. 우리 뒤에 출발한 보트들은 가볍게 물 위에 떠서 쌩쌩 달려 추월해 가면서 손을 흔들어 주었다.

우리도 보트가 바위를 지나 깊은 데로 급물결 타면 스릴을 느낀 함성 소리가 메아리로 울려 퍼졌다. 안내자는 최대한 앞뒤로 다른 팀과 부딪히지 않게 속도 조절을 곧잘 해주었다. 그런데 어찌 우리 보트는 무겁고 가라앉는 느낌이 들었다. 뒤에서 온 보트가 우리 보트를 밀어준 덕분에 살짝 막혔다가 뻥 뚫리기도 했다.

급류 타는 것도 즐거웠지만 주변 풍경도 짙은 나무향기 풍기는 숲으로 둘러싸여 있어 밀림 속에 들어온 느낌이었다. 깊은 계곡에 양쪽으로 열대 우림 가운데 해변에서나 볼 수 있는 야자수를 계곡 산속에서 보니 왠지 새로운 느낌이었다. 수많은 나무들의 푸르고 붉은 힘줄이 서로 얽혀 있는 그 모습은 모녀가 사랑 가득 안고 정답게 안고 있는 것처럼 보였다.

주위 보트들은 물을 토해내며 가볍게 급류를 타고 신나게 달리는데 우리 보트는 안내자가 애를 써도 힘을 잃고 뒤처졌다. 심상치 않은 예감이 들었다. 안내자의 표정이 굳어지며 저쪽에 보이는 쉼터에서 내리자고 했다. 우리 모두는 자갈 위에 내렸고 안내자는 급하게 펄쩍 뛰어 내리더니 보트를 끌어올려 손질하고 바람도 넣어서 다시 출발을 시도했다.

조금 가다가 강한 급류에 큰 바위와 부딪혀 넘어질 뻔한 찰나 왼쪽으로 사람들이 쏠리는 바람에 기우뚱했는데, 순간 아우성 소리와 함께 보트는 그만 엎어지고 말았다.

일곱 사람 모두가 보트를 뒤집어쓰고 물에 빠져 계곡물 먹고 겁도 먹고 허우적거렸다. 구명조끼가 도움이 되어 물위로 한 사람 한 사람 뜨기 시작해서 밖으로 나갔다.

계곡물은 폭이 넓고 깊이는 그리 깊지 않아서 빠져도 큰 어려움은 없겠다 싶었다. 우리 모두는 물세례를 받았고 비 맞은 닭처럼 머리부터 발끝까지 흠뻑 젖었다. 보트만 저만치 떠내려가는데 안내자가 헤엄쳐 급히 끌어왔다. 아무리 능숙한 안내자도 장비가 좋지 않으니 별 도리가 없는 듯했다. 무슨 일이나 계획, 장비, 훈련이 필요함을 더욱 실감했다.

안내자는 말했다.

"목적지를 가려면 아직도 20분을 더 가야 하는데 이 상황에서는 더 갈 수 없으니 포기합시다."

할 수 없이 우리는 목적지까지 가지 못하고 씁쓸한 가슴 안고 안내자를 따라 가파른 높은 산을 헐떡거리며 올랐다.

젖은 옷이 땀으로 범벅이 되었다. 안내자를 따라 정상에 오르니 정자가 있고 차와 다과를 할 수 있는 휴게소에서 젖은 옷차림의 우리는 서로 쳐다보며 겸연쩍은 미소를 주고받고 차를 마셨다. 그때 우리를 태우려고 봉고차 한 대가 왔다.

우리는 모처럼의 래프팅이 기대가 크면 실망도 크다는 격이 되었지만, 렌즈에 초점 맞춘 신혼 커플은 스릴 넘친 기쁨이라 했다.

아융강 계곡물 향기는
설렘 지피며 격렬한 리듬 타고
몽돌 걸림 없이 쓰다듬고 어울려 속삭이다
멈출 수 없어 내려만 가고

크고 작은 바위 은빛 물 얼싸안고
그 열망 하나되어 회오리치고

애틋한 눈빛으로 스며든 하얀 열정
붙잡지 못해 놓아주고

깊은 숲속 열대 우림 일렁이는 그늘로 적셔
물 바위 보트 춤추는 정경 내려다보다
뒤엎어져 추억의 꽃등 밝혀 주네.

- 졸시 〈아융강 래프팅〉 전문

인도에 가다

　싱가포르에서 사역하고 있을 때 인도 여선교사 그레이스가 선교차 싱가포르에 왔다. 그녀와 사귐을 갖게 되었고, 후에 그레이스 선교사의 주선으로 인도에 가게 되었다.

　우리 내외가 인도의 수도 델리 공항에 도착하였을 때 60대 전후로 보이는 차울라와 30대로 보이는 쿠마르 교수가 공항에 나왔다.

　그들은 하이더라바트로부터 여러 시간을 소요하여 우리를 맞이하기 위해 왔다고 했다. 참으로 고마운 마음이었고 우리는 그들의 친절한 안내를 받았다. 이른 아침 거리는 안개가 자욱하여 앞에 가는 차들도 잘 보이지 않았다.

　그들은 인도 델리의 남쪽 아그라의 자무나 강가에 백색 대리석의 건물 타지마할(Taj Mahal)이 세계에서 가장 아름다운 건물로 세계 문화유산이라고 하면서, 그곳을 먼저 가면 좋겠다고 했다. 그쪽 방향을 향하여 가는데 멀리 보이는 둥근 모양의 모스크 양식으로 된 건물은 햇살에 반사되어 더욱 화려하게 빛났다.

　"이 건물 전체 하얀색 대리석은 인도의 마캄 지방에서, 흑색의 대리석은 남인도에서, 녹색은 남아프리카와 러시아에서, 세계 각지에서 가져온 재료로 사용했어요."

쿠마르 교수는 자세한 설명을 했다.

정말 흰 건물은 장관이었다. 특히 정문과 내부 벽면은 대리석 바탕에 연꽃, 재스민, 장미꽃 문양에 옥과 루비, 산호, 진주 등의 보석을 박아 화려하고도 아름답게 장식되어 있었다.

쿠마르 교수는 이 건물이 건축된 동기를 설명해 주었다.

"타지마할은 인도 최대의 이슬람 제국이었던 모굴(Moghul)왕조 의 제5대 샤자한(Shahjahan) 황제가 아름다운 왕비 뭄타즈 마할을 위해 건축한 무덤이지요, 왕비는 샤자한 왕에게 그들의 지극한 사 랑을 세계에 상기시킬 무덤을 만들어 달라고 약속을 하게 했다는 말도 있어요. 왕은 진정으로 아름다운 왕비를 사랑했지요. 잠시도 왕비 곁을 떠나지 않고 전국 순회 여행과 심지어 정복 전쟁에까지 그녀와 함께 다녔어요. 샤자한과 뭄타즈 마할 사이에 열네 명의 자녀를 두었는데 그녀가 그만 열다섯 번째 아이를 낳다가 서른아 홉의 나이에 세상을 떠나고 말았어요."

"아유, 꽃다운 나이에 너무 슬픈 사연이네요."

나는 언짢은 마음이 들었다. 쿠마르 교수는 손으로 햇빛을 가리 며 계속 말을 이었다.

"사랑하는 왕비를 잃은 충격이 심했던 왕은, 왕비의 죽음을 슬 퍼하며 그 슬픔을 달래기 위해 온갖 예술적 정열과 국력을 쏟아 22년 동안 그녀의 무덤 궁전을 지은 것이 이 아름다운 타지마할 이 된 것이지요."

1층 한가운데에 왕비의 무덤이 있고 그 옆에 왕의 무덤이 나란 히 놓여 있는데 이것은 순례객들을 위하여 만들어진 것이고 진짜 무덤은 지하층 똑같은 위치에 놓여 있다고 했다.

부인을 사랑한 지극한 금자탑이 아닌가 싶었다. 그것은 단지 한 건물이 아니고 대리석과 같은 불멸의 사랑이라고 느꼈다.

우리는 열차를 타고 다른 도시인 봄베이에 갔다. 섬 자체는 낮은 구름과 그 능선 사이에 저지대 평원으로 이루어져 있었고 습하고 더웠다.

거리와 차도에는 소들이 자연스럽게 활보하고 다녔다. 소들이 자동차 앞을 가로막고 지나가도 소를 신격화하는 그들은 당연하게 소의 뒤를 따랐다. 그 소들의 배설물 위로도 자동차들이 씽씽 달려갔다. 거리에는 남자들도 치마를 두르고 채소가 가득 담긴 넓은 소쿠리를 머리에 이고 다니는 모습들도 이색적으로 보였다. 쿠마르 교수가 입을 열었다.

"봄베이는 인도 경제에 있어서 중추적인 역할을 하고 있지요. 봄베이 시가 번창할 수 있었던 바탕은 면섬유 산업과 인도의 주도적인 증권 거래소가 여기에 있고 인도 국립은행, 조폐국 등이 자리잡고 있으며, 인도 무역의 대부분이 봄베이 항을 통해 이루어지고 있어서 그렇습니다."

봄베이는 과연 무역이 왕성한 도시로 돈이 많은 지역으로 보였다.

차울라 친척집에 저녁 초대를 받았다. 결혼한 지 몇 개월 안 된 신혼 가정이었다. 신부는 날씬한 몸매에 빨간 리본으로 묶은 긴 머리가 몸매에 어울렸다. 이목구비가 뚜렷한 남편은 여자처럼 수줍어하며 자기 부인을 소개했다.

"내 아내는 나의 사촌 동생이에요."

'사촌동생!' 나는 의아한 나머지 깜짝 놀랐다. 다른 사람들은 태연하게 들었다.

식사상이 나왔는데 주로 카레로 만든 음식과 볶음 요리 샐러드인데 정성껏 차렸다. 카레요리, 생선찜이 참 구수했다. 나는 계속 궁금하였다. 차와 다과를 주고 나간 부인의 뒷모습을 보며 망설이다가 옆에 앉아 있는 그녀의 남편에게 물었다.

"우리 한국은 근친결혼이 없는데, 인도는 결혼해도 괜찮은가요?"

"우리는 아주 좋지요, 사랑하는 동생하고 결혼하니까 더 사랑할 수 있고, 서로 잘 알아서 마음에 부담이 없어요. 인도 사람들은 많이 친척들하고 결혼합니다."

그들의 근친결혼에 대한 설명을 듣고 이해하려고 하면서 문화의 차이를 느꼈다.

우리는 한국 선교사들을 만나기 위해 벵갈로로 가야 해서 그동안 우리를 안내하고 수고했던 차울라와 쿠마르 교수와는 몹시 아쉬운 마음을 안고 헤어져야만 했다.

벵갈로에서 한국 선교사들을 만나 대화도 나누었다. 인도의 종교 분포는 힌두교 80%, 이슬람교 14%, 기독교 2.3%, 시크교 1.7%라고 하며, 인도는 종교의 자유는 있으나 외국인의 선교 활동은 금지되어 있고, 힌두교와 카스트(계급)제도가 모든 것을 장악하고 있으며, 불교가 시작된 나라인 인도 선교는 매우 어렵다고 했다.

우리는 선교사가 간접 선교의 형태로 초등학교를 설립해서 교육하는 곳을 안내 받았고, 100여 명으로 보이는 크고 작은 학생들에게 문 선교사는 꿈을 가지라는 격려의 말도 전했다. 그곳 선교사 사모님은 파랑색 샤리(인도 여자 옷)를 입고 학생들을 가르치는 모습이 인도 여인처럼 곱게 보였다.

우리는 교파를 초월하여 희생 봉사로 헌신한 테레사 수녀가 일했던 현장을 찾기 위하여 캘커타로 향하려고 할 때, 배낭여행으로 캘커타를 다녀온 한국 청년들을 만났다. 외국 역에서 한국인을 만나니 반가웠다.

우리가 캘커타를 간다고 하니까,

"캘커타 웬만하면 포기하세요. 캘커타는요. 공기가 온통 기차 화통 같아요. 숨도 못 쉬겠구요. 손톱 밑도 새까맣고 콧구멍도 새

까맣게 되요."

그들은 계획했던 일정도 포기하고 빨리 왔다고 했다.

그래도 우리는 그곳에서 오랫동안 일한 수녀님도 사는데 하며 포기하지 않았다. 장장 36시간이 걸린 열차를 타고 갔다.

우리 한국에서는 상상도 할 수 없는 지루하고 먼 거리였으나 오매불망 테레사 수녀를 만난다는 기대 속에 지루함도 먼 거리도 희망과 기쁨 속에 극복할 수 있었다.

캘커타에 내리니 정말 공기가 좋지 않았다. 숨이 콱 막힐 지경이었다. 다음날은 코피도 터졌다. 캘커타에 다녀온 청년들의 말이 번개 치듯 번뜩 지나갔다.

테레사 수녀가 일하는 곳에 택시를 타고 찾아갔으나 출타 중이어서 만나지 못하고, 다른 수녀의 안내를 받아 사역 현장들을 살펴볼 수 있었다.

길거리에 버려진 아이들을 데려다 깨끗이 씻기어 침대 위에 즐비하게 뉘여 놓은 모습을 보니, 마음이 몹시 아팠다.

우유를 먹는 아이들 중에는 발가락이 없거나 언청이거나 신체 장애를 갖고 태어나 부모에게 버림받는 아이들, 미혼모 아이들, 아이 아버지가 딸을 원치 않는다며 어머니가 데리고 온 예쁜 여아들도 끼여 있었다.

까무잡잡한 얼굴들이지만 동글동글한 눈들과 오뚝한 코들이 인형처럼 예뻤다. 인도에서는 아들을 선호하여 고아원에는 사내아이보다 여아들이 훨씬 많았다.

아기들은 우리에게 두 팔을 벌렸다. 우리는 그들을 올려 주고 안아 주었다. 이 아이들은 대다수 유럽이나 미국의 가정에 입양이 된다고 했다. 수녀님은 테레사 수녀에 대해 이야기 해주었다.

"1910년 알바니아 스코프예의 유복한 가정에서 태어나 18세 때 더블린의 마리아 수녀회에 가입하여 수녀의 첫발을 내디뎠대요.

그 후 인도로 파견되어 캘커타의 한 가톨릭 여학교에서 20년 동안 학생들을 가르치다가, 거리에서 죽어가는 사람들을 보면서 한가하게 학생들만 가르칠 수 없다며 수녀원을 떠나 빈민구제에 나서게 됐대요."

수녀님은 이야기 도중 옆에 있는 의자를 끌어당기며 우리에게 앉으라고 하고 수녀님도 앉아서 계속 말을 이었다.

"테레사 수녀님은 자신이 가르쳤던 학생들과 함께 〈사랑의 선교회〉를 만들어 버려진 어린이, 장애인, 굶어 죽어 가는 사람들, 나환자 등 소외된 이웃들을 위한 헌신과 봉사의 삶을 시작했지요. 현재 사랑의 선교회는 세계 120개국에 약 600개의 지부를 두고 4,500명의 수녀들이 일하고 있어요."

나는 한 수녀님의 헌신이 이렇게 세계를 움직이고 있는 게 놀라워서,

"체구는 가냘프지만 사랑의 영향력은 대단하고 엄청나네요." 라고 했더니, 수녀님은 밝은 얼굴에 미소를 지으며 말을 이었다.

"1979년 노벨 평화상이 주어졌을 때 수녀님은 이렇게 하셨어요. '연회를 열지 말고 연회비용을 가난한 이들을 위해 사용해야 한다'는 조건으로 시상식에 참석했지요. 교황이 선물로 준 리무진도 나환자 시설에 기증했어요."

수녀님은 미사보를 만지면서 우리를 따라오라고 했다. 그곳은 테레사 수녀님의 기도하는 모습이 석고상으로 조각되어 있는 기도실이었다.

석고상은 방 입구 오른편에, 흰옷을 입고, 무릎 꿇고, 두 손 모으고, 허리 굽혀 조용히 기도하는 모습이었다.

나도 엄숙한 분위기에 압도되어 그 모습 그대로 무릎 꿇고 두 손 모아 수녀님 석고상 왼편에 나란히 앉아서 '테레사 수녀의 숭고한 정신을 나에게도 달라'고 기도했다.

무엇보다도 테레사 수녀님의 사랑이 더없이 고귀하고 빛나는 것은, 죽어가는 환자들을 포기하고 떠나는 것이 아니라 끝까지 그들 곁에 있으면서, 그들도 사랑을 받고 있다는 느낌을 갖고 세상을 떠나게 했다는 것이다. 빈자의 참된 이웃이자 친구로서 함께했음이 나의 마음을 두드렸다.

유양업 作 [산수화 · 5](2016)

밴쿠버에서

   하늬바람 업고 아늑한 꿈을 그리며, 세계 선교사 중앙위원회 모임을 캐나다 밴쿠버에서 갖게 되어, 사무총장이었던 싱가포르 손중철 선교사와 함께 우리는 밴쿠버 국제공항에 내렸다.

   미국의 아름다운 도시 시애틀과 차로 3시간 거리인 태평양 연안에 위치한 밴쿠버의 자연 경관이 아름답게 눈앞에 펼쳐졌다. 세계에서 가장 살기 좋은 도시로 3대 미항(시드니, 베니스) 중 하나라고 들었는데, 깨끗하고 아름다운 주위 환경은 풍요로움 그대로였다.

   세계 각국에서 모여든 중앙위원들은 각 지역의 특색들을 지닌 모습으로 90여 명이 모여들었다. 한국에서는 다른 교파와 접촉이 별로 없었으나 세계에서 사역하는 선교사들은 교파를 초월하여 선교사라는 점에서 서로 친근감을 가졌다. 서로 반갑게 만나 큰 손 작은 손 마주잡고 안부를 나눈 뒤 회의를 진행하였다.

   '효과적인 선교'란 주제로 발표와 토론들을 하며 분과별로 나누어 진지하게 선교의 방향을 모색하고 회의를 마쳤다.

   밴쿠버는 태평양 난류의 영향으로 4계절 내내 온난한 기후와 수려한 경관으로 겨울은 우기이고, 기온이 영하로 떨어지는 날은 드물다고 했다.

　여름철 살랑 살랑 불어오는 시원한 바다 바람은 상쾌함을 더해 주었다. 웅장한 산과 깊고 푸른 바다가 만들어 내는 황홀한 조화는 어디에서도 볼 수 없는 밴쿠버만의 매력이다 싶었다.

　전기로 오가는 트롤리버스나 바다 위를 가로지르는 요트들의 움직임은 마음까지 설레게 했고 바닷가를 거닐 때는 온화한 해풍이 미간을 간지럽혔다.

　캐나다 국기 중앙에는 붉은 단풍잎이 그려져 있는데 이 단풍나무는 캐나다의 상징이며 이 나무에서 흘러나온 메이플 시럽은 향기롭고 달콤한 캐나다의 특산물이다.

　로키산맥의 만년설을 보기 위해 버스를 타고 출발했다. 로키산맥을 따라 숲속의 청량제인 맑은 공기를 마시며 비탈길을 지나갈 때 우아한 자태로 순록들이 넓고 높은 가지들로 얽힌 뿔을 자랑하듯 머리에 이고 고개를 기웃거리며 차도 위에서 거닐고 있었다.

　"저 앞에 순록이 있다."

　우리 중의 누군가 소리쳤다.

　일어나 서로 보려고 차창 밖으로 고개를 내밀었다. 차 안은 갑자기 주인공이 된 순록을 서로 보려고 시끌벅적 소란했다. 어른들도 어린애들과 다를 바가 없었다.

　로키산맥은 파란 하늘과 빙하로 덮인 멋진 산봉우리, 울창한 침엽수림, 밑으로 보이는 에메랄드빛 호수는 상록수와 어울려 장관이었다.

　로키산맥의 호수 중 특별히 '레이크 루이스'는 푸른 산등성 사이로 흰색의 빙하가 비치는 절경이어서 전문 사진작가들이 가장 즐겨 찾는 곳이라고 했다. 여기서 우리 모두는 버스에서 내려 각자 색다른 포즈를 취하고 카메라에 담았다.

　나도 남편 곁에 서서 아름다운 푸른 호수와 만년설산 침엽수림

산자락을 배경으로 멋있게 카메라에 한 컷 담았다.

다시 차에 오르려는 찰나에 순록 3마리와 사슴 2마리가 건너편 산기슭에서 고개를 쑥 내밀고 불쑥 뛰어나와 우리는

"우와!"

소리를 지르고 사진을 찍으려고 할 때 그들은 뒷모습만 보이며 모두 도망가 버렸다. 만년설 앞에 도착했다. 어떤 이는 황홀한 풍경에 탄성을 질렀다.

"야, 만년설이다!"

로키산맥의 최고봉, 수백만 년 원시림으로 쌓여 있는 이 만년설, 푸른 숲 위에 은빛 나는 풍경. 실로 로키에서만 볼 수 있는 만년설 빙하였다. 많은 관광객들도 오고 가며 사진을 찍느라 여념이 없었다.

우리 일행은 가까이에서 빙하를 보기 위해 커다란 설상차를 타고 눈으로 다져진 얼음길을 조심스럽게 올라갔다. 차에서 내려 하얀 두꺼운 얼음을 밟으려니, 어렸을 때 시냇가 꽁꽁 얼은 얼음을 밟다가 순간 물속에 빠져 고생했던 생각이 갑자기 떠올라 꺼져 내릴 것 같은 두려움에 조심스럽게 밟았다.

두꺼운 빙하들은 갈라져 있고 그 사이로 녹은 물들이 흐르고 있었다. 이 물을 마시면 건강에 좋은 약물이라고 시음해 보는 사람들도 있었고 병에 담는 사람들도 있었다. 물은 맑은데 산소가 희박하다고 했다. 설상차들은 계속 관광객들을 싣고 조심스럽게 올라오고 내려가고 했다. 우리가 탔던 차도 슬금슬금 기어서 내려왔다. 나는 눈으로 더럽혀진 신을 털다가 그만 한 짝이 저쪽 아래 깊은 눈 속으로 뚝 떨어져 버렸다.

"어머, 내 신발 떨어졌어, 이걸 어떻게 해."

당황한 나는 큰소리를 쳤다. 건질 수도 없었다.

"쉿, 조용히."

이 광경을 난처하게 보고 있던 남편이 손가락을 입에 대고 말하지 말라고 했다.

뒤따라왔던 선교사님이

"엇, 이걸 어쩌지, 아! 내게 예비로 담았던 운동화가 있어요, 맞을는지 모르겠지만 이걸 신어 보세요."

가방에서 빨강 줄이 그어진 흰색 운동화를 꺼내 주었다. 천만다행이었다. 얼마나 감사한 일이었는지 몰랐다. 발이 편해서 내가 아끼는 구두였는데. 어찌할 도리가 없었다.

떨어진 신발 한 짝 눈 속에 빠졌었네
어떻게 되었을까 지금도 기다릴까
만년설 빙하 수놓아 은빛 꿈을 담았나.

- 졸시 〈지금도 기다릴까〉 전문

만년설 빙산을 내려온 우리 일행은 한국 식당에 들어가 한국 음식을 즐기며 먹었다. 우리 한국인은 어느 나라 사람들보다도 세계 구석구석에 퍼져 있다고 하는 말을 실감할 수 있었고 한국인들의 기민함과 근면성을 볼 수 있었다.

우리는 로키산맥을 내려오면서 산맥을 돌 때 다시 만년설의 전경이 눈앞에 전개되었고 '레이크 루이스' 호수가 하늘자락으로 잠기며 구름 모양으로 물위를 비칠 때 시심이 떠올랐고, 〈오늘도 걷는다〉란 내 시집에 이미 들어 있는 '로키산맥'의 시가 나의 뇌리를 스쳤다.

유유히 흐르는 초록물 호수
둘러싸인 상록수 숲에
순록들 서로 모여 뿔 자랑하고

만년설 점점 녹은
비취색 물줄기
약물이라 시음하고

눈부신 얼음 산맥
사계절 품에 안아
꺼질세라 놓칠세라
힘겹게 붙들며

객실 매단 관광차만
써그럭 써그럭
눈벌판 넘어질까
조심스레 왔다 갔다.

- 졸시 〈로키 산맥〉 전문

박덕은 作 [로키산맥](2016)

토론토 방문

로키산맥을 지나 캘거리 공항에서 세계선교사 중앙위원회 우리 일행은 토론토 행 비행기를 탔다.

미국의 북쪽에 위치한 캐나다 토론토의 시내는 번화한 건물 사이사이 녹색의 숲이 있어 아름답게 보였고 전 지역으로 교통이 잘 연결되어 편리했다.

일행은 토론토 영락교회로 먼저 갔는데, 토론토에 있는 한인교회 연합회에서 세계선교사들을 따스한 마음으로 맞아 주었고 융숭한 대접을 해주었다. 일행을 환영해 준 예배를 드리면서 특별히 교회 음악으로 유명한 박재훈 목사의 지휘로 임시 성가대를 구성하여 찬양을 하게 되었고, 나도 참여하였던 것은 마음 뿌듯한 일이었다.

싱가포르에서 같이 지냈던 여 집사를 여기서 이렇게 만날 줄이야! 우리는 반가움에 서로 얼싸안았다. 캐나다의 유명한 메이플 시럽을 마시면서 안부를 주고받고 정다운 대화를 나눴다.

'어떻게 잘 살고 있나' 궁금하여서 나는 속내를 내놓았다.

"이민 생활은 어떠신가요?"

통통했던 얼굴이 좀 야위어 보였으나 두 손을 마주잡고 웃는 모습은 예나 다름이 없었다.

"여기 토론토는 한국 같아요. 사계절이 있고 한국 사람도 많아서 외롭지도 않아요. 여기에 잘 온 것 같아요."

그녀는 외국생활을 많이 해서인지 단련된 모습으로 캐나다 토론토 생활이 만족하다고 했다.

토론토에 한국 교민 수가 9만 명이나 되고, 한국 교회가 200여 개가 있고, 한국 식당과 식품점이 많아 생활하기 편리하다고 했다. 게다가 한국계 은행, 한국인이 많이 거주하는 아파트, 한국 타운, 한국인이 소유한 어학원 등 살기에 편리한 시설이 많이 있으며, 국제학생 담당부에서는 한국인 직원을 고용하고 있기 때문에 영어를 못해도 도움을 받을 수 있고, 이민자들이 많아서 백인 사회 속에서도 기가 죽지 않는다고 하면서 마냥 기쁜 표정이었다.

다음 스케줄이 있어 우리는 아쉬움을 안고 헤어졌다.

캐나다에 이민 와서 생활했고, 러시아에서 선교사로 활동해서 우리와는 구면인 박형서 선교사의 안내를 따라 토론토를 한눈에 볼 수 있는, 토론토의 상징인 CN 타워로 갔다.

CN 타워는 553.33m의 높이를 자랑하며 세계에서 가장 높은 건물로서 관광의 명소라고 했다.

일행은 CN 타워에 오르기 위해 1층 로비로 들어갔는데 공항에서 출국할 때처럼 몸 검사가 철저했다. 속도가 빠른 엘리베이터를 타고 높이 올라가서인지 귀가 먹먹해서 손으로 귀를 막았다. 447m 지점에 스카이 포드(Sky Pod) 전망대에서 토론토 시내는 물론 저 멀리 나이아가라 폭포까지 볼 수 있었고, 식당은 바닥이 360도로 천천히 회전을 하고 있어 식사를 하면서 토론토의 전경을 모두 감상할 수 있는 시설이었다.

전망대 일부 바닥이 강화유리인 글라스 플로어(glass flore)로 설치되어 있었다. 아찔한 높이에서 투명유리를 밟고 걸으면 발밑 먼 아래 지상 화단이 환히 보이게 되어 있었다.

심장이 강한 사람은 그 유리 위를 걸으면서 아래의 아름다움도 보고 공중에 부웅 뜬 아찔한 스릴도 느낄 수 있으나 심장이 약한 사람은 어려울 것 같았다. 많은 관광객들이 그곳을 지나가는데, 조심스럽게 밟고 발을 살짝 살짝 옮기면서 지나가는 사람들도 있었고, 눈 동그랗게 뜨고 구경만 하는 사람도 있고, 어떤 사람은 들여다보다 깜짝 놀라 소리치며 두 손 번적 들고 물러나는 사람들도 있었다.

일행 중에도 거의 반은 모험하지 않고 편한 길로 지나갔다. 나도 한참 망설이다가 호기심에 걸어볼까 하고 가까이 갔다.

'그래도 이곳까지 왔는데. 다른 사람들도 그 위를 잘 통과 했는데! 뭐 별일 나겠어! 뚝 떨어지지는 않겠지!'

혼자 자문자답 하다가 용기를 내어 시도했으나 두려움에 발이 떨어지지 않았다. 겨우 한두 발짝 가다 아래를 내려다보니 가슴이 두근거리고 어지러워 넘어질 것 같아 포기했다.

두려워서 고개만 빼꼼히 내밀고 사진기를 아래 화단의 전경에 맞추어 한 컷 담은 것으로 만족했다.

우리는 쉬는 틈을 이용해서 토론토 대학교의 낙스 칼레지(Knox College)에서 기독교 교육을 가르치는 송남순 교수를 잠깐 만나서 대학교에 대한 설명을 들었다.

토론토 대학교는 1872년에 설립된 국립대학교로 세계 19위 명문대라고 하며, 캐나다 대학교 중에서 1위 자리를 차지한다고 했다. 학교를 둘러보니 캠퍼스가 따로 세 개가 있는 큰 대학이었다.

다음날 일행은 박 선교사를 따라 세계에서 가장 신비스런 자연경관 중의 하나로 손꼽히는 나이아가라 폭포로 향했다.

나이아가라 폭포는 캐나다 토론토와 미국 뉴욕 국경 사이에 있는 큰 폭포인데, 나이아가라 강의 중간에 고트섬(미국령)이 양쪽으로 사이좋게 두 줄기로 갈라놓았다고 했다.

나이아가라 폭포는 말발굽처럼 닮았다고 해서 호스슈 폭포라고도 하며, 높이 약 53m, 너비 약 790m에 이르고, 고트섬 북동쪽의 미국 폭포는 높이 약 25m, 너비320m에 이른다고 했다.

이 나이아가라 폭포는 예로부터 인디언들에게는 잘 알려져 있었으나, 백인에게 발견된 것은 1678년 프랑스의 선교사 헤네핑에 의해 전 세계에 알려지게 되었다고 한다.

설명 중에도 우렁찬 폭포 소리는 계속되었고, 안개 같은 물보라는 얼굴을 살며시 다독여 주었다. 낮에 보는 웅장한 폭포의 모습과는 달리, 밤에 연출되는 환상적인 폭포의 모습은 전혀 색다르다고 했다. 반짝이는 폭포와 주변 레이저의 조명에 각 색깔로 비추인 폭포가, 물보라와 어우러지면서 이루는 광경은 자연의 위대함과 인간의 노력이 합쳐진 '대자연의 향연'이었다.

박 선교사는 설명을 끝낸 후 표를 한 손에 쥐고 우리 모두를 입장시켰다. 핑크색 비닐 우비를 입으라고 해서 옷 위로 머리부터 무릎 밑까지 긴 비옷으로 무장하고 '안개의 하녀(MAID OF THE MIST)'란 유람선이 1층과 2층이 있는데 일행은 자유롭게 탑승했으나 2층에 많은 수가 탔다.

나이아가라 폭포를 향하는데 이름 모를 수많은 새들은 푸른 하늘을 수놓고 우리를 환영하는 듯 빙빙 돌고 있었다.

'헬기'를 통해서 조망하는 그룹들도 공중에 떴고, 멀리 '스카 일론 타워'에서 내려다보며 구경하는 다른 팀도 있었다.

폭포 아래로 접근해 가니 폭포 소리는 하늘을 찌르고, 떨어지는 폭포수의 모습은 장관이었다. 절벽을 타고 수직으로 떨어지는 거대한 신비스리운 물줄기의 황홀함, 그 반동으로 하얀 물거품을 뿜어내는 물살, 솟아오르는 물보라는 푸른 하늘에 무지개를 그려

놓고 있었다.

자연의 조화, 창조자의 위대함에 경외감을 가졌다.

우렁찬 폭음 소리, 엄청난 물보라와 함께 쏟아 내린 폭포수 초당 7,000톤씩 흘러내리고 있다니! 이 장엄함에, 와 하고 감탄의 소리만 연발, 나도 모르게 입속에서 '주의 이름이 온 땅에 어찌 그리 아름다운지요' 하고 찬양했다.

나이아가라 폭포의 어마어마한 이 물소리는 계절에 따라, 또 하루 중에도 시간에 따라 달라진다고 했는데, 잠깐 있는 사이에도 폭포수가 내는 변조 화음의 짜릿함을 느낄 수 있었다.

잠깐 머물러 구경하게 했던 유람선은 방향을 타원형으로 돌려 왔던 길로 되돌아갈 때 맞은편 미국 쪽에서 우리가 탄 배와 똑같이 닮은 유람선이 파란색의 우비를 입은 관광객들을 가득히 싣고 나이아가라 폭포 쪽으로 다가오고 있었다.

우비 색상으로 파란색은 미국 유람선, 핑크색은 캐나다 유람선으로 구분된다고 들었는데 물위에 둥둥 뜬 유람선들은 파랑색, 분홍색이 어울려 꽃봉오리들처럼 떠 있었다.

숲이 옅은 언덕길 한쪽에서는 노란색의 우비를 입고 걸어서 노란 병아리들같이 폭포 쪽으로 종종종 걸어가는 다른 팀들도 보였다. 이때 누군가 소리쳤다.

"야, 무지개 떴다!"

나는 주위를 둘러보았다.

'어딜까' 하고 유심히 살펴보니 연한 빛깔의 무지개가 파란 하늘에 일곱 색깔의 조화를 이루고 우리를 보고 웃고 있는 듯했다. 참으로 그 아련한 광경은 마음을 사로잡았다.

나이아가라 멀리 강 위로 다리가 놓여 있었다. 이 다리가 캐나다와 미국을 연결해 주는 경계선으로 '레인보우 브리지(Rainbow Bridge)'란 국경선 다리였다. 이 다리로 미국과 캐나다가 구분이 된다고 했다. 미국 폭포와 캐나다 폭포는 크기와 규모면에서는 차이가 있어서, 미국 쪽에서 작은 미국 폭포를 보고 이 다리를 건너 캐나다 쪽에서 넓은 나이아가라 폭포를 보면 금상첨화이겠구나 싶었다.

> 우렁찬 폭포소리 황홀함 펼쳐 입고
> 물보라 나래 펴고 큰 볼륨 뽐내면서
> 옛 추억 환희의 설렘 은보라로 날으네.
>
> - 졸시 〈나이아가라 폭포〉 전문

세계선교사 중앙위원회 모임이 끝난 후 우리 내외는 세계 올림픽 장소였던 몬트리올 도시를 방문하고 그 후에 캐나다 수도인 아름다운 오타와를 살펴본 후, 우리 임지인 싱가포르로 향했다.

박덕은 作 [나이아가라 폭포](2016)

싱가포르 인근 나라들 선교

　우리가 싱가포르에서 사역할 때, 인근의 나라들인 동말레이시아와 인도네시아 바탐에 다니면서 선교 활동을 했다.

　싱가포르는 1965년에 말레이시아와의 연맹국가에서 따로 분리하여 독립국가가 되었고, 신앙의 자유는 있으나 선교는 금하여서, 선교사들은 교포들을 상대로 교회를 세우고 사역을 하게 되었다. 한인교회에서 손중철 선교사님과 동역하면서 문 선교사는 정기적으로 설교와 심방에 참여하였고, 나는 찬양대 멤버로 활동하면서 종종 특송도 했고, 교회 학교 설교와 성인들을 위한 일대일 성경 공부를 인도했다.

　우리는 인근 나라들도 방문하여 선교를 했는데, 남편은 페리로 50분 걸려 인도네시아 바탐 신학교에 가서 현지 학생들에게 강의를 하였고, 통역은 그곳에서 사역하는 김동찬 선교사가 맡았다.

　"인도네시아 학생들이 순진하고 열심히 강의에 임한다."

　남편 문 선교사는 말했다.

　강의가 끝나고 댁에 와서 차를 마시며 김 선교사는 우리에게 인도네시아에 대해 대충 설명해 주었다.

"동남아시아인 인도네시아는 많은 섬들로 되어 있어요. 수도는 자카르타(Jawa)입니다. 인구는 아마 1억8천5백만여 명으로 추정되고요. 언어는 인도네시아어가 공식어며, 말레이어, 발리어, 일본어, 중국어도 사용하지요. 종교는 힌두교, 불교 그리고 후에는 이슬람교 아래 있게 되었어요."

그때 문 선교사가 말했다.

"인도네시아가 한때는 화란의 지배도 받았지요?"

"그렇지요. 16세기까지는 인도네시아가 작은 지역들로 나누어졌는데, 결국 싸워서 이긴 지역들이 다스리게 되었지요. 유럽의 식민지 세력들은 급속하게 영향력을 끼치게 되어 17세기 후반에는 화란이 인도네시아를 정복하게 되었어요. 1942년에 일본에 의해 점령되었다가 1945년에 일본으로부터 해방되자, 인도네시아는 민족주의자들에 의해 공화국으로 선포되었지요. 화란은 인도네시아를 다시 차지하려고 했으나 성공하지 못했고, 1949년에 인도네시아의 독립에 동의했어요."

강의를 위해 거기에 머무는 동안 김 선교사 댁에 있도록 편의를 제공해 주어, 지금도 내외분께 감사하는 마음이다.

우리가 거주했던 싱가포르와 가까운 인도네시아에서 발생한 엄청난 대형 지진, 해일, 쓰나미 사건은 말할 수 없는 아픔의 결과를 가져왔다.

쓰나미가 시속 800km 속도로 몰려와 아체 해안과 주도 반다 아체를 완전히 파괴하고 50만 명의 이재민과 사망자 13만 명, 인근 나라들까지 합하면 20만 명에 달하는 엄청난 인명을 순식간에 앗아갔다.

고삐가 매어지지 않은 짐승들은 이미 위기 사태를 파악하고 3일 전에 모두 도피하였다는 후문이었다. 이 지역 아체는 관광 리조트로 인기가 높았기 때문에 피해자의 국적도 제각각이었다. 우리가 살고 있었던 싱가포르에까지 대지진의 여파가 다소 있었으나 피해는 없었다.

한 번은 동아시아 지역인 말레이시아 수도 쿠알라룸푸르에 갔다. 온 시내가 안개처럼 자욱한 연무로 침침했다.

이 연무는 옆 나라 인도네시아의 무분별한 화전으로 발생한 연기들로 탁한 공기가 바람을 타고 날아와 온 시내를 덮어 호흡하기도 곤란했다.

쿠알라룸푸르는 교역, 상업, 금융, 제조, 교통, 정보, 산업 및 관광의 중추적 역할을 하고 있으며, 150만 인구는 이곳의 심장 역할을 하고 있고 다양한 인종들이 살고 있는 곳이다.

말레이계 60% 중국계 화교 30% 인도계 10%가 공존하는 곳이다. 부의 대부분은 중국인들이 가지고 있었다.

쿠알라룸푸르를 대표하는 쌍둥이 빌딩(Petronas Twin Towers)은 1998년에 준공, 높이 452m로 88층인데 두 개의 빌딩은 나란히 아름답게 올라가 41층에서 스카이 브릿지로 연결되었고, 86층까지 오르게 된다. 초고속 엘리베이터를 이용하기 때문에 귀가 멍멍했다. 한국과 일본 기업이 각각 건축했는데 하늘을 향해 우뚝 솟아 있는 빌딩은 아름다움의 극치였다.

우리나라 현대가 맡아 건설했다는 13.5km나 되는 '페낭대교'를 자동차로 지나가면서 감탄을 연발하며 우리 한민족의 저력을 실감했다.

말레이시아는 동말레이시아(사바와 사라왁을 포함한, 보르네오의 북부지역)와 서말레이시아(말레이 반도의 남부지역)로 되어 있는데, 650km나 서로 떨어져 있다.

서말레이시아는 고무와 주석의 세계적인 생산지이며 한편 동말레이시아는 기름의 중요한 수출지로 산유국인 까닭에 말레이시아는 기름값이 싸다. 공식적인 언어는 말레이어이며 1963년에 독립한 영연방국가로 9개 지역의 군주들이 돌아가며 5년씩 다스리고 있는 의회 군주국이다.

우리는 서말레이시아 지역에서 국제 선교 학회가 모이게 되어 여기에 참여했다. 세계 선교학자들이 모여서 프로그램에 따라 선교에 대해 발표도 하고 분과 토의도 하고 여러 가지 유익한 시간들을 가졌는데, 한국인으로는 이화여대 전재옥 교수가 우리나라 선교 실정에 대해 발표했고, 나는 본래 계획은 없었으나 특송을 부탁받아 'Blow Ye The Trumpet(나팔 불며 찬양하라)'를 불렀다.

대회가 끝나고 식당으로 모두 이동했다. 한 번 먹으면 다시 먹고 싶다는 빠꾸떼도 나왔다. 이 음식은 말레이시아의 인기 있는 음식인데, 푹 삶은 돼지고기를 한약재 같은 것을 넣어 만든 국물에 고기와 유부도 넣어서 풍성하게 밥과 함께 나오며, 간장에 다진 마늘을 섞는 양념은 국물에 들어 있는 고기나 채소를 찍어 먹는다. 기호에 따라 마늘을 아예 국물에 넣어서 먹기도 하는데, 갈색 국물이 시원하고, 맛이 깊고 진하며, 입맛을 돋우는 별미이다.

싱가포르 유나이티드 스퀘어에 있는 말레이시아 식당에서 손중철 선교사님 내외와 함께 빠꾸떼를 먹으러 들리곤 했던 생각이 소롯이 스쳐지나갔다. 소똥 고렝이도 맛있게 보여 접시 위에 집어 얹었다. 오징어는 현지말로 소똥이라고 하며, 튀김 혹은 볶음은 고렝이라고 한다. 소똥 고렝 하면 오징어 튀김이나 볶음을 말하는데 쫄깃쫄깃하며 구수한 감칠맛이 났다.

싱가포르 한인교회가 말레이시아 사라왁(Sarawak) 쿠칭(Kuching) 한인 교회를 개척해서 세운 교회였기에 우리는 종종 동말레이시아 쿠칭 한인 교회에 머물면서 예배도 인도했고, 교인들 심방도 하며 성경 공부를 인도하기도 했다.

쿠칭은 말레이시아어로 고양이라는 뜻인데, 그래서인지 개보다 고양이를 좋아해서 세계적으로도 드문 고양이 박물관이 있고,

고양이 용품을 수집해 놓은 곳들도 있었다. 또한 쿠칭은 시 중앙에 푸른 강을 따라 옛 전통과 현대가 어우러져 아름다운 분위기를 연출했다.

쿠칭에서 산속으로 깊이 들어가니 '스랑잘랑'이란 곳에 원주민들이 살고 있었다. 원두막처럼 지상에서 나무 기둥들로 세워 올리고 이쪽에서 저쪽까지 일자로 쭉 이어진 복도를 두고 옆으로는 11칸의 방들을 만든 '롱 하우스'인데 마치 긴 열차가 떠 있는 것 같았다.

이미 연락을 취했기에 추장이 나와 우리를 맞이했다. 그는 보통키에, 갸름한 황색 얼굴, 큰 눈을 가진 보통사람이었다. 그러나 어딘지 위엄이 엿보였다.

롱 하우스 칸막이 안에는 여러 세대가 한 칸 한 칸 차지하여 각 가정을 이루어 살고 있었다. 넓은 복도에는 누렁이 큰 개들과 고양이들이 뛰어다니며 제 세상인 듯 장난하며 노닐고 있었다.

어떤 집은 한 칸에 3대가 살아가는 곳도 있었다. 우리는 추장의 안내를 받아 롱 하우스 중심에 있는 추장 집 방으로 들어갔다. 밖에서 보기와는 달리 방안은 꽤 넓었다. 롱 하우스 안에서 거주하는 한 가족 같은 원주민들이 방안에 가득 남녀노소가 모여 있었다. 낯선 얼굴들이었지만 그리스도 안에서 한 형제자매처럼 친근감을 느꼈다. 추장의 소개로 인사를 나누고 준비해 간 선물과 다과를 내놓았다. 그들은 무척 좋아하는 표정들이었고 곧 마음과 마음이 통하고 가까워졌다. 그들이 먹는 녹차도 나왔다. 추장 집 맏며느리는 까무잡잡한 동양인 그대로의 미모로 웃으며 시중들기에 바빴다.

이 추장의 선조들이 과거에는 식인종으로 사람의 목을 베어 그 잘라진 목들이 문지방 위에 많이 걸려 있었다고 했는데, 목들이 많을수록 위대성을 인정받는다는 끔찍한 말을 들어서인지 처음에는 두려운 마음이었으나 생각보다는 순진하고 겸손했다.

추장이 복음을 받아들이고 나니 모두가 교인이 되었다. 그들을 그렇게 변화시킨 성경 말씀의 위력을 느끼면서 한쪽 귀퉁이 벽을 보니 요란한 추장의 모자도 걸려 있고 우상단지도 걸려 있었다.

예배를 드린 후 그들 중에 다리가 많이 아파 걸음걸이가 어렵다는 할머니가 기도해 달라는 부탁을 했다. 문 선교사는 환처에 손을 얹고 예수님과 성령의 역사를 힘입어 열심히 기도했다.

머리 아픈 사람, 피부로 인해 고통 받는 사람, 목이 아픈 사람 등등 줄을 이었다. 땀을 뻘뻘 흘리며 환자들을 위해 기도를 마친 후 나는 준비해 간 노래를 가르치고 그 노래에 맞추어 손 유희를 가르쳤는데, 기도 받았던 환자들도 동그란 눈을 그려 가며 웃기도 하고 동심에 젖어 손을 흔들며 곧잘 따라서 했다.

'이들에게 기도처가 있어서 자유롭게 예배드릴 수 있는 예배당이 있으면 좋겠다'는 생각이 들었다. 원주민을 위한 교회가 세워져야 할 필요성을 느꼈다.

밖에 나와 둘러보니 롱 하우스 왼쪽 산 밑에 교회당 건축을 하면 좋을 넓은 땅이 보였다. 나는 옆에 서 있는 남편에게 그쪽을 가리키며 말했다.

"저쪽에 이분들이 예배를 드릴 수 있도록 조그만 예배당을 지으면 참 좋겠네요!"

무심코 말을 했더니 남편 역시 놀라며 말했다.

"나도 그런 생각을 했는데 이심전심이네!"

그쪽을 바라보고 있는데 그때 마침 추장이 우리 앞으로 다가오고 있었다.

문 선교사는 추장에게 그 뜻을 말하니 좋아하며 감사하다고 했다. 대화를 나누는 중에 요구한 금액은 미화로 6,000$쯤 되었다. 재료비만 해주면 손수 자기들이 협력하여 일은 하겠다고 해서 요구한 금액을 마련해야 했다.

문 선교사는 건축 기금을 위하여 이곳저곳 전화를 걸고 사람을 만나면 얘기도 했다.

싱가포르 한인교회에 출석하였던 조성민 집사(그의 아내 전혜준 집사)에게 사정 얘기를 했더니 2,000$을 기꺼이 헌금해 주었다.

문 선교사가 고맙다고 하니, 조 집사는 말했다.

"이 돈은 제 것이 아니고, 모두 하나님의 것이지요."

겸손한 신앙이 참으로 귀하게 보였다. 조 집사는 하버드대 경제학과 출신인데, 미국의 유명한 회사의 간부로 싱가포르에 파견되어 일하고 있었다. 남편의 여동생이 1,000$을 보내왔고, 싱가포르 교회 김호성 장로(그의 아내 조경숙)님이 500$을 헌금해 주었고, 미국의 박동원 목사 교회에서 우리의 생활비를 위하여 2년분의 후원금 2,400$을 보내와서 모두 건축 기금으로 냈다.

이 건축 기금으로 스랑잘랑의 원주민 교회당을 아담하게 짓게 되었다. 그들이 새로 지어진 교회당에서 예배드릴 것을 생각하니 마음이 기뻤고, 보람찼다.

우리가 러시아와 싱가포르에서 15년 동안 선교했을 때 단기로 혹은 장기로, 액수의 다소를 막론하고 우리를 위해 스폰서가 되어준 곳은, 광주 양림교회(손영호 목사), 서울 봉천 제일교회(장세윤 목사), 부산 감전교회(김은곤 목사), 서울 창동 염광교회(최기석 목사), 대전 열방 비전교회(노문주 목사), 싱가포르 한인교회(손중철 목사), 이무석 장로(그의 아내 문광자 권사), 최승택 장로(그의 아내 문은자 권사), 김형오 집사(그의 아내 김혜영 집사), 조성민 집사(그의 아내 전혜준 집사), 장철민 집사(그의 아내 이은주 집사) 등이었는데 이분들의 따스한 마음들은 지금도 잊을 수 없다.

네팔 카트만두에 가다

    찌는 듯한 더위 끝에 장대비가 억수같이 내린 오후, 여러 나라 선교를 하고 있으며 같은 기숙사에 살고 있는 조문상 선교사가 땀에 젖은 소맷자락을 만지며 현관으로 들어왔다.

    조 선교사는 남편 문 선교사에게 카트만두에 가서 현지인 신학생들에게 집중 강의를 해달라는 부탁을 했다. 그래서 우리는 네팔 카트만두의 투리부반 국제공항에 도착했다. 거기서 일하는 김 선교사와 반갑게 만나 안내를 받고 그의 집에 묵으면서 신학생들에게 문 선교사가 강의를 하면 김 선교사는 통역을 했고 나는 때에 따라 특송을 했다.

    수업이 끝나면 틈틈이 네팔의 볼 만한 곳을 구경시켜 주었다.

    카트만두는 네팔의 수도로서 해발 1,300m 높은 고지에 위치해 있고, 정경은 우리나라 서울의 60년대 허기진 모습과 비슷했다. 대부분 산악지형으로 둘러싸여 공기도 신선하고 가까운 산들은 푸른데 멀리 보이는 하얀 눈 덮인 산 안나푸르나는 환상적인 한 폭의 그림을 이루고 있었다.

    네팔은 18세기에 구르카스(Gurkhas)에 의해 정복을 당했고, 19

세기에 영국의 침략으로 패배에도 불구하고 독립을 유지했으며, 오랫동안 절대 군주국이었는데 1900년에 민주적인 선거를 갖게 됐다고 했다. 특히 네팔은 석가모니의 탄생지(birthplace of Gautama Buddha)라고 하는 말은 인도로 알고 있는 나에게 새롭게 들려왔다.

김 선교사는 눈을 깜박이면서 흥겹게 말했다.

"히말라야 산맥에는 8,000m 이상 되는 높은 산이 14좌가 있는데, 이 중에 네팔에 8개, 파키스탄에 5개, 중국에 1개가 있으며 그중 가장 높은 산이 에베레스트(Everest)로 해발 8,848m인데, 클라이밍(climbing: 등반)을 위해 세계적인 산악인들도 많이 오고 세계의 트래커(trekker: 특별한 장비 없이 산을 오르는 사람)들이 가장 많이 찾는 곳이며, 히말라야의 각 봉우리는 각각의 특색이 있어 산악인들에게는 꿈의 코스지요."

이렇게 말한 김 선교사의 표정 역시 함께 등반한 듯 신나 보였다.

네팔은 국교가 힌두교이고 전 국민의 95%가 힌두교 신자였다.

문 선교사는 웃으며 농담을 했다.

"힌두교는 다신교로 사람의 수보다 신의 수가 더 많아!"

김 선교사는 한국에서는 볼 수 없는 강가의 화장터를 가 보자고 했다. 파슈파티나트 사원 앞을 흐르는 바그마티(Baghmati) 강가에서 시체를 태우고 흘러가는 강에 재들을 버리는데, 미처 타지 않는 팔 다리들이 물위를 떠다닐 때도 있고, 그것들은 고기밥이 되기도 한다고 했다.

우리가 화장터가 있는 강가 부근에 다다랐을 때 연기가 자욱하고 코를 찌르는 냄새가 지독했다. 강 건너편 파슈파티나트 사원 앞에 5m 정도 간격으로 군데군데 화장터가 놓여 있는 곳에 벌겋게 시체가 거의 타가는 곳도 있고, 화염 속에 불꽃이 한참 튀는 곳도 있고, 한 곳은 이제 화장을 시작하려고 장작더미를 올리고 있었다. 화장터는 시멘트로 두껍게 단이 앞으로 튀어나와서 강물과 직결되어 태운 재를 바로 밀어내면 강으로 뚝 떨어지게 되어 있었다.

"한 생명이 태어나서 한세상 살다가 저렇게 가는구나!"

허무감에 긴 한숨을 쉬었다.

시선을 돌려 흐르는 강 위쪽을 보았다. 화장터와 가까운 곳에서 맑지도 않는 탁한 물 병균이 득실거리는 물에 여인들이 하얀 그릇들을 씻고 있었다. 이해가 되지 않아 깜짝 놀란 나는 선교사님께 물었다.

"저 여인들이 식기를 가져와서 씻는 것 같은데요?"

"맞아요. 저들은 이 강물이 '성수'라고 하여 조금도 더럽다고 생각하지 않지요, 목욕도 하고요. 이 강은 힌두의 강 갠지스 상류의 한 줄기여서 결국 인도 갠지스 강으로 흘러가지요."

"아! 그래요. 인도인들은 갠지스 강을 영혼을 정화시킨 성스러운 물이라며 이 물에서 목욕을 하면 모든 죄가 씻기고 그곳에서 죽어 그 재를 강가로 흘려보내는 것이 최고의 행복이라고 해요. 이곳 네팔도 인도와 비슷하네요."

인도와 네팔은 가까워서 문화의 영향도 받을 수 있겠다 싶었다.

다음날 수업이 끝난 후였다. 김 선교사는 오후에 결혼식 초대를 받았는데 함께 가자고 했다. 오후 네 시에 신부 집으로 갔다.

결혼식장은 집 근처 꽃밭 옆에 넓은 텐트를 예쁘게 장식하고 그 안에는 음식들이 뷔페 스타일로 한 줄로 쭉 놓여 있었다. 하객들도 많이 와 있었다. 마당에는 예식을 위해 빨강색 큼직한 양초 두 개가 놓여 있었고, 화병에 꽃이 아름답게 꽂아 있었으며 쟁반에 다과들과 옆에는 향불도 놓여 있었다.

신부도 빨강색 비단에 금박으로 장식된 드레스를 화려하게 입고, 이마에는 빨강 '티카'를 찍고, 머리엔 작은 면사포 위에 노란색 꽃으로 똬리를 만들어 얹었다. 액세서리를 곁들이고 등을 드러낸 신부는 튼실했다.

친구들과 가족은 물론 하객들은 신랑을 기다리고 있었다. 하객 중 많은 사람들이 한꺼번에 들어오는데 특별히 키가 크고 건장하고 핸섬한 분이 무게 있게 큰 꽃목걸이를 목에 걸고 들어오니 하객들이 자리에서 일어나 정중하게 인사를 했다.

신랑인가 했더니 네팔 수상이라고 했다. 귀빈에게는 목에 꽃을 걸어 준다고 했다. 문제는 도무지 신랑이 나타나지 않았다. 하객들은 결혼식도 올리지 않았는데 음식을 조금씩 가져다 먹었다. 시간이 15분이나 지났는데도 신랑이 오지 않아서 선교사님께 물었다.

"신랑이 언제 오지요?"

머리를 쓰다듬은 선교사님은,

"저도 잘 모릅니다, 곧 올 수도 있고, 기다려 봐야 해요. 초조하게 기다린 신부 앞에 감쪽같이 나타나니까요."

"신부도 신랑을 기다리고, 수상도 왔는데 너무 늦으면 실례가 되지 않을까요?"

"이곳의 의식이 그러니까 이해하실 겁니다."

30분이 넘은 후에 풍악이 울리는 중에 신랑은 사방이 터진 가마를 타고 나타났다. 신랑은 남색 정장에 노랑꽃 목걸이를 걸고 함빡 웃으며 가마에서 내렸다. 이때 신부는 초조했던 얼굴이 환희에 찬 얼굴로 밝아졌다.

신부 들러리들이 앞장서고, 준비된 양초에 부모님들이 불을 밝히고 향불을 피운 후 사제 브라만이 예식에 관련된 경전을 읽고 식순을 진행하는 중 수상이 축사했다.

다음날 수업 후에 김 선교사는 두르가 사원으로 우리를 안내했다.

두르가는 쉬바신의 아내로서, 팔이 열 개로 사자를 타고 팔에는 각종 무기를 들고 있는 여신인데, 시내 각 곳에 이 사진들이 많이 걸려 있었다.

이 여신은 피를 좋아한다 하여, 네팔인들은 피를 바치는데 제물로는 형편에 따라 곡식들과 들소, 염소, 닭, 오리, 돼지, 비둘기 등 살아 있는 짐승을 가지고 가서 피를 바친다고 했다.

산골짜기 사원 입구에는 제물이 될 짐승과 곡식들을 팔고 있었고 많은 사람들은 제물들을 들고 줄지어 있었다.

우리는 제단 옆에 서서 유심히 보고 있는데 주로 닭들을 많이 제물로 바쳤다. 건장한 남자 두 사람에게 닭을 주면 두 날개를 왼손으로 꼭 잡고 오른손에 든 칼로 닭의 목을 치면 닭의 몸부림으로 제단 신상에 피가 뿌려졌다. 주위는 붉은 피가 낭자하고 피비린내가 진동했다. 몸체는 주인에게 돌려주었다.

공부를 마치고 한가한 시간, 향내음 풍기는 차를 음미하며 대화를 하는 중에 선교사님께 물었다.

"살아있는 여신 쿠마리가 있다고 들었는데요."

"그렇지요. 쿠마리는 네팔 카트만두 지역의 네와르족에서 천여 년 넘게 내려온 전통으로 2~4세의 여자 어린이 가운데 선정되지요. 쿠마리가 되기 위해서는 피부, 눈, 치아의 완벽함 등 32가지에 달하는 까다로운 신체 조건뿐 아니라 동물의 머리들과 피가 낭자한 어두운 방에서 울지 않고 하룻밤을 지내는 테스트를 통과해야만 됩니다."

선교사님 표정도 굳어졌다 펴지며 계속 말을 이었다.

"일단 쿠마리로 선정되면, '더르바르'사원에서 사람들의 추앙을 받으며 살게 되고 네팔의 왕을 비롯한 모든 이들의 여신으로 존경받지만, 그동안 처소를 떠날 수 없는 등 많은 행동의 제약을 받지요. 또 생리를 시작할 경우 '인성을 띠게 됐다'는 이유로 강제 은퇴를 맞게 되고, 은퇴 후에는 어디서도 환영받지 못한 신세가 되지요."

갑자기 선교사님은 손등의 시계를 보았다.

"우리 그곳으로 가서 한번 볼까요? 하루에 3번 정해진 시간에 얼굴을 보여 주는데 마침 지금 가면 볼 수 있겠네요."

그래서 우리는 쿠마리가 있는 더르바르 광장으로 급히 향했다.

여신의 숙소여서인지 나무 하나 하나에 새겨진 문양이 섬세하고 아름다웠다. 뜰 중앙에는 기부금을 넣는 큼직한 함이 있었다. 돈을 함에 넣으면 문이 열리고 쿠마리 얼굴이 나타난다 했다. 시간이 되었을 때 3층 창문이 열렸다.

빨간 비단옷을 입고 양 눈가로부터 귀 위쪽으로 까맣게 진한 선을 그렸다. 빨갛게 칠한 이마 중앙에는 하얀색으로 '티카'를 찍고 그 중앙에 '제3의 눈'을 그린, 표정이 없는 얼굴로 여기저기 돌려 보더니 휙 문이 닫혔다.

쿠마리의 눈길은 곧 축복이라고 그들은 믿었다. 쿠마리는 앳된 소녀였다. 4살 때 선정되어 지금은 열 살이라 했다. 한창 자유롭게 말하며 엄마 품에서 어리광 부리고 뛰어다니며 즐길 나이에, 갇힌 죄수처럼 실내에서도 심지어 엄마에게조차 말도 못하고 살고 있다 하여 매우 안쓰러워 보였다.

다행히 1900년대 들어 조금씩 인식이 바뀌어 쿠마리를 지내고 나서도, 결혼해서 자녀도 낳고 잘 사는 경우도 있다고 했다.

최근 2015년 10월 2일 네팔 현지 뉴스 매체들에 따르면 카트만두 시 당국이 은퇴한 쿠마리 8명에게 종교, 문화에 기여한 공로가 있다 하여 상패와 월 생활 보조금을 전달한 바 있다. 한 행사에 참석한 전 쿠마리 아미타 샤캬는 말했다.

"나는 지금 일을 하며 정상적인 사람처럼 살고 있어요."

라시밀랴 샤캬는 이렇게 털어놓았다.

"은퇴한 쿠마리와 결혼하면, 6개월 이내 남편이 죽는다는 잘못

된 미신이 있는데, 나는 결혼한 지 오래 되었지만 남편은 아직도 괜찮고 잘 살고 있다."

카트만두와 파탄의 쿠마리들은 학교를 가지 않지만, 박타푸르 쿠마리는 학교를 다니며 또래 아이들과 잘 어울린다고 한다.

어느 곳은 선생님이 사원으로 와서 공부를 가르치는데 이때 쿠마리는 선생님과는 대화를 주고받으며 공부를 한다고 했다.

쿠마리가 사원을 떠나 세상에 나온 후 자유롭고 당당하게 한 여자로서 행복한 삶을 살 수 있었으면 하는 바램이었다.

뉴스 매체에 의하면 네팔에서는 지난 4월에 엄청난 강진으로 8,800명이 사망하였고 부상자가 2만 명이었으며 재해를 당한 사람들도 400만이었다고 했다. 귀중한 문화재들도 파손 당했으며, 세계로부터 구호금도 400억불이 답지하였다고 했다.

네팔이 정신적으로나 영적으로 바로 서서 조속히 회복되고 잘 사는 나라가 되기를 기원하는 마음이다.

박덕은 作 [쿠마리](2016)

생명 존중

　자살방지 한국협회 전국 본부장 세미나 모임이 대전에서 있는데 꼭 참석해야 한다는 안내장이 왔다.

　이른 아침이어서인지 광주역은 한산했다. 넓은 2호차 객실에는 두 사람만 타고 있어 '손님이 너무 적구나' 하면서 나의 자리를 찾아 앉았다. 봄기운이 감도는 도로변의 진달래꽃들은 웃음 보듬어 만개해 있고 보리밭엔 띄엄띄엄 융단을 깔아 놓은 듯 파랗게 펼쳐진 보리 잎들이 곱게 꿈틀거려 보이는데. 4년 전 딸 목사의 카랑카랑 울리는 소리가 귓전에 머물렀다.

　"저, 은진이에요, 자살방지 한국협회에서 교육 강사를 모집하는데 저도 신청하면서 엄마 것도 해놓았어요, 은퇴 후에 보람 있는 일일 것 같아서요, 인터넷으로 공부하기 때문에 어디에서나 할 수 있대요."

　"그래, 뜻이 있는 좋은 일이니 한번 해볼 만도 하겠구나."

　막상 접수하려고 하는데 구비 서류가 만만치 않았다. 합격 통지서가 왔다. 미국에서 인터넷으로 1주에 한 과씩 컴퓨터에 뜨면 찾아서 공부하기에 바빴고 제출해야 할 과제도 많았다.

바람 따라 구름 따라 별빛 따라

이렇게 1과부터 30과를 공부했고 시험도 합격하니 3급 교육사 자격증이 나왔다.

한국에 나와서 계속 공부하여 상담사, 아동·청소년 상담사, 학교 폭력 상담사, 가족치료 심리 상담사, 효·예 지도사, 이런 2급 자격증들을 취득하니, 지부 설립 허가증도 나왔고, 20평이 넘은 장소를 구비하고 수강생들 모집해서 교육도 시켜야 한다고 했는데, 난 장소를 얻을 형편이 여의치 않았다.

그래서 우리집은 길가 상가 집 구조로 되어 있어서 문 위에 조그마하게 '풍성한 생명상담, 재단법인 자살방지 한국협회' 간판을 걸고 상담할 수 있는 내부 공간도 마련하고, 상담도 하고 자살방지 교육을 위해 그동안 서울로 대전으로 피곤도 모르고 열심히 오고 갔던 생각이 영화의 스크린처럼 꼬리를 무는데, 대전역에 도착했다는 안내 방송이 나왔다. 대전 총괄 본부장 사무실에 도착하여 순서에 따라 진행이 되었다. 각자 자기소개와 활동 보고를 하는 시간에 한 본부장은 이렇게 보고했다.

"2010년 9월 9일 발표된 통계청 자살 통계에 의하면 2009년 자살 사망자 수는 15,413명으로 1일 평균 42.2명 34분에 1명꼴이에요."

또 천안 지역에서 온 본부장도 이런 보고를 했다.

"아침 일찍 운동을 하러 갔는데 나무에 목매달아 자살한 사람을 3건이나 보았어요. 젊은이들이었어요. 미래를 향해 전진해야 할 10, 20, 30대 청년층의 자살이 많고요. 60세 이상의 노인 자살은 최근 5년 간 가장 많이 증가했고, 80대 이상의 자살률은 20대의 5배나 되는 현실이지요."

최근 우리 사회 유명 인사들의 자살도 줄을 잇다시피 해서 사회에 적지 않는 충격을 주고 있는 심각한 현실이고, 세계에서 자살률 1위이니 너무도 슬픈 일이 아닐 수 없다. 생명은 세상에서 가장 소중한 것인데 어쩌면 귀하게 존중되어야 할 생명이 헌신짝처럼 그렇게 버려져야 하나 마음이 몹시 아파왔다.

교회사에서 출중한 성(聖) 아우구스티누스는 그의 저서 〈신의 도성〉에서 '오직 하나님만이 사람의 삶과 죽음을 결정할 수 있기 때문에 자살은 하나님, 자신, 그리고 이웃을 향한 죄'라고 말했다.

자살의 원인에는 여러 가지가 있겠지만, 그 중에서도 가장 많은 것이 우울증인데, 우울증에 걸린 사람의 경우 자살에 대한 생각은 건강한 사람의 4~5배나 자주 일어나고, 여기에 생활상의 스트레스나 어려운 문제 등이 겹치면 그 위험도는 급격하게 높아진다.

싱가포르에서 선교 사역 중에 주일 예배 후 여선교회 회장이 내게 살며시 다가와서,

"선교사님, 도와주어야 할 일이 있는데 시간 좀 낼 수 있을까요?"

책임감 강하고 온유한 성격인 그녀는 조심스레 말했다.

"그럼요, 제가 할 수 있는 일이라면, 그렇고 말고요. 도와 드려야지요."

우리 둘이는 뜨거운 햇살을 피하여 교회 건물 옆 공원 야자수 그늘 밑 서늘한 벤치에 앉았다. 그녀는 눈을 크게 뜨면서 말을 이었다.

"두 달 전에 말레이시아에서 온 교인이 있는데, 그분이 우울증으로 고생하고 있어요. 남편이나 딸도 제대로 돌보지 않고 정신적 문제가 있는 것 같아요. 그래서 선교사님의 도움이 필요해서요."

"나는 사명이니 그렇게 할 수 있겠는데, 그녀는 나를 모르니까 어떻게 생각할지 모르지 않아요. 나를 싫어할 수도 있고요. 무엇보다 신뢰감이 중요한데……."

"그건 염려 마세요, 선교사님 얘기를 했더니 이미 다 알고 있고, 오히려 만나고 싶다고 했어요."

나는 전화번호를 받아 자매와 통화를 하고 약속한 날 그 집을 찾아갔다. 벨을 눌렀다. 개가 먼저 컹컹 짖었다. 문이 열렸다.

키가 큰 40대 중반의 여인은 미인인데, 어딘지 불안한 표정으로 시선을 마주하지 않았다. 웃음을 잃은 우울한 얼굴에는 근심 걱정의 그늘이 덮여 있었다. 말도 별로 없었고 약간 서먹하기도 했다.

집안은 넓고 모든 가구들이 그럴 듯하여 여유 있게 보였다. 준비 되어 있는 큰 테이블에 마주앉아 차를 마시면서 이런 저런 대화를 이끌어가다가 조심스럽게 가지고 간 '일대일 제자양육 성경공부' 교재를 그녀에게도 한 권을 주면서 대충 설명을 하고 이 책으로 함께 공부하면 좋겠는데 어떻겠느냐고 물었다. 자매는 대답 대신에 나를 보며 고개를 끄덕였다. 나는 굳어 있는 자매의 긴장을 먼저 풀기 위해 그녀를 보고 느낀 대로 칭찬을 아끼지 않았고 격려를 계속하면서 앞으로 공부할 방향을 미리 말했다.

"자매님 잘 들어보세요, 먼저 '나'를 '자아'를 '자존심'을 내려놓고 그 왕좌에 예수님을 모셔다 앉게 해요. 그러면 예수님이 선장이 되어 자매님 인생의 키를 잡고 순탄하게 항해해 갈 것입니다. 우리가 택시를 타면 기사님이 목적지까지 잘 데려다 주듯이."

"그런데 각 과에 중심이 되는 성경 말씀 2절씩 외워야 하는데 한 주 동안에 외울 수 있겠어요?"

"네, 그렇게 하도록 노력해 보겠습니다."

"그럼, 이 두 성경 구절을 다음 주까지 암기해 볼래요?"

물끄러미 나를 쳐다본 그녀는 각오가 되었는지,

"네. 어렵기는 하겠는데 해볼게요."

나는 안도의 숨을 쉬고, '야, 이제 되었구나! 사람이 승리하는 비결은 그리스도 중심의 삶에 있고 그분이 우리 삶을 인도할 때 놀라운 삶의 변화가 일어나는 것이니까. 말씀에는 생동력이 있어 마음속에서 살아 움직일 때 치유의 느낌을 스스로 체험해 갈 수 있으니까, 또한 본인 역시 말씀을 외워가는 동안 성취감을 느끼고 승리의 기쁨과 보화를 담은 듯 뿌듯함을 맛볼 테니까.'

그렇게 동기부여만 그녀에게 남겨 주고, 너무 오래 있으면 지루할 것 같아 다음 주에 만날 약속을 하며 마치는 기도를 함께하고 나왔다. 문을 연 그녀가 고마웠고 나 역시 시원한 승리의 기쁨이 날개를 달고 창공을 나는 듯 가벼움을 느꼈다.

나는 일주일 동안 그녀를 위해 기도하며 싱가포르 한인교회에서 일대일 제자 양육 성경공부를 희망한 교인들에게 가르치고 있었기 때문에, 교재에 따라 그녀의 상황을 살피면서 준비를 하고 찾아갔다.

문을 열어 주는 표정이 밝고 전에 없는 얼굴에 생기가 돌았다. 거실에 들어가니 맞은편 벽에 2장의 성경구절을 분홍 종이에 멀리서 보아도 잘 보일 정도로 정성 들여 써서 예쁘게 붙여 놓았다. 공부하고 있는 흔적이 보여, 나는 너무 기뻐서,

"어머, 성경 구절 예쁘게 써 붙여 놓았네요. 다 외우셨어요?"

"네, 열심히 외워도 잘 안 외워지고 자꾸 잊어 버려져요. 그래서 눈에 잘 보이는 곳에 저렇게 크게 써 붙여 놓고 오가면서 읽고 외워요."

공부 시간에 외워 보라 했다.

"내가 그리스도와 함께 십자가에 못 박혔나니 그런즉 이제는 내가 사는 것이 아니요. 오직 내 안에 그리스도께서 사시는 것이라, 이제 내가 육체 가운데 사는 것은 나를 사랑하사 나를 위하여 자기 자신을 버리신 하나님의 아들을 믿는 믿음 안에서 사는 것이라(갈2:20)."

"나는 포도나무요, 너희는 가지라. 그가 내 안에, 내가 그 안에 거하면 사람이 열매를 많이 맺나니 나를 떠나서는 너희가 아무 것도 할 수 없음이라(요15:5)."

약간 더듬거리기는 했으나 틀리지 않게 잘 암기했다. 교재에 나오는 성경 찾기도 만만치 않은데, 꼼꼼히 모두 찾아 기록해 가면

서 공부를 해놓았다. 묻는 말에 대답도 잘했다. 믿음의 싹이 자라 날 틈이 보였다.

공부가 끝나고 밖에 나가 식사하자 하여 나가는데 찌는 듯한 열기와 햇빛이 강하여 눈을 바로 뜨지 못하고 실눈 되어 손으로 가리는데 부연베라 꽃들은 란 꽃들과 어우러져 향기를 뿜어댔고 분수의 치솟는 물줄기 뽀얀 물보라가 시원스레 얼굴에 뿌려 주었다.

다섯 번째 만났을 때 자매는 먼저 체험한 것을 얘기했다.

"지난 시간 기도에 대한 공부를 했지 않아요. 그래서 그 후로 하나님께 감사 기도하니 눈물이 나오고 그동안 내 마음속에 있는 모든 잘못, 서운한 것들이 생각나면서 그치질 않아요. 생각도 안 했던 잘못들이 계속 꼬리를 물고 나타났어요. 감사한 일도 많았고요. 얼마를 울었을까, 그러고 나니 마음이 시원하고, '너희가 내 안에 거하고 내 말이 너희 안에 거하면 무엇이든지 원하는 대로 구하라. 그리하면 이루리라(요15:7). 아무것도 염려하지 말고 오직 모든 일에 기도와 간구로 너희 구할 것을 감사함으로 하나님께 아뢰라. 그리하면 모든 지각에 뛰어난 하나님의 평강이 그리스도 예수 안에서 너희 마음과 생각을 지키시리라.' 이미 외웠던 성경 구절이 나도 모르게 줄줄 나왔어요. 그래서 나는 '옳습니다. 맞았어요. 감사합니다.' 했어요."

하나님과 깊은 교제 속에 체험을 한 것 같다. 자매는 울면서 웃으면서 계속 눈물을 닦았다. 우리는 대화를 하는 중에 그동안 살아오면서 인간관계 속에 꼬였던 매듭들, 가슴 아프게 담아 두었던 상처들을 모두 털어 놓고 마음에 쌓였던 무거운 짐들을 내려놓으니 문제덩이들이 풀리고 아팠던 그 자리에 화평을 심어 기쁨의 샘물이 솟고 있음을 느끼면서, 내 기도하는 그 시간 그때가 가장 즐겁다.

찬송을 하고 있는데, 인도네시아인 가정부 아가씨가 맑은 유리

그릇에 망고, 람부탄, 망고스틴, 키위 과일로 예쁘게 꽃모양을 만든 과일을 가지고 나와 탁자 위에 놓고 갔다.

그녀는 계속 기도하면서 열심히 공부해 가는 과정에서 치유가 되어 가는 모습이 보였다.

그 다음에 만났을 때 그녀는 함박꽃 같이 웃으며 말했다.

"공부를 하면서 성경을 많이 읽었어요. 그 과에서 암기한 말씀을 잊지 않아야 하니까 또 반복하고 책 내용을 읽으면서 찾아 대조하고 공부하니까 마음속에서 예전에 없던 알 수 없는 이상한 새 힘이 생기고 기쁨이 가슴에 꽉 차요."

"말씀을 외워야 하니까 다른 생각할 여유도 없고 집에서 일할 때도 중얼중얼, 개를 데리고 산책할 때도 성경이 적어진 수첩을 들고 다니면서 외우니까, 그 말씀들이 위로가 되고 의욕이 생겨요. 성령 충만함도 공부하고 보니, 정말 성령과 함께 살아가는 것 같아요. 시험을 이기는 삶도 공부하니 어려움도 이제는 잘 이길 것 같고요. 요즈음은 건강이 좋아져서 모든 것이 기뻐요. 이제는 무엇이든지 잘할 것 같아요. 전에는 먹기도 싫고 잠도 못 잤는데 지금은 밥도 잘 먹고 잠도 잘 자요. 밤에 잠자기 전에 누워서 성경 구절을 외우면 어느새 잠이 들어 버리곤 해요. 내가 나를 가끔 돌아보면 신기할 정도로 딴 사람 같아요. 전에는 조그만 일에도 짜증이 나서 화를 내고 물건들을 부셨는데 지금은 마음이 안정되고 평안해졌어요."

자매는 갑자기 일어서면서 말했다.

"선교사님 이리 좀 와 보시겠어요? 보여 줄 게 있어요."

나는 일어나면서 그게 무얼까 궁금하여 뒤따라갔다.

창가에 서서 고개를 아래로 먼저 내려다보며 말했다.

"내가 여기서 떨어져 죽으려고 여러 차례 이 자리에 이렇게 섰어요, 모든 게 무섭고 두렵고 슬프고 떨리고 괴로워서 전혀 살기가 싫었어요, 몇 번이나 떨어져 죽으려고 시도했는데 실패했어요. 지금 생각해 보면 내가 왜 그랬는지 모르겠어요."

나는 떨려서 그녀의 손을 꼭 잡고 아래를 내려다보지 못했다. 7층이어서 어지럽기도 했지만 죽으려고 했다는 말이 더 무서웠다. 그래서 나는 그녀에게 물었다.

"그때 죽었으면 남편과 딸이 어떠했겠어요? 지금도 죽고 싶은 생각이 있으세요?"

"아니요, 요즘은 살맛나요. 지금은 모든 게 즐겁고 재미있어요. 남편도 밉고 싫었는데 지금은 고맙고, 딸도 관심 없었는데 지금은 너무 귀엽고 예뻐요."

그녀는 종종 정성 들여 맛깔스럽게 김밥을 싸고 과일도 곁들여 교회에 가지고 와서 섬기는 일에 앞장서고 봉사하는 일에도 즐겁게 솔선수범하여 본을 보였다.

"공부가 끝나가니까 아쉽네요. 성경 22절을 암기하고 나니 즐거움으로 꽉 차고 마음 곳간에 양식이 그득한 것 같아 뿌듯해요. 살아가는데 큰 무기가 되겠어요."

오붓한 가정도 사랑했던 딸도 의지했던 남편도 멀리했던 그녀가 예수님 만나 가정이 회복되고 삶을 되찾아 집사 직분도 받았다. 딸과 남편도 교회 생활을 하게 되었고, 그녀는 여선교회 회원에서 회계로 서기로 교회 일이라면 좋은 일 궂은일 앞장서서 봉사했다.

재능도 많아서 크리스마스 행사 때는 중요한 배역으로 출연하여 연기는 물론 노래도 구성지게 잘했다.

밝은 표정 환희 담고 눈웃음 짓는 그 집사의 수줍은 어여쁜 모습이 조각되어, 지금도 사랑스럽고 보고프고 아름답게 눈앞에 그려온다.

제5부…미국에서

박덕은 作 [하버드대학교](2016)

철망 문을 열며

미국에 있을 때 넓은 뒤뜰 잔디밭에 잔디를 조금 걷어내고 그 자리에 텃밭을 일구어 여러 가지 채소를 길렀다.

시금치, 상추, 근대, 돌미나리 등 채소들이 겨우내 눈보라 맞으면서 시달려 살다가, 살랑대는 봄바람 사이로 아지랑이 따라 파릇파릇 예쁜 싹들이 한들거리며 잘 자랐다.

채소들이 곱게 자라고 있던 어느 날, 잎들이 꺾어지고 없어져 갔다. 벌레란 불청객들이 잘라 먹나 싶어 주변 어린잎을 들춰보고 땅을 헤쳐 봐도, 흙속의 특유한 향기만 풍겼다.

'참, 이상하다. 주위에 대문도 담도 없는 미국 가정들은 이런 장난은 안할 거고, 그러면 짐승들일까?'

하루는 선룸 소파에 앉아 독서를 하고 있었다. 눈이 피곤할 땐 텃밭 건너 초록색 편백나무를 한참 바라보면 눈의 피로가 풀렸다. 이렇게 늘 했던 습관대로 그쪽을 바라보고 눈을 껌벅거리는데, 왼쪽에서 움직이는 물체가 눈에 가득 들어왔다.

"어! 저게 뭐야, 사슴들 아냐!"

나도 모르게 소리 쳤다.

머리에 나뭇가지처럼 얽혀진 뿔을 이고 사슴 7마리가 요염한 자태로 고개를 쭉 펴고 줄지어 사뿐사뿐 걸어가고 있었다. 반갑고 신기해서 벌떡 일어나 창 가까이 다가가 정신 놓고 그 모습을 바라보고 있었다. 참 평화로워 보였다.

숲속 길을 지나면 흔히 볼 수 있는 광경이지만 우리집 뒤뜰에선 처음 펼쳐진 일이었다. 좀 더 머물다 갔으면 좋으련만 아쉽게도 마음속의 그림으로만 남기고 지나가 버렸다. 아쉬워서 그곳의 시선을 놓지 못하고 눈에 그대로 담고 있는데, 어, 저쪽에서 갈색 입은 산토끼 한 마리가 이마와 꼬리 끝에 흰 방울 무늬 달고 깡충깡충 이쪽을 향하여 뛰어오고 있었다.

"혹시 저 토끼가 우리집 채소를?"

예감은 적중했다. 토끼는 채소밭에 들어와 고슴도치마냥 웅크리고 앉더니 두 귀를 쫑긋 세우고 두 눈을 깜박거리며, 정신없이 미나리 잎을 뚝 끊어 오물오물 먹었다. 잔잔한 즐거움이다.

궁금하고 서운했던 마음은 사라져 없어지고, 씹어 먹느라 움직이는 볼, 그 모습이 예뻐서 미소 지으며 바라보았다.

'참 귀엽다. 오죽이나 배가 고팠으면 저렇게 맛있게 먹을까?'

어릴 때 고향집의 토끼집에 빨간 눈의 귀여운 흰 토끼들에게 풀을 먹여 주고 새끼들 안고 즐겼던 생각이 스쳐갔다.

'그래! 그럼, 너도 먹고, 우리도 먹고, 나눠 먹자. 네가 먹으면 얼마나 먹겠나, 겨우내 눈 속에서 앙상한 나무와 마른풀만 있으니, 먹을 게 없겠지.'

보던 책을 다시 펴 읽다가 그쪽을 바라보니 토끼가 보이지 않았다. 토끼가 앉았던 곳을 조심스럽게 찾아가 보았다. 상추만 먹고 가 버린 자리에 뭉게구름 그림자만 스쳐갔다.

나도 시금치, 미나리, 상치를 한줌 뜯어서 새콤 달콤 버무려 점심상에 올렸다. 사슴 얘기와 토끼 얘기 곁들여 가며, 가족들과 함께 텃밭의 채소를 먹는 맛은 무공해라는 생각을 자극해서 신선함과 상큼함이 더욱 식욕을 돋우었다.

설거지를 하다가 깜짝 놀랐다. 어제 다녀간 토끼가 다른 친구를 데리고 두리번거리며 껑충 껑충 뛰어오는데 보랏빛 햇살이 유난히 밝게 비췄다.

'짝꿍인가?'

새 친구는 흰 점이 없는 갈색 옷이다. 친구 따라 텃밭으로 깡충 들어가 이리저리 팔딱팔딱 뛰어다니며 맛을 음미하더니 허겁지겁 상추를 먹었다. 그렇게 먹어도 겉잎만 먹으니 속잎은 하루 이틀 지나면 파랗게 자라 노을빛에 더 고왔다.

며칠 후 마켓에 다녀왔다.

'어, 어머나!'

아기 토끼 4마리가 더 늘어나 6마리가 잔디밭에서 텃밭으로 천진스레 뛰어다니며 자기 집처럼 편안하게 놀고 있었다.

아기 토끼 4마리도 이마와 꼬리 끝의 하얀 무늬들이 돋보였다. 파랑 깃, 빨강 깃을 갖는 예쁜 새들도 나뭇가지에서 퍼드덕 내려와 먹이를 찾았고, 다람쥐도 긴 꼬리를 힘 있게 세워 편백나무 등을 쪼르르 타고 내려와 함께 어울렸다.

동물들은 저희 세계가 있는가 보다. 새들과 다람쥐는 자주 오지만 아기 토끼들은 처음 나들이다. 오순도순 잔디밭에서 함께 노는 모습이 놀이터의 아이들로 보였다. 식당으로 급히 뛰어가 식빵을 가져와서 조각조각 잘게 떼어서 몇 번 던져 주었다.

토끼들은 놀라서 숲 쪽으로 도망가고, 다람쥐는 쭈뼛거리다 빵 조각을 두 발로 부둥켜안아 먹고, 새들도 깃을 흔들며 쪼아 먹었다.

'텃밭을 포기할까? 이네들 먹이와 놀이터로 사용해도 좋겠네! 그렇게 할까?'

그런데 부추, 파, 마늘, 쑥은 먹지 않아서 잘 자라고 있었다. 이제는 아욱 씨, 쑥갓 씨, 상추 씨도 다시 뿌려야 하고, 다른 채소들 모종도 해야 하는데 포기가 되지 않았다.

'어떻게 하지?'

갈등이 왔다.

지금은 하루가 다르게 풀도 자라고 민들레도 꽃망울 맺고 봄바람 따라 파릇파릇 토끼 먹이들이 사방에 많다.

'이제는 못 오게 해도 충분히 살 수 있겠지.'

야속하지만 다른 곳에 가도록 하자고 결론을 내렸다

'그럼! 이네들을 못 오게 하는 방법이 없을까?'

궁리 끝에, '놀라게 하면 안 오겠지, 식빵 조각 떼어 준 것도 놀라서 도망가던데……' 싶어 조약돌 같은 잔돌들을 몇 개 주어다 선룸 밖 난간에 올려놓고 토끼가 오면 던지려고 기다렸다.

생각해 보니, 나 자신이 참 옹졸하고 미웠다. 언제는 '나눠 먹자' 해놓고, 치사했다. 도저히 용납이 안 되고 자신이 허락되지 않았다.

그래서 다시 올려 둔 잔돌들을 잔디밭에 하나씩 하나씩 던지면서, '욕심 버리고, 마음 비우고, 사랑 하나 가슴에 담으면 되는 것을……' 하면서 모두 던져 버렸다.

그런데 하루에도 한두 번씩 왔다가던 토끼들이 시간이 지나가도 나타나지 않았다. 이 녀석들이 내 마음을 아나?

며칠 전 지인과 서로 토끼 얘기를 주고받으면서 웃었는데…… 자기 집 텃밭에 철망을 치고 남은 거라며 가지고 왔다.

20여 평쯤 되는 네모 텃밭 둘레를 튼튼한 철망으로 삥 둘러 견고하게 쳐 주었고, 사람이 드나들 수 있게 조그마한 문도 만들어 주고 갔다. 참 고마웠다. 이제는 토끼에 대해 신경 쓰지 않아도 되었다. 잘 꾸며진 텃밭 위를 흰나비들이 무지개 바람 따라 팔랑 팔랑 짝을 지어 춤추었다.

해가 서산에 기울 무렵 식당에서 저녁 준비를 하다가 정성들여 만든 텃밭이 눈에 아른거려 앞 유리창 쪽으로 채소밭을 보았다.

이게 웬일인가. 철망 밖에 토끼 가족들이 와서 철망을 생명의 밧줄처럼 붙들고 안간힘을 쓰며 야단법석이었다.

하던 일을 멈추고 선룸으로 곧장 가서 유리창 밖의 그 광경을 보니 가슴이 매우 아팠다.

여섯 마리 토끼가 입과 눈을 철망 안쪽 채소밭에 두고, 엉덩이는 밖으로 밀어 입을 잔디와 철망 사이를 댔다 뗐다 더듬고, 빙빙 돌다 뒷발 디뎌 키를 세우고 올렸다 내렸다 긁었다 했다.

주위를 왔다 갔다 안절부절못했다. 큰 토끼는 앞다리를 쭉 올려 철망에 박쥐처럼 붙어서 고개를 휘젓고 사력을 다했다. 아빠 토끼인지 넘어가 보려고 시도를 하다 떨어지고, 토끼들은 안으로 들어가지 못해 안달이었다.

이 모습을 보는 나는 가슴이 움츠려 들고 죄인 같았다. 마음이 옥조여 오며 아프고 토끼들에게 미안했다.

말 못하는 짐승들의 세계를 무시했던 것이 후회스러웠고, 나만의 욕심, 나누지 못한 자책에 빠져 괴로웠다.

마치 '엄마를 떨어지기 싫어하는 아기를 억지로 떼어놓는 것' 같은, 그 '애타는 아기'를 본 느낌이 마음을 때려서, 어쩔 수 없이 텃밭으로 허겁지겁 뛰어갔다. 그 철망에 붙어 절규하던 토끼들도 내 발자국 소리에 놀라 혼비백산 도망갔다.

"왜, 도망가. 너희는 여기 있어. 잠깐만 기다려! 그래, 언제든지 와서 자유롭게 먹어. 많이."

철망 한쪽에 있는 문을 활짝 열어 주었다.

내가 없어야 문 안으로 들어갈 것 같아서, 문만 열어주고 죄인처럼 집안으로 급히 들어왔다.

도망가던 토끼들이 저쪽에서 주춤하더니 갈색 토끼가 방향을

바람 따라 구름 따라 별빛 따라

바꾸어 다시 텃밭 쪽으로 왔다. 다른 토끼들도 따라와서 이리저리 헤매는데, 이마에 흰 무늬 있는 한 아기 토끼가 그곳 문을 발견했다. 아기 토끼는 문 앞에 서서 뒷발을 꽂고 앞발을 들고 쪼그렸다 폈다 깡충깡충 연거푸 뛰었다. 아마 이렇게 말하는 것 같았다.

'엄마, 아빠, 형, 누나 여기 문 열렸어! 들어갈 수 있어. 빨리 이쪽으로 와. 빨리 빨리!'

물에 빠져 허우적거리다 구조선 만난 그 기쁨의 몸짓 같았다.

그 아기 토끼는 그렇게 좋아하면서도 들어가지 못하고 서성거리고 있었다.

'이곳에 들어가면 안 되는데.' 하고 차마 못 들어가는 것 같았다. 그때 큰 갈색 옷의 토끼가 두리번거리다 깡충깡충 들어가니 모두 줄줄 따라가서 제각기 먹을 것을 찾아 맛나게 먹었다.

'배고팠던 아이가 엄마젖 찾아 먹는 것처럼.'

"저렇게 좋아하는 것을!"

즐겁게 먹는 모습을 보니, 투병에서 온몸이 되살아난 것처럼 홀가분하고 뿌듯했다.

토끼 가족 산과 들에
홀·홀 살다가

연초록
꿈틀거린 텃밭

풀잎 먹는
따스한 입김

철망에 매달려

호소하는 뜬구름

싸늘한 바람
등허리 스치어 가다

어두운 빗줄기
환히 걷혔네.

- 졸시 〈철망 문을 열며〉 전문

박덕은 作 [철망](2016)

멕시코 캔쿤 방문

연둣빛 초록으로 물들어 가는 봄날, 아들은 함박꽃 웃음을 머금고 자동차에서 내리며 말했다.

"이번 총회는 멕시코 캔쿤(Cancun)에서 모이는데 함께 가실까요? 그곳은 관광지로 매우 아름다워요."

미국에는 한국 교회가 대략 4,000여 개쯤 되며 그중에 미국 장로교회(PCUSA)에 속한 한국 교회(NCKPC)는 400여 개쯤 된다.

흔히 하는 말로 외국에서도 중국인은 식당을, 일본인은 회사를, 한국인은 교회를 세우는 일에 명수라고 하는데 과연 한국인은 미국에서도 교회를 많이 형성했다.

NCKPC는 매년 1회 총회로 모임을 갖는데 대체로 총회가 미국 내에서 모였으나 이번에는 관광지로 유명한 멕시코 캔쿤에서 모이게 되었다.

우리 내외는 총회 서기로 일하는 아들(문은배 목사)과 함께 2013년 5월에 회집 장소인 캔쿤에 두어 시간 비행하여 갔다.

먼저 우리는 총회 장소인 널찍한 르블랑 호텔에 짐을 풀었다. 호텔 앞에는 나무들과 꽃들로 다듬어진 예쁜 수영장이 있었고, 멀리 펼쳐진 바다의 물결이 수영장과 어우러져 한결 아름답고, 갈매기들은 제 세상인 양 하늘 높이 한가로이 날아다녔다.

캔쿤은 칸타나로 주의 북쪽 유가탄 반도에 카리브 바다와 멕시코 특유의 문화가 공존하는 평온과 아름다움이 살아 있는 홀 박스 (Holbox) 섬이다.

너비 2km에 길이 42km인 이 섬은 36km에 달하는 백사장이 끊임없이 펼쳐져 있었고, 문화적 유산과 자연의 아름다움과 편의시설들도 잘 갖추어 있었다. 다양하고 엄청난 자연 생태계를 품고 있어 고래, 상어, 가오리, 돌고래, 랍스터, 문어, 메가오리, 바다거북 등 해양 동물들을 자주 볼 수 있단다. 관광은 또 헬기를 타고 공중에서 캔쿤 섬을 돌아볼 수 있다.

멕시코 정부가 관광지로 개발하기 위한 최고의 이상적인 장소를 물색하던 중 이곳 캔쿤을 발견하게 되었는데, 지형이 7자 모양의 형상을 갖으며 4면이 바다로 둘러싸여 있고 관광 자체만을 목적하여 이루어진 곳이기에, 매우 아름답게 조성되어 있었다. 이곳은 원래 12가구 남짓했던 작은 어촌의 조용한 마을이었는데, 지금은 이렇게 세계 여행자들의 낙원으로 거듭나서 매년 330만여 명 이상의 여행객들이 찾아온다.

총회에는 회원교회가 다 참석하지는 못하였고 약 3분의 1 교회에서 목사와 장로들이 모여 회의도 하고 서로 친교도 하였다. 호텔 식사는 뷔페 스타일로 차렸고, 해물들이 많았는데 랍스터도 통째로 요리된 속에 살만 썰어서 풍성하게 나왔다.

총회 기간 매우 예민한 문제는 동성애자들 안수 문제였다. 동성애 문제는 과거 미국 장로교 총회에서 꾸준히 논하여 왔지만 대다수가 반대하여 기각되었다. 그러나 지금 현재에는 찬반이 거의 절반이어서 앞으로 귀추가 주목되었다. 물론 미국 장로교회에 속한 한국 교회는 반대 입장이었다.

그런데 그 후 결국 아슬아슬한 차이로 동성애자 안수가 찬성으로 통과되었다. 그 여파로 어떤 한국 교회들은 미국 장로교 총회를 탈퇴하기도 했다.

미국 장로교회는 동성애를 허용했으나, 교회당에서의 동성애자 결혼식의 허락 여부는 당회가 결정한다고 했다. 그것만이라도 다행이다.

2015년 6월 2일 미국 대법원에서 동성애에 동의하는 법안이 정식으로 통과되었다. 대법원 판사들은 대법원장을 포함하여 9명인데 찬 반 각각이 4명이었고 한사람 로버츠는 중립을 취하다가 동성애 찬성 쪽에 가담하게 되어 동성애는 미국에서 합법화로 통과되었다.

미국 장로교회나 미국 대법원이 동성애자들의 인권을 존중한다는 의미에서 그렇게 결정했으나 성경의 입장과는 배치된 것이다.

미국의 헌법을 만들 때에 그들은 하나님께 기도하면서 건국이념의 기초를 세웠다. 그 헌법의 전문부터 하나님이라는 단어가 들어가 있다. 그런데 지금 그 나라가 하나님이 싫어하는 죄를 합법화시켰다.

동성애는 하나님의 창조 질서를 깨뜨리는 행위이다. 성경의 결혼 제도는 남자와 여자의 결합으로 가정을 이루라고 했는데…. 매우 안타깝고 가슴이 아렸다.

이 때문에, 결혼과 관련된 업체들은 난처한 일을 접해야 했다. 꽃가게를 경영하는 교인 지인이 고민스런 얘기를 심각하게 했다.

동성애 결혼을 반대하는 입장인데 하루는 동성애자 두 사람이 결혼한다면서 부케를 주문하려고 꽃가게에 왔다. 거절하고 싶고, 만들어 주고 싶지 않았다. 그러나 만들어 주지 않는다면 국가법을 어기는 것이 되니까 그들이 문제 삼아 고소할 수도 있고, 법에 걸리고 보면 꽃가게 문도 닫을 수도 있다. 이런 현실을 직접 당하니 당황스럽고 난감했다는 것이다. 제과점, 웨딩숍, 미장원 등도 마찬가지로 고민스런 입장이라고 했다.

한국 교회 총회(NCKPC)는 40여 년의 역사를 가지는 중에 여성 리더십을 위한 특별연구 위원회를 구성하고 한인교회 여성 리더십에 대한 연구와 향상 방안이란 보고서를 제출하기도 했다. 또한 NCKPC는 2010~2020년을 '여성과 연대하는 10년'으로 공표하고 10년 동안에 각 교회, 한미노회와 한미노회 조정위원회, 남녀선교회, 그리고 NCKPC가 실천에 옮겨야 할 구체적인 방안을 위해 한글과 영어로 된 부로서를 만들어 배포하고 실천 캠페인에 돌입했다.

미국 장로교회(PCUSA)에서는 여성 총회장도 몇 분 나왔는데 우리나라 장로교 총회도 여성 리더십을 배양하여 하나님 나라를 위해 귀하게 활동하도록 해야 할 것을 생각하기도 했다.

나는 습관에 따라 틈틈이 방문국의 역사와 상황을 살피기도 했다.

멕시코는 북미의 한 나라이다. 인구(2010년)는 8,851만 정도며 공적인 언어는 스페인어이며 수도는 멕시코시티이다. 멕시코는 16세기 초에 스페인에 의해 정복되어 식민지가 되었다. 독립(1821년)이 성취될 때까지 스페인 통치 아래 남았었고, 공화국이 3년 후에 수립되었다.

텍사스는 멕시코에 반역하여 1836년에 떨어져 나가 미국에 속했다. 반세기 동안 정치적인 불안정 가운데 있었다. 잠시 동안은 불란서의 점령 하에 있었고 맥시밀리언(1864~1867년)에 의한 제국주의 통치하에 있었다.

1870년대에 대통령으로 포르 피리오 디아즈를 세움으로 끝이 났는데, 시민전쟁이 1910~1920년까지 다시 발발해서 정치적 개혁으로 이끌었다. 멕시코는 대통령에 의해 수반이 된 연맹공화국이며, 6년 간격으로 선거가 이뤄진다.

지금은 세계에서 세 번째로 수도권 인구가 많은 도시다. 32개의 행정구역으로 구성되어 있는 메트로폴리탄 도시이다. 멕시코 시내는 교통지옥이다. 전 세계 최악의 교통 정체 도시로 중국 수도 베이징과 같다고 했다. 전체 멕시코 인구의 4분의 1이 멕시코시티에 거주하는 밀집형 도시, 거대한 멕시코 시는 세계 최고 수준의 부촌과 세계 최악의 슬럼지구가 공존하는 곳, 세계에서 가장 과밀화된 도시가 멕시코 시이다.

다음날 아침 일찍 수영장을 지나 백사장이 펼쳐진 바닷가로 나갔다. 일출의 밝은 햇살이 바닷속을 뚫고 헤쳐 나왔다. 빨강 얼굴 불쑥 내밀어 은물결 위에 반짝여 보고 있는 황홀감이 계속 시선을 잡아끌었다.

산호 백사장의 흰 모래는 눈을 뿌려 놓은 듯 펼쳐 있었다. 해변의 하얀 모래는 일출을 받아 반짝이었다. 모랫길을 맨발로 걸었다. 마치 소복소복 쌓인 눈길에 푹푹 빠지듯, 발을 간질이는 모래 촉감을 느끼며 발자국을 남겼다. 잔잔한 파도 소리 찰싹거림 따라 마음도 흥겨움에 찰싹이었다.

얼마나 씻겼으면 이렇게 새하얄까
꽃바다 나래 펴서 그리움 춤을 추고
일출 꿈 흰 모래사장 널리 그려 펼치네.

- 졸시 〈멕시코 캔쿤 백사장〉 전문

백사장을 걸으며 이렇게 중얼거렸다.

호텔로 들어가는 길인데 러시아 말이 들렸다. 과거에 러시아 선교사로 있었던 나는 반가워서 말을 걸어 인사를 나누었다. 그녀는 모스크바에서 온 다찌아나이었다. 미국에 유학중인 딸을 방문하고 딸과 함께 이곳 유명한 관광지에 들렀다고 했다. 빵을 사기 위해 마켓에 가서 줄을 서 기다렸던 생각이 스쳐지나갔다. 그동안 러시아 형편이 많이 좋아졌구나 싶었다.

또한 한국에서 선교사로 일했던 우리의 친구 킨슬러 박사 내외를 캔쿤 총회에서 만날 수 있어 반가웠다. 그 부부는 선교적인 차원에서 북한에 드나들며 열악한 그들의 삶을 돕고 그들을 섬기며 지내고 있다고 했다.

미국 장로교 총회(PCUSA)의 선교 실무자들이 몇 분 참석하여 한국 교회(NCKPC)의 성장과 선교 활동에 대해 격려하기도 했다.

폐회가 되어 아들 문 목사가 짐을 들고 나왔다. 피곤해 보였다.

"서기일 보느라 수고 많았네……."

나는 널찍한 아들의 등을 토닥이며, 우리도 떠날 짐을 들었다.

3박 4일의 총회 참석과 캔쿤의 아름다운 경치와 멕시코의 역사와 환경을 호흡하고 뿌듯한 마음으로 아들 목사가 목회하는 차타누가로 향했다.

박덕은 作 [멕시코 캔쿤](2016)

바람 따라 구름 따라 별빛 따라

벤더빌트 대학교(VANDERBILT UNIVERSITY)

　강한 햇볕이 내리쬐는 여름날, 막내아들 목사가 눈 수술 차 한국에 간다면서 미국 차타누가 큰아들 집에 있는 우리에게로 전화를 했다.

　"아버지, 한 주일 설교를 해주시면 해서요. 그리고 엄마께도 특송을 부탁해요."

　아들 음성은 활기찬 소리였다. 그래서 우리는 쾌히 응했다. 며느리는 방학이어서 두 자녀들을 데리고 오랜만에 한국에 나가 있었다.

　주일 전에 미리 큰아들이 운전하여 앨라배마 주 에니스톤에 갔다. 그곳은 조용하고 평화로운 마을이었다. 집은 텅 비어 있었으나 깨끗하게 정돈이 잘 되어 있어서 안정되게 생활을 잘하고 있음을 보여 주었다. 우리도 분위기 새로운 환경에서 삼 일 간 잘 지냈고 주일이 되어 교회에 갔다.

　전에도 방문한 적이 있어서 주일에 교인들과 반갑게 만났고, 설교와 특송도 했는데 호응도 좋았다.

　주일 오후에 큰아들 목사가 우리를 데리러 다시 오기로 했는데 허경숙 선생이 우리를 픽업할 거라고 미리 전화를 주었다.

허 선생은 초행길인데 두 시간 걸려 우리가 머무는 곳에 무사히 잘 도착했다. 그녀는 차에서 내렸다.

"목사님이 주일 오후에 바쁘신 것 같아 제가 자원해서 왔어요."

인상도 밝은 활발한 모습 생기가 넘친 웃음이 매우 아름다웠다. 우리는 초면인데 그 헌신과 따뜻한 배려에 참으로 고마움을 느꼈다. 돌아오는 도중에 차 안에서 이런 저런 살아온 이야기를 나누게 되었다.

허 선생은 한국에서 대학교를 나온 후 잘 나가는 외국계 회사에서 근무하였는데 IMF 위기로 해서 퇴직하고 미국에 왔다고 했다. 그녀는 미국의 좋은 대학에서 경영학을 전공하고 학사 학위를 하나 더 받아 지금은 미국에 있는 한국계 회사인 LG에서 일한다고 했다.

그녀는 미국에 살면서 틈나는 대로 노인 교포들을 위해 차를 태워 관광도 시켜주고 필요 시에는 서류도 작성해 주는 것이 취미이고 보람이라고 했다. 미국 생활에서 자기 생활만 하기도 여유롭지 않은데 참 귀한 일을 한다 싶었다.

평소에 남편은 유명한 대학교들을 방문하는 것이 취미였는데 비교적 가까이에 있는 벤더빌트 대학교(Vanderbilt university) 대학교에 가 보고 싶다고 했다.

그녀는 남편의 말을 진지하게 듣고 있더니 오히려 제의를 했다.

"나도 그 대학교에 가 보고 싶었는데요, 한번 같이 가 보도록 할까요?"

약속된 날짜가 되어 오전 10시경에 허 선생은 깨끗하게 세차된 하얀 벤츠차를 타고 집에 들러 우리 내외를 태우고 벤더빌트 대학교가 있는 테네시 주 수도인 내쉬빌(Nashville)을 향하였다. 가는 도중에 도시가 바뀌는 경계선 사무실에 들러 내쉬빌 지도를 얻었다. 도시에서 다른 도시로 옮겨가는 경계선 사무실에서는 어디서

나 지도를 얻을 수 있다고 해서 기뻤다.

"아! 이것 참 좋은 정보네."

우리는 2시간쯤 걸려 벤더빌트 대학교 캠퍼스에 도착했는데 내쉬빌 시간이 차타누가 시간보다 한 시간 늦어 이곳은 11시였다.

캠퍼스는 식물 정원같이 울창한 숲들이 하늘 향해 높이 솟아 있고 꽃들이 많아 향기 찾은 나비들이 나풀나풀 춤을 추며 우리를 맞이하는 것 같았다.

벤더빌트 대학교는 백오십여 만 명 이상의 인구를 가진 내쉬빌 도시의 한 중앙에 있어서 그 도시의 여러 가지 편리한 혜택을 누리고 있었다. 내쉬빌에는 일곱 개의 대학교들과 두 개의 유명한 스포츠 팀들도 있다. 이 대학교를 세운 거부였던 벤더빌트에 대하여 자세히 알고 싶어 그분에 대한 박물관을 찾아가고 싶었으나 시간이 없었다.

벤더빌트 대학교의 신학대학 방문이 목적이어서, 허 선생은 학교 위치를 알려고 유창한 영어로 신학교 직원과 여러 번 통화했으나 찾지를 못하였다. 미국 생활에 능숙한 허 선생은 근처에 있는 호텔로 들어가 학교 위치를 물으니 호텔 셔틀 버스로 데려다 준다고 했다.

애타는 갈증이 해소되어 먹구름이 벗어난 밝은 햇살이 구슬처럼 굴러왔다. 그래서 우리는 차를 호텔 앞 파킹장에 두고 셔틀 버스를 타고 신학대학을 갔다. 등잔 밑이 어둡다더니 가까이에 두고 그렇게 헤맸다.

운전기사는 건강한 몸집에 허리를 쭉 펴며 말했다.

"벤더빌트 대학교는 아주 좋은 대학교인데 1년 등록금이 오만 육천불로 미국에서도 학비가 가장 비싼 대학교이지요. 이 대학교를 졸업하면 취직도 용이하고 봉급도 높아요."

기사는 우리가 차에서 내리는 것을 보면서 말했다.

"일 다 보고 전화 주면 다시 올게요."

친절한 말을 하고 떠났다.

신학대학에 들어가는 입구에서 60대로 보이는 노신사를 만났는데, 그는 오래 전에 이 신학교에서 PHD 학위를 받았고 지금은 이 신학대학의 도서관 관장으로 일한다고 하면서 우리를 사무실에까지 친절하게 안내해 주었다.

우리가 만나기를 기대했던 학장은 외출 중이었고 한국계 교수인 폴 림(Paul Lim)도 방학 중이어서 만나지 못했다.

사무원 여자 목사의 친절한 안내를 받아 학교를 구경하게 되었다. 아주 인상적인 것은 신학생 수는 200여 명쯤인데 전임교수가 41명이라 했다. 학생 대 교수 비율이 5:1이어서 친밀한 개인적인 지도를 받겠다 싶었다.

이 신학교는 초교파 신학교로 150년 이상 역사를 가졌고, 벽에는 라틴어로 'Schola prophetaum(the School of the Prophets)'라고 새겨져 있었다. 나는 이 '예언자들의 학교'란 말이 인상 깊었는데, 예언자란 미래를 말하는 자이며 또한 대언(代言)자인데, 즉 '하나님의 말씀을 전하는 자'란 뜻이라고 생각되었다.

한 학생을 만나 대화하는 중에 그는 학교의 특징을 말하면서, "벤더빌트 신학교는 내게 새로운 은유들(metaphors)과, 상징들(symbols)과, 그리고 언어(language)를 주었어요. 신학은 실천의 근거이며, 또한 하나님의 사랑스런 공동체를 위한 더 큰 정의를 추구하는 것입니다."

이 학교는 각종 장학금 제도도 있고 종합대학교 안에 있는 법과대학 등 다른 대학들에서도 강의를 듣고 학점도 딸 수 있는 이점들이 있어 여러 면에서 알찬 학교인 것 같았다.

'학생들이 이 학교생활에서 큰 행복감을 누리고 있겠구나.' 생각하면서 우리는 학교를 나와 호텔에 전화를 했다.

잠시 후에 셔틀 버스는 다른 사람들을 태우고 와서 내린 후 우리를 태우고 다시 호텔로 돌아갔다. 우리는 호텔 서비스만 받고 주차장에 파킹해 두었던 차를 타고 여러 가지 구경거리가 있는 유명한 게일로드 오프릴랜드(GAYLORD OPRYLAND) 호텔로 갔다.

이 호텔이 지어진 동기는 부자였던 게일로드 오프릴랜드가 자기 애인을 사랑하여 그녀를 기쁘게 하기 위해 아름다운 정원을 만들고 호텔을 지었다고 한다. 지금은 호텔이 여러 모로 확장되어서 관광지처럼 되었고 많은 손님들로 붐볐다.

정원은 식물원처럼 크게 꾸며 있어서 숲 사이를 이리저리 거닐고 각종 꽃들을 미소와 마주치며 잉어들이 활발하게 꼬리치며 노니는 모습이 나를 끌어 신선한 생기를 수면 위로 뿌려 주었다. 특별히 호텔들에 딸린 것으로 아름다운 호수가 있어서 보트를 타고 유람도 하며 즐길 수 있었다.

호텔 야외에 있는 식당에 자리를 잡고 주변에 있는 갖가지 꽃들과 분수들이 뿜어대는 연못 속에 크고 작은 열대어들이 맑은 물에 꼬리 흔들고 춤추는 모습들을 보면서 식사를 주문했다.

이태리 음식과 수시는 맛이 일품이었다, 우리를 위하여 온 종일 수고한 허 선생에게 이런 약소한 대접으로 감사를 표시했다.

밤에는 쑈도 있고 내쉬빌의 특징 있는 음악 연주회도 있다는데 우리는 시간을 맞추지 못하였고 내쉬빌을 떠나와야 했다.

오는 도중 내쉬빌 한인 교회에 잠간 들려 최근에 부임한 신학교 때 딸 친구인 김 목사를 만나 환담을 나누고 차타누가를 향하였다.

차 안에서 클래식 음악을 들으며 살만한 도시 내쉬빌과 벤더빌트 대학교 및 신학교와 유명한 호텔을 가 보았다는 뿌듯한 체험을 가슴에 담고 집에 오니 저녁 열 시였다.

며느리가 정성 들여 준비한 식사를 나누면서 허 선생의 수고와 봉사에 다시 감사했다.

테네시 강 나루에서

아들이 내 방에 와서 대뜸 말했다.

"어머니 준비하세요."

나는 의아해 물었다.

"아니 갑자기 무슨 준비를?"

아들은 한 발자국 더 가까이 다가와서 웃으며 말했다.

"고 장로님 전화인데, 별장에 가셨는데요. 거기에 계신다면서 바람 쏘이려 우리 가족들 모두 지금 오시래요."

고영학 장로는 5년 전에 차타누가로 이사 왔었다. 시청으로 사용했던 건물을 사서 주택 및 사업장을 위하여 개조하고 수리했다. 예전에도 가정집을 대궐처럼 크고 아름답게 꾸며놓고 손님들을 초대한 적이 있었다.

가서 보니, 여러 음식들을 준비해 놓고, 앞뜰에서 장작불을 피워 숯불에 돼지 한 마리를 통째로 바비큐를 해놓아서, 마치 혼인 잔칫집 분위기였다. 넓은 실내에 예쁘게 장식된 잔칫상이 거실에도 식당에도 놓여 있었다. 그 궁궐 같은 집에서 후한 대접을 받았던 기억이 영화 필름처럼 머리를 스쳐갔다.

바람 따라 구름 따라 별빛 따라

그 후 별장에도 한 번 초대를 받았으나 바쁜 일이 있어 응하지 못했었는데, 오늘 다시 오라고 하니 기대되는 기쁜 마음이었다.

아들은 내비게이션에 주소를 찍고 한 시간을 드라이브해서 오후 4시경 그곳에 도착했다. 별장 입구에 세 그루의 크렌마트 (krenmart) 꽃나무가 유난히 핑크빛을 자랑하듯 만개해서 우리를 반갑게 맞아 주었다.

아래쪽 강을 내려다보는 위치에 아름다운 별장이 서 있었다. 아래층은 차고로 사용하고 위층은 아늑한 숙식 공간을 갖고 있었다.

우리가 도착한 것을 미리 알고 고미경 집사는 2층 계단에서 하얀 원피스를 입고 아래층 우리가 있는 곳을 향하여 사뿐사뿐 내려왔다. 만면에 웃음을 띤 보조개가 햇빛에 반사되어 불그레한 모습이 선녀 같았다.

우리는 고 집사의 안내를 받아 2층으로 올라갔다. 두 손으로 난간을 잡고 눈앞에 그려진 진초록 숲과 잔잔한 강의 광경을 보게 되었다. 툭 트인 강과 숲들 해맑은 전경이 한 폭의 수려한 수채화였다.

그 광경을 바라보고 있던 남편은 얼굴에 환한 미소를 지으며, "아! 참 이 풍경은 별세계로구나!"

마치 남원 광한루에서 이 도령이 멀리서 그네를 타고 있는 춘향을 목격하고 이렇게 마음이 설레었을까!

육지에서부터 오작교 다리처럼 길게 물위로 다리가 놓여 있었고, 다리 마지막 부분 좌우에는 물위를 타고 즐길 수 있는 각종 개인 소유의 배들이 즐비하게 놓여 있는 그곳에, 고 장로님은 무엇인가 분주히 일을 하면서 우리에게 내려오라고 손짓을 하여, 우리는 강나루로 내려갔다.

강 위의 하늘엔 뭉게구름이 두둥실 하늘을 달리고, 푸른 숲들은 병풍을 두른 듯 펼쳐 있고, 맑은 강물 위엔 크고 작은 배들이 즐비하게 한들한들 춤을 추고 있었다.

서핑하는 사람들은 신나게 강줄기를 타고 물 파도를 일으키며 날아가고 있었다.

장로님은 우리와 인사를 나누고 내 아들과 며느리에게 오토바이처럼 생긴 제트스키(Jetski:배의 일종)를 타라고 권유하면서, 아들은 운전을 하고 며느리는 바로 뒤에 앉아 아들 허리 부분을 꼭 붙잡게 했다.

운전 작동법을 아들에게 자세히 가르쳐 준 후 강으로 나가라고 밀었다. 제트스키 타는 것을 처음 보는 나는 '무사할까?' 내심 염려가 되었다.

아들 내외는 제트스키에 시동을 걸고 '토, 토통' 소리와 함께 연기를 날리고 물거품을 일으키며 물길을 가르고 신나게 달렸다. 수평선 멀리 비행기 사라지듯 보이지 않았다.

한편 우리는 의자에 앉아서 황홀한 광경을 이곳저곳 바라보며 아들 내외가 무사히 다녀오길 기다리고 있었다. 남편은 모처럼 나들이 나와 손녀를 조심스레 껴안고 얼굴 마주보고 있는 모습이 행복해 보였다.

아들 내외가 제트스키를 타고 돌아올 때가 되었는데도 나타나지 않아 혹시 길을 잃고 헤매고 있는가 하여 염려가 되었다. 한참 후에 웃음 가득한 표정으로 조심스럽게 우리가 있는 강나루에 통통 소리와 함께 도착했다.

다음엔 또 아들 내외에게 각각 한 사람씩 탈 수 있는 타원형의 두꺼운 나무판자 같은 페러보트(parabot)를 타라고 했다.

아들은 먼저 노를 들고 배 위에서 중심을 잡고 몸의 균형을 잘 맞춰 노를 저으며 떠났는데 며느리는 기우뚱거리다 순간 물세례를 받을 뻔했다 다시 일어나서 균형을 바로잡고 노를 짚으며 출발했다. 아들 내외가 이쪽저쪽에서 살살 노를 저으며 즐기는 모습이 잘 어울리고 아름다웠다. 혹 넘어진다 해도 수심이 깊지 않는 곳이어서 마음 놓고 탈 수 있었다.

우리는 나이 탓인지 타라고도 안 했지만 조금도 모험을 감행하고 싶지도 않았다. 다만 그 광경을 보면서 즐기기만 했다.

푸른 하늘을 나는 새들과 찬란한 태양 신록과 물결이 아들 내외와 함께 어울려 그 기쁨의 조화가 물결 위에 깔린 듯했다.

저 건너 별장 집 쪽에서 고 집사는 방글 방글 웃음을 머금고 양손에 무언가 듬뿍 들고 걸어오고 있었다. 정성을 다해 준비한 저녁 식사를 힘겹게 들고 온 모양이었다.

나는 급히 뛰어가서 받아 들었다.

'여기, 이곳 강가 나루에서 저녁을 하려나.'

생각하면서 오는데 손에 들고 있는 쟁반 속 따뜻한 쪽에서 맛있는 음식 냄새가 솔솔 코를 자극했다. 그런데 고 집사는 물위에 떠있는 제일 큰 배 판툰(pantoon)을 가리키며 그곳으로 오르라고 하면서 가지고 온 음식들을 배에 실었다.

이 배는 15명 정도의 사람들이 며칠씩 여행할 수 있도록 튼튼하게 만들어졌고 내부 시설은 방, 주방, 화장실도 편리하게 생활할수 있도록 잘 갖추어져 있었다.

우리는 확 트여 있는 배 앞쪽에서 식탁을 앞에 두고 가장자리에 빙 둘러앉고 장로님이 배 중간 부분에서 운전을 하였다.

이 큰 강의 물줄기는 테네시 중심가에 있는 세계 최장(最長)의 보행자 전용 다리인 월넛 스트리트 브리지(walnut Street brige)밑을 지나 길게 흘러간다.

우리는 맑은 강의 흰 물살을 가르며 좌우에 신록을 만끽하고 가는데, 고 집사는 자기 남편 이야기를 잠깐 했다.

"우리 장로님이 어렸을 때 파주에서 살았어요. 강가에서 배 타고 노 저으며 즐겨 보는 것이 평생 꿈이었는데요. 이렇게 미국에 와서 현실로 이루어져서 감개무량해 해요."

그 꿈이 이루어져 있는 지금 우리가 그 혜택을 만끽하면서 즐기고 있으니 마치 소나무 숲에서 불어온 솔향 한 움큼이 우리 가슴 속까지 시원하게 스며드는 것 같았다.

우리가 탄 판툰은 물결을 헤치며 유유히 신나게 달리는데 양쪽 숲속의 띄엄띄엄 있는 별장들과 울창한 숲들이 시야에 가득 들어왔다.

'이렇게 질서 있고 아름다운 자연의 세계, 창조자의 깊고 오묘한 솜씨를 가슴에 안을 수 있다니!' 하며 자연의 조화로움을 바라보고 내면에 평화가 가득 넘쳐남을 느꼈다.

수평선 저 멀리에서 저녁노을에 반사된 작은 물체들이 하늘의 별들처럼 물위에서 반짝였다.

'어! 저게 뭐지?' 궁금하여 손가락으로 가리키며,

"저기 반짝반짝 빛나는 것들이 물고기 떼인가요?"

물고기들이 물위에서 노니는 것 같아 물었다.

"아니요, 오리 떼가 이 시간이 되면 거기서 늘 모여서 놀아요."

가까이 가서 보니, 그게 바로 검푸른 청둥오리들이었다. 평화롭게 날갯깃을 쪼며 이리저리 둥둥 떠서 한가롭게 놀고 있는 모습들이 참 예쁘고 볼 만했다.

그 오리들 옆에서 배는 속력을 줄이고 멈추었다. 정성 들여 준비해 온 저녁 식사를 선상에서 먹게 되었다. 황홀한 풍경에 도취되어 배고픈 줄도 몰랐는데 막상 음식을 보니 시장기가 들었다.

밥이 담겨 있는 접시를 받고 반찬을 올리면서, '오, 오! 이 구운 닭고기 요리 냄새가 그렇게 구수하게 코를 자극했구나!' 속으로 생각했다.

내 차례가 되어 절반 남은 닭요리에 눈을 크게 굴려 하나 집어 접시 위에 얹고 그 옆으로 아스파라가스, 가지구이, 깍두기, 고추

튀김, 무말랭이무침, 빵과 과일을 담고 보니 내 접시가 꽃동산이
되었다.

이렇게 처음 겪어본 선상 위의 식사는 천하 별미였다. 나도 이
렇게 사람들에게 베풀고 즐겁게 해줄 수 있다면 얼마나 보람된 일
일까! 평생 처음 가져본 꿈같은 장면들은 현실의 낙원이었다.

즐거운 저녁 식사를 마치고 되돌아서 별장으로 향하였다.

나누고, 좋은 일 찾아 섬기며 사는 장로님 내외분의 그 고귀한
사랑의 마음에 감동을 받고 고마움을 간직하며, 아쉬움을 안고 떠
나오는데 석양빛은 더욱더 아름다이 길을 환하게 비추어 주었다.

하늘 밑 꽃구름 아래
강물 따라 해맑게
미소 지은 꽃잎들

숲 자락
펼쳐 입고
바람소리 새소리
한아름 끌어안네

물위에 둥둥 노니는 오리처럼
노 저어 한들한들 춤추는 한 쌍
수놓으며

화사한 그리움
우련한 빛 뿌려
사랑의 꽃다발 만들어 주네.

　　　　　　　　　　　　　　　- 졸시 〈테네시 강 나루에서〉 전문

안식년 생활-OMSC에서

싱가포르에서 선교사로 6년 지낸 후, 해외사역 연구원 OMSC (Overseas Ministry Study Center)에서 안식년을 갖게 되었다.

OMSC는 미국 커네티커트 주 뉴 헤이븐(New Haven)에 있는 예일 (Yale) 대학교와 인접한 곳으로 95년 전에 세워진 기관이다. 이 기관은 미국 선교사들이 해외에 나갔다가 안식년으로 고국에 들어오면 거처할 곳이 마땅치 않을 때 지낼 수 있도록 세워진 곳이다. 교육 프로그램도 잘 짜여 있어 지내기에 매우 유익한 곳이었다.

우리는 그곳에서 지낼 수 있도록 허락이 되어, 먼저 유학 중인 딸 내외가 있는 애틀랜타에 갔다. 꼬마 외손자도 보아주고, 손자는 우리에게 귀엽게 재롱 부려 기쁨의 불을 자주 켜 주기도 했고, 그곳에서 미국 생활도 익히면서 얼마간 지냈다.

OMSC에 들어가는 날짜가 되어 열다섯 시간이나 걸린 장거리를 사위가 운전하여 딸, 손자, 우리 내외 다섯 사람이 컴퓨터에서 얻은 길 안내장을 가지고 출발했다.

가는 도중에 남편은 노스캐롤라이나에 있는 듀크(Duke) 대학교 신학대학에 들러 스탠리 하우어워즈(Stanley Hauerwas) 교수를 만나 보자고 했다. 그는 미국에서 최고의 신학자로 뽑힌 바가 있다고 해서 기대가 컸다.

하우어워즈는 자기 연구실에서 책들을 정리하고 있었는데 방학 중이라 더워서인지 런닝셔츠를 입고 있었다.

남편 문 박사는 교수님과 신학적인 대화를 나누었는데, 나는 교수님의 고요한 눈길에서 마음씨 좋은 시골 영감 같은 소박하고 따스한 향기가 풍김을 느꼈다.

우리는 OMSC를 향해 길을 계속 가다가 미국의 수도 워싱턴 D.C.에 도착했다. 백악관과, 정부 각 부처 건물들과, 허드슨 강변 주변에 높이 솟아 있는 국회 건물과, 미국의 방향을 올바로 이끌었던 아브라함 링컨 추모비와, 흑백 차별의 철폐를 주장했던 마틴 루터 킹 추모비를 보았다.

존경받은 링컨과 킹이 저격을 당해 생명을 잃은 것을 생각하니 안타까운 마음이 들었다. 특별히 한국 전쟁 참전용사들의 묘비들을 보았을 때는 마음이 뭉클했다. 워싱턴은 가장 큰 도시는 아니었지만 미국의 수도여서 그런지 이곳이 미국의 중심, 아니 세계의 중심 같은 무게감을 느꼈다.

워싱턴에서 일박하고 다음날 새벽 2시에 OMSC에 도착했다. 방을 배정 받았다. 식사는 각자가 해결 할 수 있도록 비품들이 잘 갖춰 있었다. 두 학기 동안 아침 9시부터 오후 2시까지 선교학 강의를 들어야 했다.

아프리카 아시아 남미 등 여러 나라들에서 사역자들이 왔는데, 한국 선교사들은 일본에서 한 가정, 필리핀에서 한 가정, 미국 신학교 교수인 박준식 박사가 안식년으로 연구차 와서 함께 지냈다.

모두 40여 명의 사역자들과 함께 생활하며 사귐을 갖게 되었고, 차가 없는 사람들을 위해 일 주일에 한 번 봉고차가 운행되어, 은행에도 가고, 싸게 살 수 있는 새 물건들이 많이 있는 'Walmart'에서 식료품도 사고, 중고품을 아주 싸게 살 수 있는 'Good Will'에서 필요한 물품도 살 수 있어서 생활하는 데는 불편함이 없었다.

우리는 시간표에 따라 선교학으로 유능한 신학자들의 강의를 들었는데, 여러 강사들의 귀한 강의들 중에 특별히 다음 시대의 〈기독교국:지구적 기독교의 도래〉(The Next Christendom:The Coming of global christianity)의 저자인 필립 잰킨스(Philip Jenkins) 교수의 강의가 새롭게 다가왔다.

'지난 반세기 동안 기독교 세계의 무게 중심은 결정적으로 지구의 남쪽인 아프리카, 라틴아메리카, 아시아 세 대륙들로 옮겨 갔으며 그런 흐름은 지금도 빠르게 진행되고 있다'고 했다.

과거에는 유럽과 미국이 기독교 인구의 대다수를 차지하고 있었으나, 지금은 지구의 남쪽에 있는 대륙의 나라들이 기독교 인구를 많이 점유하고 있다는 것이다.

전에는 아프리카 기독교 인구가 9%였는데 지금은 50% 가까이 성장되었으며, 이런 경향은 아프리카 라틴아메리카에서도 동일하며 정도의 차이는 있지만 아시아에서도 마찬가지다.

한국 교회도 많이 성장해서 인구의 30%가 기독교인이다. 한국 교회는 세계에 선교사를 이만오천여 명을 파송하여 세계 제2위이지만, 인구 비례하면 세계 제1위이다.

OMSC에서 생활하는 참석자들은 모두 순번에 따라 예배를 인도해야 했다. 나는 영어가 짧아서 걱정되었으나 남편의 도움을 받아 원고를 간단히 작성했고 대신 찬양으로 보충했다.

찬양 3곡을 택했는데 한국 노래 김두완 작곡 〈여호와는 나의 목자:시편 23편〉을 한국어로, 미국 노래 Henry Purcell 작곡 〈나팔 불며 찬양하라: Blow Ye The Trumpet〉을 영어로, 고전음악 W. A. Mozart 작곡 〈주님 홀로 거룩하시다:Quoniam, tu solus sanctus〉를 라틴어로 이렇게 세 곡을 불러, 그 어려운 시간을 잘

바람 따라 구름 따라 별빛 따라

넘겨 책임 감당을 했다.

모두들 영어로 설교를 하였는데, 나는 찬양으로 보충했다. 그것이 계기가 되어 여기저기서 특송 부탁이 왔다.

한 번은 미국 어느 노회 여전도회 연합회에서 부탁을 하여 특송을 했는데, 음악은 만국의 공통어라 하면서 새가 지저귀는 아름다운 소리가 감동적이라면서 모두 기뻐했다.

전혜성 박사는 이화여대 재학 중 미국에 유학해서 공부 마치고 귀국하려 했으나, 6.25 전쟁이 터져 미국에 눌러앉게 되었다.

전 박사는 미국 정부 교육부가 가정교육의 표본으로 추천한 인물인데, 한국 문화를 열심히 알리는 일을 즐겨했다. 우리와 같은 지역에 살고 있어서 종종 만나 함께 식사도 하고 좋은 대화도 나누었다.

전 박사는 과연 자녀 교육으로 유명했다. 아들은 예일대 법대 학장으로, 딸은 교수로 재직 중이며, 다른 자녀들도 박사학위를 받아 교수가 되어 있었다.

후에 오바마 정부에서 두 아들이 차관으로 임명된 것은 자랑스러운 일이었다. 전 박사의 남편 고광림 박사는 1950년대에 한미 수교 이후 우리 정부의 초대 영사였으며, 미국에서 교수로 지내다가 별세했다.

전 박사는 미국 감리교회 장로였는데 담임목사와 의논하여 신년 첫 주일 예배에 우리를 초청했다. 남편은 설교를, 나에게는 한복을 입고 와서 특송도 하고 한국 설날에 세배하는 모습도 보여 달라는 것이었다.

우리는 초청에 응하여 남편은 영어로 설교를 했고, 나는 특송을 했다. 미국 어린이들에게 한국의 설 예법을 보여 주려고 강대상 왼쪽에 자리를 깔고 방석 위에는 담임 목사님이 앉아 있도록 했다.

나는 목사님께 세배했고 아이들도 그대로 따라 세배했을 때 세

뱃돈도 주니 아이들은 무척 기뻐하고 신기해 했다. 그런 모습을 본 교인들도 재미있어 하면서 박수를 쳤다.

이렇게 한국 신년 설맞이를 교인들에게 보여 주면서, 전 박사는 유창한 영어로 한국의 설날을 설명하며 한국 문화를 알렸다.

서늘한 가을바람이 옷깃을 스치고 단풍잎이 머리 위로 살랑 살랑 떨어지는 날, OMSC의 프로그램에 따라 펜실베이니아 주 랭키스터의 아미쉬(Amish) 마을에 갔다. 아미쉬 마을은 현대문명의 이기를 거부하고 21세기에서도 18세기 생활 그대로 살고 있었다.

우리네 일반적인 삶의 모습과는 매우 다른 모양새로 살아가는 이들을 처음 보았을 때 문명의 첨단을 걷는 미국에서 이런 생활을 하다니 믿기 어려운 현실이었다.

그 중에서도 단연 내 눈을 잡아끈 것은 이들이 일상생활에서 자동차 대신 활용하는 '버기(buggy)'라는 마차를 타고 다녔고, TV는 물론 신문도 라디오도 없었다. 집에서 만든 검소한 옷들만 입고 손으로 만든 퀼트(quilt) 제품들을 조그마한 가게에서 팔고 있는 것도 눈에 띄었다.

현대 문명을 거부하고 사는 그들이 무슨 재미로 사나 답답하게 보였으나 그들은 또 그들 나름대로 자연과 더불어 흐르는 물소리에 마음을 씻고 맑은 공기 호흡하며 새들 노랫소리에 귀기울여 욕심의 무게를 덜어내는 신선한 삶이라고 하겠지 싶었다. 세상 물결에 휩쓸리지 않고 순박하고 곱게 살아가는 그들이 참 순결하게 보였다.

미국 사회의 다양성에 대해 재미있었고 놀라웠다.

OMSC 생활 중 한 달에 한 번씩 가졌던 파 틀락(pot luck)도 잊을 수 없다. 집에 있는 음식을 한 가지씩 가져와서 함께 나누는 것인데, 같이 생활하고 있는 분들이 각자가 나름대로 음식을 하나씩 해 와서, 서로 즐겼다.

여러 나라 음식을 맛볼 수 있었는데, 나는 한국 음식으로 때에 따라 김밥, 김치, 잡채, 전, 불고기 등을 가지고 가서 나눴다. 불고기와 잡채는 인기였다.

2부 장기 자랑도 있어서 여러 나라들의 문화도 접할 수 있는 기회가 되었다.

아프리카에서 온 그분들의 의상은 매우 화려하고 그들 역시 엉덩이 흔들며 춤도 잘 추었고 신나게 놀기도 잘했다. 나는 파틀락 때마다 부탁을 받아 노래도 불렀고, 한국어로 '내게 강 같은 평화'란 노래를 따라하게 했고 함께 유희도 했는데 그들은 곧 잘 따라했다.

한 번은 용기를 내어 한국 민요를 부르기 위해 의상을 갖추고 머리띠에 예쁜 리본꽃을 달고 조그만 꽃바구니를 왼손으로 껴안고 도라지 타령을 부르면서 춤 솜씨까지 곁들였다. 내가 거울을 봐도 가관이었다. 늙으면 아이가 되어간다고 했던가.

마치고 나오니 필리핀에서 온 한국 선교사가 말했다.

"선교사님, 참 잘 했어요, 어쩌면 그렇게 끼가 있어요."

우리는 두 손을 꼭 붙잡아 함께 웃었다. 옆에 있던 사람들도 모두 깔깔대고 엄지손가락을 치켜 올려 흔들며 웃고 즐거워했다.

우리는 그리스도를 정점으로 하여서 국적을 초월하여 서로 서로 연결되며 일치를 이루고 있음을 실감했다.

산책로에서

저녁노을 붉게 물든 한가로운 마을길 동네 한 바퀴 돌기 위해 집 앞 링골드(Ringgold) 지역의 락크릭(Rock creek) 도로변으로 나갔다. 줄을 지어 하늘을 날아가는 새들은 은빛으로 번쩍이고 석양빛은 무지갯빛으로 담이 없는 미국의 집들을 비춰 주어서 오늘따라 모든 집들은 더욱 아름답게 보였다.

이 길을 걸을 때는 개를 몰고 산책 나온 사람들도 만나고, 높은 하늘의 구름도 쳐다보면서 기도를 하다, 시를 암송하다, 노래를 부르다, 혼자 나름대로 중얼거리면서 자유롭게 30~40분씩 인도를 걸었다.

맞은편에서 두 여인이 걸어온다. 인도의 넓이는 두 사람 정도 나란히 걸을 수 있는 좁은 길이다.

'어떻게 하지, 저 사람들이 앞에 다다르면 내가 먼저 길을 비켜 주어야지.' 하면서 걷는데 저쪽에서 키 큰 여인이 검정 반바지를 입고 긴 노랑머리를 날리며 먼저 살짝 미소를 짓고 인도를 벗어나 잔디밭으로 발걸음을 옮겨서 걸어온다.

'어머! 저 사람이 먼저.'

바람 따라 구름 따라 별빛 따라

왠지 마음이 뜨거웠다. 그녀는 나를 쳐다보고 활짝 웃으며 인사를 했다.

"Good evening."

나도 미안한 마음으로 말했다.

"I`m sorry. good evening. thank you."

이렇게 서로 인사를 나누고 지났으나 나는 미안하기도 하고 고맙기도 했다. 미국인의 따스한 양보심과 교양 있는 매너를 마음속에 담았고, 한편 아스팔트의 매끈한 회색길이 내 발밑에 깔려 편안하게 걷고 있는 내 자신이 부끄럽기도 했다.

화초가 잘 가꿔진 정원 길에서 소박한 삶의 향기가 풍기는 따스한 정을 채색한 화폭임을 느꼈다.

미국 집들은 담 대신 건물을 중심으로 주위에 화단들을 예쁘게 꾸미며 화초와 나무들로 두르고 길가 쪽은 넓은 푸른 잔디로 장식하고 그 옆으로 인도가 있고 차도가 있다.

집 입구 왼쪽에는 차도 바로 옆에 집집마다 집 번호와 빨강색 깃발 같은 조그마한 화살표가 붙어있는 mail box(편지함)가 검정 색깔의 보통사람 키의 가슴 높이로 세워져 있다.

날마다 우체국 차가 다니는데 우편배달도 해주고 다른 곳에 보내는 편지도 수거해 간다. 편지함 옆에 붙어 있는 자그마한 빨강색 표를 세워놓으면 보낼 편지가 있다는 표시임을 알고 가져갔다. 차 안에서 나오지 않고 손만 내밀어 넣기도 하고 집어가기도 했다.

인도를 걸으면서 보니 어떤 집은 깔끔하게 잔디가 잘 정돈된 집도 있고 어떤 집은 잡초가 섞여 자란 집도 있다. 잔디를 보아 그 가정의 분위기를 대략 짐작해 보게 했다. 잔디가 정돈되어 있는 집을 지나면 기분도 상쾌하고 그 집 실내 역시 깨끗하게 정리되어 생기 넘친 분위기겠다 싶었다.

시야에 들어오는 광경들을 보며 걸어가는데 내가 가고자 하는 목적지인 호수가 눈앞에 보였다. 어딘지 마음이 맑아진 환한 기분이었다.

호숫가 앞에 이르면 수시로 청머리오리 떼가 호수에서 날게 펴날기도 하고 물위에 둥둥 떠 놀기도 하다가 엄마 오리인지 아빠 오리인지 달리면 줄을 지어 헤엄쳐 경주도 했다. 이른 아침이면 잔디 위에서 먹이를 찾는지 땅을 쪼며 거닐고 저희들끼리 모여 산책을 했다. 그러면 살며시 옆으로 가서 셀 폰에 한 컷 사진을 담으려 하면 어느새 알고 도망갔다.

이른봄 이곳 호숫가에 연둣빛 수양버들 새로이 움터 휘늘어진 사이로 청머리오리 떼가 몰려왔다.

물위에서 백조와 노니는 모습이 멀리 보이는 집들과 한 폭의 그림으로 어우러져 그 아름다움에 도취되어서 '호숫가 수양버들'이란 제목으로 시도 썼다.

버들가지 가지런히
연초록 머리 풀고
우뚝 서 마을 바라보며
바람 타고 그림 그리네

겸손한 몸 수줍어
고개 한 번 들지 않고
가지 가지
한 잎 한 잎 수놓네

찬란한 빛 몸에 받아
청오리 백조 어우러져 노닐 때
청아한 노랫소리

머리 숙여 감상하네.

- 졸시 〈호숫가 수양버들〉 전문

호숫가 뒤편은 숲으로 쌓여 있어 새들이 깃들고 옆에는 조그만 놀이터가 있으나 사람들은 별로 오지 않는 한적한 외딴 곳이었다. 호수 저 건너편은 집들로 둘러싸여 있고 호수를 바라볼 수 있는 벤치 2개, 크고 작은 그네 3개, 말 2마리, 철봉 1개, 미끄럼틀, 이런 간단한 시설들도 놓여 있었다. 벤치에 앉아서 바라만 봐도 낭만이 넘쳐난 곳이다.

나는 종종 아이들처럼 그네도 타 보고, 말 위에 앉아 앞뒤로 흔들거려 운동도 하고, 호수에 노니는 백조와 청머리오리 떼를 바라보면서 노래도 불렀다.

집에서는 이웃집에 소음이 될까 조심스러워 소리를 내기 어려운데 여기서는 아무리 큰 소리로 노래를 불러도 방해될 곳이 없어 자유로웠다.

3.1절과 8.15 광복절은 한인들이 모여 행사를 하는데 우리나라 애국가와 미국 국가를 해달라는 부탁을 받을 때와, 연주를 앞두고 연습을 해야 할 때는 이곳에 와서 연습을 했다.

미국에 오면 으레 조용한 이곳을 찾아 걷다가 쉬어 가는 코스여서 나 홀로 많이 즐기었던 추억이 살랑대는 곳이다.

금년에도 미국에 온 며칠 후 친구를 찾듯 호숫가를 찾았다. 청머리오리 떼가 배나 불어났다. 여전히 잔디 위에서 무언가 쪼고 먹이를 찾는 그대로인데 하얀 백조 한 마리는 어디로 갔을까 며칠을 보아도 나타나지 않았다. 어디로 이사를 갔을까, 아니면 먼 나라로 갔을까? 참 궁금했다.

현미쌀에 쪼그만 개미 같은 검은 벌레가 보인다고 며느리가 새들 먹이로 준다면서 차고에 내놓았다.

'조금 가려내면 다 먹을 수 있겠는데……'

나는 청머리오리들에게 가지고 가서 잔디가 없는 잘 보이는 곳에 한 줌씩 놓아 주었다. 야속하게 청머리오리들은 먹지 않고 슬금슬금 피해 도망을 갔다.

내가 자리를 비켜주어야 다시 와서 먹을 것 같아 발길을 돌려서 오다가 멀리서 바라보니 오리들은 그쪽으로 엉덩이들을 흔들거리고 뒤뚱 뒤뚱 걸어가고 있었다.

다음날 그곳에 가 보니 쌀은 보이지 않았다. 몇 차례 가져다주었다. 집 문 밖에도 자주 오는 새들이 있어 뿌려 놓았다.

날마다 새들은 새로운 친구들을 데려온다. 푸드득 날아오는 새들의 날개 소리에 귀가 열려 창밖을 내다보면 새들의 콕콕 쪼아먹는 입, 또 한 발짝 뛰고 눈들을 돌려 먹이 찾는 모습을 보노라면 나도 모르게 즐거운 미소와 행복의 뿌듯함이 마음속에 가득함을 체험케 했다.

돌아오는 길에 김 집사님 집 앞을 지나는데 하얀 자동차가 반은 차도에 반은 인도에 걸쳐 있는 모습이 보였다. 멀리서 차 안을 봐도 안은 어두워서 누구인지 확인이 되지 않았다. 운전석 문이 방긋이 내려지더니 집사님이 고개를 내밀고 인사를 할 때에야 알아차렸다. 급하게 차에서 내린 집사님은 말했다.

"사모님, 잠깐만요."

차문을 열고 밖으로 나온 집사님은 황급히 자기 집안으로 뛰어가 손에 무언가 들고 나왔다. 분홍색 봉투를 들고 말했다.

"이것은 카드구요."

조그맣게 포장된 물건을 보이며 내 손에 쥐어 주었다.

"이것은 시를 쓸 때 사용하세요."

순간 생각 밖의 일이어서 받아야 할지, 거절해야 할지, 당황하여 망설여졌다.

감동스런 표정으로 집사님을 쳐다만 보았다.

"진즉 준비를 해 두었는데 미처 드리지 못했어요."

둥근 얼굴에 환하게 웃는 집사님의 큰 눈과 보조개가 햇살에 반사되어 더욱 돋보였다.

출근길의 집사님은 바쁘다며 차 안으로 뛰어들어가 운전석에 앉아 굿바이 손을 흔들며 급히 떠났다. 김 집사는 쾌활한 성격에 피아노도 잘해서 때에 따라 반주도 하고 성가대에서 엘토로 두각을 나타낸 집사였다.

몇 년 전 이곳 교회에서 여전도회 주최로 성악 발성법을 그룹으로 레슨을 할 때 열심히 배운 멤버 중 한 사람이었다.

음정도 정확하고 체격도 튼실해서 호흡도 들숨 날숨 잘 되어, 받쳐 준 힘도 좋으며 연구개를 높여 공명도 잘 되어서 고음 처리도 산뜻하게 잘했다.

이번에 미국에 올 때 내 시집을 가지고 와서 주었는데 고마웠던 모양이다. 작은 것 하나에도 감사할 줄 아는 집사님의 따뜻한 심성이 참 아름답게 느껴졌다.

떠나는 차를 멀리 사라질 때까지 바라보고 있었다. 그 관심과 사랑이 온통 몸속으로 스며들었다.

집에 와서 가족들과 함께 카드를 열어 보았다.

'사모님! 책(시집) 잘 읽었습니다. 정말로 참으로 존경스럽고 훌륭하십니다. - 김연아.'

예쁘게 포장된 선물 박스엔 번쩍 빛나는 고급 볼펜이 들어 있었다. 이 선물로 시를 쓰라고 주었으니 더 열심히 작품 쓰는데 노력해야겠다고 다짐하며, 그 정성의 고마움이 마음속에 안겨 감동의 물결로 흔들거렸다.

멀리에 있지만 가까운 다리 놓으며 기쁨의 그날을 더듬어 본다.

친절한 이웃

　미국인 칠십대 부부는 자연을 사랑하고 마음에 여유는 물론 친절하며 깔끔한 분들이었다. 집 밖의 잔디도 잡초 하나 없이 초록색 융단을 펼쳐 놓은 것처럼 가꾸어 놓았다. 아름다운 나무와 꽃들이 요소요소에 잘 심어 있어 그 집 앞을 지날 때면 주인의 고운 모습이 보이고 내 마음도 상쾌했다. 주위의 모든 집들을 둘러보아도 이 집만큼 아름답게 꾸며진 집은 없다.

　우리집의 잔디가 조금 자라 있으면 잘 다듬어진 옆집이 조심스러워 우리집 잔디도 서둘러 빨리 깎았다.

　오늘도 키가 크고 핸섬한 옆집 아저씨는 베이지색 반바지에 웃옷을 벗고 잔디 깎는 기계 론모어(lawn mower) 위에 앉았다.

　햇볕에 그을린 구릿빛 등을 몸 자랑하듯 내놓고 땀을 뻘뻘 흘리며 머리를 깎듯 잔디를 또 다듬는다. 깎을 것도 없는데 거의 날마다 잔디 위를 윙윙 달린다. 뿌리가 잘 다져지기 위함인지 건강을 위하여 선텐을 하려고 하는 것인지 도무지 속내를 알 수 없다. 그 집 뜰 잔디밭과 우리집 뜰 잔디밭은 담이 없는 대신 말뚝을 이쪽저쪽으로 꽂아 경계선이 되어 있다. 자기 집 잔디를 깎을 때면 가끔 우리 집 잔디밭 한쪽도 깎아주는 심성이 따스한 분이다.

요즈음은 뒷문 쪽에 무엇을 또 만들고 있다. 트럭에 흙과 벽돌과 잔돌이 섞인 모래들을 싣고 와서 잔디를 파내고 그 자리에 시멘트를 깔고 그 옆에 벽돌로 둥그렇게 쌓아 흙을 붓고 예쁜 꽃나무들을 심었다. 집을 연결한 나무 계단을 모두 헐고 방향을 바꾸어 새롭게 만들고 있다.

모가 난 멋진 통나무로 길게 손잡이들을 연결하고 하얀색 페인트도 칠했다. 이 뜨거운 한여름에 매미소리 '씨오! 씨오!' 합주 소리 들으며 새들도 나비들도 일하는 모습 구경이나 하는 듯 가느다란 나뭇가지에 앉아서 쳐다보다가 푸드득 날아갔다.

삼 개월이 넘게 꾸미고 다듬더니 해수욕장에 펼쳐 있는 넓은 파라솔 같은 것을 쫙 펴서 우뚝 꽂았다. 그 옆에는 바비큐 하는 기계도 갖다 놓았다. 이때에야 비로소 나는 알아차렸다.

"아, 손님맞이 할 때 사용할 바비큐 파티 장소를 이렇게 정성 들여 꾸미고 있었구나!"

단장된 바비큐장이 한층 더 그 집과 어울렸다. 바로 그 옆에 싱그러운 편백나무가 높이 서 있는 그곳에 시선이 멈추자 2년 전의 일이 아스라이 떠올랐다.

밤새 소리 없이 내린 눈이 온 천지를 새하얗게 만들어 놓았다. 초록색 편백나무들에도 하얀 솜털로 살포시 이불 깔 듯 한층 더 새하얗게 덮여 있었다. 미국에서 처음 보는 설경이어서인지 겨울눈이 그렇게 좋을 수가 없었다. 온통 딴 세상이다.

그런데 두꺼운 옷을 입고 머리에 분홍 보자기를 두르고 발엔 갈색 장화를 신고 긴 장대 끝에 갈퀴 같은 빗자루를 든 여인이 그쪽 문을 열고 나오는데, 개 세 마리도 그 여인의 뒤를 쪼르르 따라 나와서 흰 눈 위에 움푹 움푹 발자국들을 남기며 뛰어다녔다. 마치 동화 속의 그림같이 느껴졌다.

얼굴을 가려서 도대체 누구인지 알 수 없었는데 자세히 보니 여주인 넨시였다. 눈 속에 발이 빠진 넨시는 장대 빗자루를 높이 들어 편백나무 가지마다 하얗게 덮여 있는 풍만한 눈덩이 백화들을 홀홀 털어 내렸다.

나는 그 흰 눈의 찬란한 아름다움을 만끽하며 황홀한 감상에 젖어 있는 찰나인데 툭툭 떨어진 눈덩이들을 바라보니 아쉬움이 솟구쳤다.

"왜, 눈을 떨어뜨리지, 이 추운 이른 아침에, 그대로 두면 햇볕에 자연히 녹을 텐데, 흰 꽃처럼 트리처럼 너무 너무 예쁜데…."

아침 식사를 빨리 하고 다시 나와서 여기저기 설경을 감상하며 뒤뜰 선룸 소파에 앉았다.

우리집 뒤뜰에 즐비하게 서 있는 우람한 편백나무 설경이 마치 여름밤 하늘의 은하수처럼 반짝거려 나의 시선이 그곳에 응시되었다. 아침 동녘의 불그스레한 햇살이 나무 위의 하얀 눈들을 비추는데 빤짝빤짝 반사되는 그 찬란함이 온 마음을 끌어갔다.

따뜻한 빛을 받은 눈이 녹아 한 방울 한 방울 눈물이 되어 떨어짐도 영롱한 구슬처럼 반짝거렸다.

"정말 아름답구나, 다이아몬드의 반짝임이 저렇게 황홀할까!"

바로 그때 그 나무, 편백나무의 큰 가지가 '찌지직, 똑!' 큰 소리와 함께 끊어져 눈가루를 떡가루 뿌리듯 날리며 땅에 뚝 떨어졌다.

동시에 옆의 가지도 뒤따라 찢어져 떨어졌다. 튼튼한 나무에 붙어 있던 큰 가지가 순식간에 끊어지다니, 한쪽 팔이 떨어지는 것 같아 너무나 안타까운 생명이 끊어진 허탈감을 느꼈다.

"그래. 편백나무 잎은 두툼하고 넓어 잎 자체만 해도 무거운데 연약한 가지가 눈의 무게까지 가중되니 그 무게에 못 이겨 찢어졌구나. 아아, 그래서 옆집의 넨시 아줌마가 추운 이른 아침 몸을 싸매고 나와서 편백나무 가지가 찢어질까 봐 살리려고 눈을 쓸어내리고 털어 주었구나……!"

넨시 아줌마의 고운 마음과 나무를 사랑한 그 정성을 그제야 깨달았다.

건너편 앞집에서는 가족들이 모두 나와서 눈사람을 만드느라 여념이 없다.

눈을 뭉쳐 순간에 눈사람을 만들어서 아저씨 모자도 씌어 주고 장난감으로 눈썹도 붙이고 두 눈도 똥그랗게 검정 구슬을 넣어주고 두 팔도 만들어 벙어리장갑도 끼워 주었다. 하얀 눈 위에 눈사람을 앉혀 놓았다. 개 두 마리도 함께 합류하여 눈사람 주위를 빙빙 돌며 뛰어다녔다.

한국 눈사람은 한국인 같이 얼굴을 둥그랗게 만드는데, 미국 눈사람은 미국인 닮아 코도 크고 뒤통수도 불쑥 나와 있었다. 얼굴도 길고 삐뚤어져 있어서 나는 웃음이 터져 나오는 것을 겨우 참았다.

어렸을 때 우리집 마당가에 만들었던 눈사람이 이 모양 같아서였다. 철없이 뛰어다녔던 추억들을 더듬는데 아들도 거실로 나와 밖의 눈을 보고 감탄을 연발하며 말했다

"이곳 차타누가는 미국 남부지역이어서 한겨울에도 별로 눈이 내리지 않고 싸락눈만 조금 와도 길이 미끄럽다고 관공서나 학교에 휴교령이 내려지는 지역이지요. 그런데 요즘 이상기온으로 이처럼 하얗게 폭설이 내린 것은 처음이네요."

시집에 들어 있는 '첫눈'이란 시를 이때의 설경을 그려 썼던 생각이 새삼스레 지나갔다.

밤사이 곱게 내려와
심신을 한곳에 꿰어주며

밝은 빛

희미하게 비벼낸 생을
심연 속에 동그란 눈꽃 피워

머물지 않는 세월의 흐름
그려진 가슴의 빈자리
그리움의 호수에 띄운 채

노을빛 추억 보듬고
한 줄씩 그어지는 웃음꽃
겨울 언덕에 소복이 쌓고 있네.

- 졸시 〈첫눈〉 전문

쌓인 눈 속에서도 부서질 듯 연약한 상추가 얼어 죽을 것 같았는데 생명력이 강한 식물인지 살아 있었다. 날씨가 풀리니 새싹이 나서 잘 자라 주었다. 싱싱하고 부드러워 깨끗하게 다듬어서 예쁜 그릇에 담아 넨시 집에 가져다 주었다. 넨시 아줌마는 큰 눈을 더욱 크게 뜨고 웃으며 말했다.

"Thank you so much."

고맙게 받아 주었다. 남편인 아저씨 역시 미소를 지으며 넌지시 바라보고 있더니, 여기서 가까운 곳에 우리 뒤뜰 잔디밭보다 세 배나 더 큰 자기의 농장이 있다고 했다.

그러던 어느 날 현관문에서 딩동 딩동 벨소리가 들렸다. 나가 보니 이웃집 아저씨가 농장에서 바로 왔는지 검정 긴 장화를 신고 바구니 안에 무얼 가지고 왔다. 자기 농장에서 자란 열매라며 파프리카, 애호박, 가지, 고추가 가득 들어 있었다.

그의 부인 넨시는 자기 집 뒤뜰 세 개의 커다란 화분에 토마토를 심고 정성 들여 가꾸었다. 주먹보다 더 큰 토마토가 빨갛게 익었는데 첫 열매들을 따더니 자기들은 먹지 않고 우리에게 다 주었다.

나는 고맙기도 하고 한편으론 민망했다.

"You give me all. No problem?(이렇게 다 주어도 괜찮아요?)"

그는 빙그레 웃으며 말했다.

"It's my pleasure(이것이 나의 기쁨인데요)."

거절할 틈도 없이 나에게 내밀어 주었다.

샘물처럼 기쁨이 솟은 그분의 따스한 마음에 감동이 되었다.

이 이국인의 사랑 속에 짙은 향수가 겹치는 것은 무슨 까닭일까! 이 순수한 정은 국적을 초월해서 동일한 것 같다. 이 뜨거운 이웃 사랑은 평생 잊혀지지 않고 내 가슴속에 살아 숨쉴 것이다.

유양업 作 [산수화 · 4](2016)

하버드 대학교 졸업식

신록이 우거진 여왕의 계절 오월, 이른 아침 남편과 나는 설레는 마음으로 석형의 졸업식에 참석하기 위해 집을 나섰다.

석형의 아버지 이인영 장로는 쌍용회사 주재원으로 싱가포르에 거주하면서 싱가포르 한인 교회도 두 내외가 열심히 섬겼고 아들 형제도 중고등부에서 신앙 교육을 충실히 받고 학교 공부도 매우 잘했다.

작은아들 석형은 성적이 특출하여 하버드 대학교 경영학과에 입학해서 부러움의 대상이 되었다. 그 무렵에 그 가정도 미국 Los Angeles로 이사를 했다. 그 무렵 우리 내외는 안식년으로 미국 New Haven에 머물고 있었다.

'즐거워하는 자들과 함께 즐거워하고 우는 자들과 함께 울라(롬 12:15).'는 성경 말씀 따라 목회자 심정에서 졸업식에 참석하여 축하해 주고 싶은 마음이 간절했다.

우리는 뉴 헤이븐에서 열차를 타고 두 시간 걸려 보스턴에 도착했다. 택시를 탄 후 기사에게 매사추세츠 공과대학(MIT)을 한 번 둘러보고 하버드 대학교로 가자고 했다.

바람 따라 구름 따라 별빛 따라

하버드 대학교에 도착하니 많은 사람들이 교문 앞에서 웅성거리고 차례를 기다리고 줄을 서 있어 우리는 무슨 일인가 하고 의아해 했다. 초청장을 확인하며, 가방을 검사하고, 통과하는 절차가 있었다. 졸업생이 있는 가정에 한하여 초청장 3장만 주었다고 했다. 우리는 한국처럼 졸업식장에 그냥 들어갈 수 있으리라 생각했는데 의외였다. 초청장이 있어야 입장할 수 있다면서 캠퍼스 안으로 들여보내 주지 않았다.

우리는 난감했으나 그래도 길이 있겠지 싶었다. 뒤로 물러나서 주위를 살펴보니 저쪽 문에서도 사람들이 들어가고 있었다. 우리는 그 E Gate로 가서 줄 서 있는 사람들 뒤에 섰다. 초청장 받은 사람에게 사정 이야기를 할 심산이었다. 우리 차례가 되었을 때 남편은 형편 이야기를 했다. 그러나 그들은 미안하지만 안 된다고 했다. 우리 역시 포기할 수 없어 뒷줄에 또 섰다. 마치 밀고 당기는 시소게임 같았다. 난처한 상황에 마음이 불편했다.

'이번에도 안 된다고 하면 어쩌지….'

우리 차례가 또 왔다. 신경이 곤두세워졌다. 통과를 하려는 찰나 그들의 안중에 우리는 전혀 없고 우리 뒤에 서 있는 사람에게 초청장을 달라고 했다.

우리에게 초청장 요구도 않고 가방 검사도 없었다. 당황한 우리는 얼떨결에 앞사람의 뒤를 따라 두근거린 마음으로 Gate 안으로 들어갔다. 그래도 막지 않고 붙잡지 않았다. 어딘지 뒤에 와서 붙잡을 것 같은 기분이어서 남편 옷자락을 꼭 붙잡고 뒤따랐다. 발걸음이 제대로 떨어지지 않았다. 저만치 들어가서야 뒤를 돌아봤다. 나는 남편에게 말했다.

"하나님이 우리를 도우신 것 같아요…. 그분들의 눈을 가렸나, 아니면 알면서도 모르는 척 통과를 시켜 주었나. 참 꿈 같은 일이네."

이렇게 해서 어두운 마음의 터널을 통과했다. 우리는 안도의 숨을 쉬고, 설레는 마음을 안고 졸업식장으로 향했다. 인산인해였다. 석형 가족들을 찾으려 했으나 사람이 너무 많아 엄두도 나지 않았다. 두리번거리고 보았지만 찾을 길이 막연했다.

이때 이쪽저쪽 여러 곳에서 졸업생들이 각 과의 깃발들을 앞세우고 줄을 지어서 행진곡에 맞춰 본부석 졸업식장을 향해 순식간에 모여들었다. 마치 운동회 때 마스게임 행렬처럼 보였다. 이어서 운동장 중심으로 그럴 듯한 나이든 분들이 각색의 깃발을 들고, 팡파르 울리며 색깔이 다른 사각모를 쓰고, 노래를 부르면서 입장을 했다.

도저히 학생들이라고는 생각되지 않았다. 나는 궁금하여 옆에 앉아 있는 사람에게 조심스럽게 물었다.

"저분들은 졸업생같이 보이지 않는데, 무슨 악단들인가요?"

"아니요, 악단들이 아니고 하버드 출신 동문들 입장입니다."

숫자도 셀 수 없이 많았다. 대학생 졸업식에 동문들이 졸업생보다 더 화려하게 입장한다는 것은 전혀 상상도 못한 일이었다.

"동문들이 입장할 때 부르는 노래는 무슨 노래인가요? 경쾌하고 아름다운데요?"

그녀도 역시 신나서 함빡 웃으며 토끼 귀 쫑긋 세우듯 두 어깨를 귀까지 쫑긋 올리며 눈을 크게 뜨고 말했다.

"이 학교 교가입니다, 저분들이 학교 발전을 위하여 후원금도 많이 하고 재학생들 장학금도 주어서 인재들을 기르지요."

'아, 그래서 기세당당하게 입장을 했구나!'

그제서야 이해가 되었다.

총장 개회사에 이어, 학생들에게 졸업장 수여가 있었다. 몇 분이 명예박사 학위도 받았는데, 그 중에는 당시 유엔 사무총장이었던 가나 출신 코피 아난(Kofi A. Annan)도 있었다. 그는 연설도 했다.

순서가 다양하고 꽤 길었다.

졸업식 행사가 끝난 후 우리는 바로 학생들 있는 쪽으로 가서 석형을 또 찾았다. 동양인 얼굴의 학생들을 눈여겨보았으나 찾지 못했다. 몇 천 명 중에 찾기란 용이치 않았다. 그의 가족과 어데서 만나자고 약속한 것도 아니고.

망망대해에 외로이 홀로 서 있는 것 같은 느낌이었다. 그래도 만날 수 있을 거란 막연한 기대를 갖고 석형을 꼭 찾겠다고 이리 저리 계속 두리번거렸으나 도무지 보이지 않았다. 시간은 많이 흘렀고 교정의 사람들도 많이 빠져나가고 있었다.

도저히 찾기 어려워 포기하고 돌아서려는데 우리 앞을 뛰어가고 있는 청년의 옆모습이 석형의 형인 수형 같았다. 나는 놓칠세라 급히 뛰어가면서

"이수형!"

그는 번쩍 뒤를 돌아보았다. 정말 수형이었다. 얼마나 기뻤는지 몰랐다. 그는 많이 성장해 있었다.

수형은 먼저 알아보고 깜짝 놀라면서,

"어머, 사모님 아니세요! 어떻게 오셨어요?"

우린 극적인 만남에 너무 반가워 꼭 껴안았다. 그는 우리가 싱가포르에서 온 줄 알고 되물었다.

"어떻게 여기까지 오셨어요?"

"우리는 안식년으로 미국에 와 있어, 석형 졸업 축하하려고 와서 지금 안타깝게 찾고 있는데 때마침 수형일 잘 만났네, 석형이랑 부모님은 어디 있어요?"

"저쪽에 모두 함께 있어요. 나도 찾아가는 중이에요."

그는 미국 다른 지역에서 박사 과정을 공부하고 있는데 동생 졸업식에 참석하러 온 것 같았다.

우리는 석형과 그의 부모가 있는 곳으로 즐겁고 가벼운 발걸음

으로 수형을 따라갔다. 맞은편 부모님 곁에 석형은 검정색 가운을 입고, 목엔 붉은 후두를 걸치고, 꽃다발을 가슴에 안고, 수술 달린 사각모를 쓰고 서 있었다. 빛이 나고 멋있었다. 참 자랑스럽게 보였다.

그들은 멀리서 알아보고 뛰어와 우리를 얼싸안았다. 첫 말에 엄마인 정혜영 권사는 깜짝 놀란 표정으로 황급하게 말했다.

"어떻게 게이트를 들어올 수 있었어요?"

"하나님이 들여보내 주셨지요."

자초지종 이야기를 하고 한바탕 크게 웃었다.

우리는 석형에게 졸업을 진심으로 축하한다고 했다. 얼마나 감사한 일이었는지…… 함께 사진도 찍고 오랜만에 정담도 나눴다.

그 후에 우리는 유학 중에 있는 은영 딸을 방문하기 위해 LA로 갔는데 석형 어머니 정 권사와 서로 연락이 되어 만났다.

예쁘고 재능이 많은 정 권사는 우리 내외를 몇 군데 구경도 시켜주고 특별히 유명한 라구나 해변으로 안내했다.

그때 보았던 아름다운 광경이 내 詩가 될 줄이야. 그 황홀한 노을 풍경에 도취되어 쓴 詩가 〈오늘도 걷는다〉 시집에 담아 있는 '라구나 노을'이다.

불그스레
바다와 맞닿아
고요히 밀려온
은빛 미소

황홀함 펼쳐 입고
수평선 넘어
훨훨 날아와

갯내음
허리에 매고

하얀 추억
환희의 설렘으로
너울너울 날게 하네.

- 졸시 〈라구나 노을〉 전문

박덕은 作 [라구나 노을](2016)

힐러리와 함께

단풍 꽃이 만개해 있는 어느 날 남편은 내게 말했다.

"상원 의원 힐러리가 자기 모교인 예일대 법대에 와서 강연을 한다는데 한번 가 볼까요?"

나는 남편을 쳐다봤다.

"힐러리는 상원 의원도 되지만 First lady로 8년 간 있었지 않아요. 내가 타임지를 보니까 남편 클린턴이 바람을 피워서 속앓이를 많이 하던데요……."

사실 힐러리는 오바마 정부 첫 팀 국무장관으로 일할 때 우리나라에도 방문하여 최고위층과 회담도 하였고, 귀국길에 비행기에서 김대중 전 대통령에게 안부 전화도 했을 정도로 매사에 세심했다. 이화여대에서 강연했을 때 우리나라 유일한 여성 전남 광주 출신 우주인 이소연도 강연장에 참석했던 것을 알고 힐러리는 말했다.

"나도 젊은 시절 우주인이 되겠다고 지원했는데 낙방했어요."

모험심이 대단했던 힐러리의 다른 면을 나는 볼 수 있었다.

우리는 오래된 사진기를 챙겨 들고 교정에 떨어진 낙엽을 사각

사각 밟으면서 법대 강연장을 향했다. 강연장에 들어가려고 할 때 경호원들은 입장하려고 하는 사람들의 몸을 수색했다. 아마도 상원 의원이라고 해서가 아니라 퍼스트레이디로 지냈던 분이라 그렇게 삼엄했던 것 같다.

이 광경을 바라보고 있던 힐러리는 경호원들에게 여유 있는 엷은 미소를 머금고 말했다.

"그냥 입장시켜요."

따스한 그녀의 입김이 주위를 부드럽게 밝혀 놓았다.

그래서 우리는 번거로운 몸수색은 받지 않고 들어갔다. 시간이 되자 입추의 여지없이 강당은 사람들로 가득찼다.

강당 연단으로 오르기 위해 힐러리는 저 뒤쪽에서부터 샛별처럼 나타나 사뿐 사뿐 걸어오고 있었다.

이때 남편은 급히 일어나 힐러리 곁으로 다가가서 몇 마디 말을 걸고 함께 포즈를 취했다. 나는 카메라 렌즈 중심에 두 사람을 잘 담고 조심스럽게 버튼을 눌렀다.

"어엇, 안 되네, 이를 어쩌지!"

사진기가 작동이 되지 않아 캄캄한 적막 속을 헤맸다. 당황한 나머지 자세히 살펴보니 아뿔싸, 카메라에 배터리가 떨어졌다.

안 된다고 나는 손을 저어 신호를 보냈다. 난처한 처지를 보고 있던 힐러리는 태연하게 미소를 지으며 여유 있게 다른 사람을 손으로 가리키며 말했다.

"That person took picture(저분도 찍었어요)."

힐러리는 활짝 웃었다. 남편은 난감했던 순간을 벗어나 힐러리가 가리켰던 그녀에게 찾아가 사진을 보내 달라고 부탁하면서 이메일을 주고받았다.

다음날에 힐러리와 함께 찍은 사진을 보내와서 남편은 매우 기뻐하며 사진관에 들러 몇 장을 크게 확대해 왔다. 내가 액자에 잘 맞추어 넣어 주었더니 지금까지 12년째 소중히 간직하고 있다.

나는 힐러리에 대해 좀 더 알고 싶어서 평소에 비교적 시사에 밝은 남편에게 물었다.

"빌 클린턴도 예일대 법대에 다녔다는데 힐러리와 어떻게 그 학교에서 만났을까요?"

남편은 빌 클린턴에 대해 먼저 이야기해 주었다.

"빌 클린턴은 아칸소 주 출신으로 예일대 법대에 들어오기 전에 2년 동안 옥스퍼드 대학에서 로즈 장학생(영국의 식민지 정치가 세실 로즈(1853~1902년)의 유지에 따라 옥스퍼드 대학에 설치된 장학 제도에 선발되는데, 지원 자격은 영연방 및 미국 시민권을 가진 19~25세의 미혼 남자로 제한되어 있음)으로 공부하다가 예일대 법대에 들어왔대요. 얼굴은 적갈색에 턱수염도 길러 있었지만 그 아래 어딘가에 잘생긴 얼굴이 숨어 있는 훤칠한 미남이었지요. 게다가 넘치는 활력이 온몸에서 분출했고요."

"빌 클린턴은 그렇고요. 두 사람이 어떻게 만났는지 더 궁금해요."

나는 빌과 힐러리가 어떻게 만났을까 궁금하여 재촉했다. 남편은 말을 이었다.

"어느 봄날 저녁 힐러리가 예일대 법대 도서관에서 공부를 하고 있을 때, 바깥 복도에서 두 남학생이 이야기를 하고 있었대요. 그중 한 남학생이 지나치게 힐러리 쪽을 자주 쳐다보고 있는 것을 목격한 힐러리는 책상에서 일어나 그에게 다가가서, '네가 계속 나를 그렇게 쳐다보겠다면 나도 너를 계속 쳐다볼 거야. 어쨌든 우리 통성명이나 하는 게 낫겠다. 나는 힐러리 로뎀이야'라고 했대요."

나는 흥이 나서 말했다.

"어머, 그러니까 힐러리도 그 남학생에게 관심이 있었나 봐요. 밖으로 나와 만난 것을 보니까."

"빌 클린턴 말에 따르면 그때 빌은 힐러리의 말을 듣고, '나는 너무 놀라서 내 이름도 생각나지 않았다'고 했대요."

"어느 날 토머스 에머슨 교수의 '참정권과 시민권' 강의가 끝났을 때 그들은 우연히 동시에 강의실을 나오게 되었대요. 빌 클린턴이 힐러리에게 어디로 갈 거냐고 물으니까 힐러리는 다음 학기 강의를 신청하러 교무과에 갈 거라고 했대요. 빌은 자기도 거기에 가는 길이라고 했고요."

"잘 되었네요. 데이트도 하고."

"그래서 힐러리와 클린턴은 나란히 걸으면서 빌은 힐러리가 입고 있던 꽃무늬 스커트를 칭찬하자 힐러리는 우리 어머니가 만들어 준 것이라고 말하니까, 빌은 또 힐러리 가족과 고향에 대해 물었대요. 그들은 교무과에서 줄을 서서 기다렸는데 그들 차례가 오자 교무과 직원이 빌을 쳐다보며 말했대요."

"빌, 여기 왜 또 왔어요? 당신은 이미 수강 신청을 끝냈지 않아요?"

나는 웃음을 참고,

"어머! 들통 났네."

남편도 웃고 나도 소리 내어 웃었다.

"빌은 그녀와 함께 시간을 보내고 싶었을 뿐이라고 심정을 털어놓았다네요. 힐러리는 웃을 수밖에 없었고 그들은 밖에 나가 오랫동안 산책을 했대요. 그 산책은 그들의 첫 데이트가 되었다네요."

"아! 그렇게 해서 사귀게 되었구나! 참 재밌어요."

몇 년 후 그들은 부부가 되었고 빌 클린턴이 대통령 선거에 나왔을 때 힐러리의 역할이 컸겠다 싶어서 나는 남편에게 또 물었다.

"힐러리가 빌에게 정치적으로 어떻게 도왔을까요?"

남편은 곰곰이 생각하더니 이렇게 대답했다.

"빌 클린턴이 힐러리를 많이 의존했지요. 빌과 힐러리가 뉴 햄

프셔에서 대통령 선거 유세를 하면서 빌이 자기 아내 힐러리를 군중들에게 소개할 때, 빌은 힐러리가 20년 동안 아동 문제에 전념해 왔다고 열띤 연설 중에 멋있는 말을 했어요. '하나를 사면 하나는 공짜(Buy one, get one free)'라는 말을 해서 군중들이 기립 박수를 했대요. 그 멋진 말도 빌려 슬로건으로 삼고 유세를 했대요. 이것은 힐러리가 그의 정부에 적극적인 파트너로 참여할 것이라는 뜻이지요."

단풍꽃 만개한
교정의 속삭임

나란히 그림 그려
은빛 햇살 비추이고

시련의 옷깃 세워
물 같은 포옹으로

분홍 향기 흩날리며
경쾌한 운율 모아

그 욕망의 날개 달고
활기차게 난다.

- 졸시 〈힐러리〉 전문

애틀랜타(Atlanta) 국제공항에서

미국에 있는 손녀들과 3개월 동안 함께 생활하다가 헤어지려고 하니 섭섭한 마음이 솔솔 솟아났다.

6개월이 지난 손녀의 함박웃음과 예쁘고 큰 눈망울을 쳐다보니 나도 모르게 눈시울이 뜨거워졌다. 손녀를 껴안아 뽀뽀를 하고 며느리와 석별의 정을 나누었다.

문 앞에서 며느리는 손녀의 손을 잡고 빠이빠이 손사래를 쳤다. 이별의 아픔을 서로 나눈 채 아들이 운전하고 공항을 향하여 출발했다.

가로수 녹색의 잎새 짙은 물결을 한눈에 담아 신록처럼 상큼한 대화를 함께 주고받다 보니 어느새 두 시간이 지나 애틀랜타 국제공항에 도착했다.

애틀랜타 공항은 국내, 국제공항이 합해 있어서 과거에는 시카고 오헤어 공항과 더불어 가장 분주한 공항이었는데, 근래에는 국제공항을 따로 새롭게 신축했다. 그래서인지 공항은 깨끗하고 산뜻한 건물로 과거처럼 그렇게 번잡하지 않았다.

공항 안에는 일상의 생활을 벗어난 자유로운 여행객들이 가방을 끌고 분주하게 오가며 그 얼굴들에는 활기가 넘쳐흐르고, 이별의 아쉬운 표정들도 눈에 띄었다.

우리가 타게 될 대한항공은 한 사람당 23kg의 무게인 2개의 짐을 부칠 수 있고 가벼운 가방은 기내에 가지고 들어갈 수 있었다.

아들은 짐들을 부치는 수속까지 모두 도와주고 섭섭한 작별의 인사를 하고 공항을 떠나갔다.

공항 검색을 위하여 길게 줄을 서서 들어가는 중에 내 앞에 서 있는 한국인 부인과 자연스럽게 대화를 주고받게 되었다.

그녀는 대구 지역 중학교 교사인데 방학 동안 미국에 유학 중인 아들 가정을 방문하고 귀국하는 길이라고 했다. 친밀한 말동무가 되었고 우리의 조그만 가방들도 거들어 주었다.

공항을 통과할 때는 누구를 막론하고 몸과 가방을 검사 받게 된다. 일국의 장관일지라도 예외는 없어서, "For your protection, Exellency(각하, 당신의 보호를 위해서)." 하면서 몸을 수색한다. 비행기 안에서 일하는 승무원들도 검사를 거쳐 탑승을 한다는데, 나 같은 보통사람이랴!

나는 자신만만하게 검색대 위에 가방과 소지품들을 상자에 넣고 검색하는 커튼 속 암실을 통과할 그때 나는 옆쪽에서 몸 검사를 받고 나왔다.

나의 가방과 소지품들을 찾으려고 검색실을 통과하여 나온 물건들을 샅샅이 눈여겨보았다. 아, 그런데 모든 소지품들은 다 나왔는데 검정색 가방이 보이지 않았다. 깜짝 놀라 주위를 살펴보니 흑인 남자 직원 앞에 다른 사람의 청색 가방과 함께 따로 놓여 있었다. 무엇인가 의심된 물건이 들어 있는 모양이었다. 그러나 나는 염려가 되지 않았다. 걸릴 물건을 그곳에 넣지 않았다고 생각했기에 태연하게 서서 기다렸다.

"whose bag is this?"

흑인 직원은 청색 가방을 높이 쳐들고 이리저리 두리번거리며 큰소리로 주인을 찾았다. 몇 차례 계속 소리쳐 불러도 가방 주인은 나타나지 않았다. 아마 잊어버리고 탑승구 쪽을 향한 것 같았다.

나는 막무가내 서 있을 수 없었다. 시간이 급했다.

"Check my bag first(나의 가방부터 먼저 검사해 달라)."

그는 나를 힐끗 쳐다봤다.

"No, this bag is first and your bag is after that(아니요, 이 가방부터 먼저 체크하고 나중에 당신 것을 한다)."

냉정히 말했다. 이것이 나의 의무라고 하면서 인정도 사정도 없이 거절했다.

우리를 기다리고 있던 선생 역시 초조한 표정으로 서 있다가 시간이 급했는지 어느새 말없이 사라졌다.

공항 내의 열차를 타고 다음 정거장에 내려서 탑승구를 또 찾아야 하는데 시간은 얼마 남지 않았다. 나는 다시 시간이 없다고 재촉하고 발버둥을 쳐도 거들떠보지도 않고 듣는 척도 안했다.

아무리 급하다 해도 소용없었다. 얼마나 초조하고 급한 마음인지 입안이 바삭바삭 타고 마음은 콩닥콩닥 뛰었다,

남편 역시 다급해서 주변의 일하는 사람들에게,

"We are very urgent(우리는 매우 급하다)."

비행기를 탈 수 있도록 도와주기를 요청했으나 자기 일에만 충실한 나머지 눈 하나도 깜짝하지 않았다.

그는 먼저 있는 가방 주인만 계속 기다리고 있었다. 물론 일에는 원칙도 중요하지만 사람을 살리는 융통성도 있어야지. 그의 두툼한 입술은 앞으로 불쑥 튀어나와 삐뚤어지게 보였고 걷는 모습도 뒤뚱뒤뚱 오리같이 보였다.

한참 후에 저쪽에서 헐레벌떡 조그마한 체구의 흑인 중년 남자가 이곳을 향하여 뛰어왔다. 기진맥진 쓰러질 듯 숨을 헐떡이며

자기 가방을 찾았다.

그제서야 직원은 가방 주인을 앞에 세우고 청색 가방을 들고 와서 두 사람이 뭐라 말을 주고받더니 가방을 열어 보고 자세히 검사한 후 치약 두 개를 꺼내어 압수했다.

그리고는 대기하고 있는 나에게 자기 앞으로 가까이 오라는 신호를 주었다. 순간 나는 도대체 이 가방 안에 무엇이 들어 있기에 사람을 이처럼 꼼짝도 못하게 잡고 이 고생을 시킬까? 나 역시 무엇인가 매우 궁금했다.

그는 나를 가방 앞에 세워놓고,

"Is this yours?"

이것이 내 가방인지 물었다. 검은 얼굴에 흰 눈과 이가 더욱 하얗게 들어났다.

"Yes. it's mine."

내 것임이 확인된 후, 그는 이 가방에 나의 손을 대지 말라고 하며, 만약 금지 물건이 나오면 물건을 가져가도 괜찮겠느냐고 물었다. 그렇게 하겠다고 나는 대답했다.

확답을 듣고 가방을 열더니 모든 물건을 끄집어냈다. 검사기에 나타난 것을 찾는 모양이었다. 드디어 조그마한 땅콩쨈 두 병을 찾아 손에 들고 금지된 물품이라 했다.

집에서 부칠 짐을 모두 싸 버린 후에 며느리가 주었던 땅콩 쨈을 무심코 기내에 들고 갈 가방에 넣었는데, 그게 그렇게 금기 물품이랴? 여행을 많이 했으나 이런 일은 처음 당한 일이라서 걸리고 보니 부끄럽고 수치스러웠다.

그는 땅콩쨈 2개를 가지고 가면서 짐을 가지고 가라고 했다.

짐 부치는 가방 속에 넣었더라면 문제가 되지 않았을 것을, 기내에 들고 갈 가방에 넣어서 고생을 하게 되었다.

참 어처구니가 없었다. '무식이 용감하다더니 내가 그 격이 되

바람 따라 구름 따라 별빛 따라

었네' 하며 허겁지겁 짐을 꾹꾹 눌러 가방 지퍼를 끌어가는데 아뿔
싸! 엎친 데 덮친 격으로 이 바쁜 와중에 헝클어진 물건 사이에 구
두 뒷굽이 밖으로 튀어나와 걸려서 지퍼가 말을 듣지 않았다. 이
것 빼내어 버려 버릴까 하다가 그럴 시간마저 없어 한쪽으로 꾹꾹
밀쳐 겨우 가방 지퍼를 닫고 돌아서니, 남편이 빨리 오라고 손짓
하여 그 가방을 끌면서 뛰어갔다.

기장 복장을 하고 손에 가방을 하나씩 든 키가 훤칠하고 핸섬하
게 생긴 두 분의 백인 남자가 조종사인지 승무원인지, 잘 모르겠
지만, 남편 옆에 서서 함께 기다리고 있었다. 남편이 급한 상황을
얘기하며 도와 달라고 했던 모양이었다.

그분들이 우리 사정을 동정하여 우리를 급히 탑승구에 데려가
려고 했다.

탑승구에 가기 위해서 역내 연결 열차인 콘코스(concorse)를 타
고, 다음 E정차장에서 내려 승강기를 이용하여 위층으로 올라가
맨 끝에 있는 Gate를 향하여 빠른 걸음으로 걸어갔다.

한 분은 비행기를 놓칠까 봐 먼저 뛰어갔고 한 분은 우리를 안
내하여 함께 비행기를 탈 탑승구를 향하여 급히 줄달음치다시피
발걸음을 옮겼다. 마음은 급한데 걸음이 따라 주지 않았다.

남편은 사력을 다하나 뒤처지니 보기에 안 되었던지 자기 짐 위
에 남편의 손가방을 올려 주고 내 것도 달라 하는데, 나도 매우 힘
들기는 했지만 안내만도 감사한데 짐까지 가중되게 줄 수 없는 미
안한 마음에서 사양했다.

그분의 내면에 숨어 있는 향기가 아름답게 풍겨 나왔다.

옆에서 걷는 남편을 보니 얼굴은 새하얗게 긴장이 가득한 표정
이었고 땀을 뻘뻘 흘리며 숨도 제대로 쉬지 못했다. 저러다 쓰러
지면 어쩌나 염려도 되고 애잔한 마음이었다.

항상 자신 있게 걸었던 남편이 이렇게 힘겹게 걷는 모습을 보니

마음이 몹시 쓰라렸고, 부주의하여 짐을 잘못 챙긴 내 탓이다 싶어 몹시 미안했다.

먼저 게이트 쪽으로 달려갔던 그 분이 멀리 있는 탑승구 안에 들어갔다 나오더니 크게 두 손으로 원을 그린 사인을 주며 오라고 손짓을 했다. 우리와 함께 간 승무원은 만면에 웃음을 활짝 띠고 우리를 돌아보며,

"OK, don't worry. No problem."

염려 말라고 했다. 우리도 긴박감에서 움츠렸던 어깨를 펴며,

"아이쿠, 이제 비행기를 타게 되었구나!"

안도의 숨을 쉬었다. 폭풍우 후에 맑게 갠 날씨처럼, 캄캄한 tunnel을 지나 밝은 빛을 본 것처럼 살았다 싶어 밝게 웃었다.

"Thank you so much."

숨이 가빠 말도 제대로 나오지 않았다. 이때에야 비로소 발걸음의 템포도 늦추어졌다.

Korean Airline 탑승구 입구에 들어서니 이미 승객들은 거의 들어갔다.

그들의 도움을 받지 않았으면 비행기를 놓치는 것은 뻔한 일이었다. 그들은 이 비행기 소속이 아니었는데도 우리를 도우려고 그렇게도 있는 힘을 다해 애써 주었다.

우리는 급한 마음에 그들의 이름조차 확인하지 못한 채, 남편은 소리쳤다.

"Thank you one hundred times. God helped us through you(많이많이 감사해요. 하나님은 당신들을 통하여 우리를 도우셨네요)."

나도 이어서 손을 흔들어 고맙다는 인사를 했다.

"God bless you(하나님이 당신들을 축복하시기를)."

급히 기내로 들어가니 우리가 마지막 탑승객이었다.

우리는 스튜어디스의 친절한 안내를 받아 가방은 머리 위에 있

는 짐칸에 올리고 정해진 좌석에 앉았다.

우리는 '휴' 하고 안도의 깊은 숨을 쉬고 만면에 웃음을 띠며 '이제는 우리가 한국에 가게 되었네' 하고 서로 손을 꼭 잡았다.

기내는 사람들로 가득했지만 안방 같은 따뜻한 분위기였다. 스튜어디스는 직업의식에서였는지 '고객들은 왕들이다(Customers are kings)'는 심정으로 잘 섬겼다. 승객들의 기호대로 마실 것도 주었고 식사도 주었다.

우리가 부쳤던 짐들과 같이 한국에 갈 수 있게 되다니.

'아, 아! 이 얼마나 감사한 일인가!'

우리는 평생 그 두 분의 친절한 마음과 행동들을 잊지 못할 것이며, 그들이 베푼 아름다운 한 폭의 그림이 찬란한 불꽃으로 우리의 마음속에 고이고이 간직될 것이다.

여러 얼굴들 서로 마주보며
무겁거나 가볍게 매어 있는 짐
놓칠세라 붙잡고 바둥거리네

때 아닌 폭풍우 내리쳐 올 때
비실거린 발걸음 디딜 데 없어
허우적 허우적 디딤돌 찾는데

사랑의 불꽃 불쑥 튀어나와
온 마음 붉게 새 희망 아련히
곱게 곱게 심어주고 가네.

- 졸시 〈애틀랜타 국제공항에서〉 전문

오늘의 詩選集 Series

오늘의 詩選集 제1권

화장을 지우며
강만순 지음 / 144면

오늘의 詩選集 제2권

또 한 번 스무 살이 되고 싶은 밤
김숙희 지음 / 160면

오늘의 詩選集 제3권

사랑의 빈자리 될까 봐
박완규 지음 / 144면

오늘의 詩選集 제4권

유모차 탄 강아지
김미경 지음 / 112면

오늘의 詩選集 제5권

이 환장할 봄날에
신점식 지음 / 176면

오늘의 詩選集 제6권

작아지고 싶다
주경희 지음 / 176면

오늘의 詩選集 제7권

가을은 어디나 빈자리가 없다
전금희 지음 / 176면

오늘의 詩選集 제8권

쓸쓸함에 대하여
이후남 지음 / 176면

오늘의 詩選集 제9권

바람이 열어 놓은 꽃잎
문재규 지음 / 220면

오늘의 詩選集 제10권

단 한 번 사랑으로도
이호근 지음 / 176면

오늘의 詩選集 제11권

할 말은 가득해도
최승벽 지음 / 176면

오늘의 詩選集 제12권

비밀 일기
박봉은 지음 / 176면

오늘의 詩選集 제13권

꽃만 봐도 서러운 그날
한실 문예창작 동인지 제8집

오늘의 詩選集 제14권

마냥 좋기만 한 그대
최기숙 지음 / 176면

오늘의 詩選集 제15권

풀꽃향 당신
김영순 지음 / 176면

오늘의 詩選集 제16권

유리인형
박봉은 지음 / 176면

오늘의 詩選集 제17권

보고픔이 자라고 자라서
한실 문예창작 동인지 제9집

오늘의 詩選集 제18권

첫사랑
김부배 지음 / 176면

오늘의 詩選集 제19권

나는 매일 밤 바람과 함께 사라진다
박덕은 지음 / 240면

오늘의 詩選集 제20권

오늘도 걷는다
유양업 지음 / 176면

오늘의 詩選集 제21권

내 사람 될 때까지
전춘순 지음 / 176면

오늘의 詩選集 제22권

처음 사랑
한실 문예창작 동인지 제10집

오늘의 詩選集 제23권

당신에게·둘
박봉은 지음 / 176면

오늘의 詩選集 제24권

그 누가 다녀간 것일까
전금희 지음 / 206면

오늘의 詩選集 제25권

한 잔 술에 가둘 수 없어
이후남 지음 / 164면

오늘의 詩選集 제26권

그리움 머문 자리
이인환 지음 / 176면

오늘의 詩選集 제27권

사랑의 콩깍지
김부배 지음 / 176면

오늘의 詩選集 제28권

사랑은 시가 되어
최길숙 지음 / 176면

오늘의 詩選集 제29권

그리움이라서
이수진 지음 / 176면

오늘의 詩選集 제30권

그리움 헤아리다
배종숙 지음 / 176면

오늘의 詩選集 제31권

아직 끝나지 않은 이야기
장헌권 지음 / 176면

오늘의 詩選集 제32권

마냥 좋아서
한실 문예창작 동인지 제10집

한실 문예창작 동인지

한실 문예창작 동인지 제1집
『한꿈』

한실 문예창작 동인지 제2집
『한꿈』

한실 문예창작 동인지 제3집
『당신의 쓸쓸함은 안녕하십니까』

한실 문예창작 동인지 제4집
『목련은 흔들리고 있다』

한실 문예창작 동인지 제5집
『그래도 한쪽 가슴은 행복합니다』

한실 문예창작 동인지 제6집
『좋은 걸 어떡해』

한실 문예창작 동인지 제7집
『아직도 사랑인가 봐』

한실 문예창작 동인지 제8집
『꽃만 봐도 서러운 그날』

한실 문예창작 동인지 제9집
『보고픔이 자라고 자라서』

한실 문예창작 동인지 제10집
『처음 사랑』

한실 문예창작 동인지 제11집
『마냥 좋아서』

개별 작품집

고목나무에 꽃이 핀 사연
김영순 시집

당신만 행복하다면
박봉은 제1시집

시가 영화를 만나다
장한권 시집

아시나요
박봉은 제2시집

하얀 속울음까지 들켜 버렸잖아
김성순 시집

당신에게·하나
박봉은 제3시집

세월이 품은 그리움
김순정 시집

사색은 강물 따라
권자현 시집

입술이 탄다
형광석 시집

내가 머무는 곳
신순복 시집

늘 곁에 있는 다른 나처럼
정연숙 시집

당신
박덕은 시집